存在與抵抗的夢想

以巴什拉四元素解讀陳黎、楊澤解嚴前詩作

朱容瑩 著

本書榮獲第五屆周夢蝶詩獎

「第五屆周夢蝶詩獎」評審評語

詩人／學者　楊小濱

《存在與抵抗的夢想：以巴什拉四元素解讀陳黎、楊澤解嚴前詩作》這篇論文從巴什拉的元素詩學理論出發，深入解析陳黎和楊澤解嚴前的現代詩寫作，在獨特的觀察視角下，挖掘出兩位詩人詩歌文本的奧妙意蘊。

論文以巴什拉四元素理論為基礎，但並不簡單地一一套用，而是將元素分析的內涵融匯到自建的論述結構中。由此，這篇論文也避免了一般論文章節以不同作者來分章的「方便法門」，代之以主題性的論述進程，使得整篇論文在評述觀點的引領下產生出豐富而深邃的意涵，揭示出以往被遮蔽的或通常並不關注的陳黎與楊澤詩作中的詩學原型。

並且，論文對巴什拉的借鑒也不停留在原初理論的界限內，甚至能夠推展原初理論的要義，以契合論文的論述框架。比如論文將陳黎、楊澤涉及水和鏡的詩作放在一起討論，因為巴什拉對水元素的闡釋本身就關聯於「納西瑟斯情結」，也就是面對水面鏡像的自戀情結。水與鏡的連結使得本篇論文的理論視野推進到作者獨特的闡釋層面，是論文的亮點之一。

在運用西方理論來闡釋東方文本的同時，作者也對「合身」的問題有所意識，並明確基於一種跨文化間距的思考框架，在差異的路徑上尋求二者的對話。本篇論文在方法、結構、題旨等多方面都有優質的表現，故頒予周夢蝶詩獎評論獎。

目次

第壹章　緒論：鍊金術的空想實驗

第一節　研究緣起與問題意識

> 鍊金術士在實驗室中，將夢想變為試驗。
> 於是，鍊金術的語言成為一種夢想的語言，一種對宇宙夢想的母語。[1]

摘採棕梠花園的罌粟和空中花園裡無神論的薔薇，將之焚燒成灰燼，倒入長頸玻璃容器，與海水混合均勻。容器移至爐火，從底端慢慢加熱。倘若幸運，約莫三、四十天，物質呈現如花瓣的黑色結晶。再過一週，由黑轉為孔雀綠，但顏色仍持續改變，一旦透出光彩的白，便達到初步穩定的階段。若堅持供給熱量，或許白色會隨溫度加深，由黃漸成最終的深紅色，彷彿神蹟般重獲新生——謂之「賢者之詩」[2]。

夢想的鍊金術士在空想的實驗中做了物質的夢；不過，實證科學家恐怕對這項實驗嗤之以鼻，甚至斥為無聊之舉。

這廂行無聊之舉，那廂有無聊之日。劍橋科學家William Tunstall-Pedoe訂定1954年4月11日為歷史上最無聊的一天——沒有

---

[1] （法）加斯東・巴什拉（Gaston Bachelard）著；劉自強譯：《夢想的詩學》（北京：三聯書店，2017年），頁92。

[2] 「賢者之詩」為筆者自創之詞，諧擬自鍊金術士們實驗生涯所追求的共同目標「賢者之石」（philosopher's stone ，或譯「哲人石」）。本段所述的空想實驗乃致敬金森修：《バシュラール——科學と詩》（東京：講談社，1996年）前言的開頭：假想將一枚大羊齒葉的餘燼與水混合後加熱，在水逐漸蒸發後，產生羊齒葉狀的結晶。

大事發生，亦沒有大人物死亡。[3]無聊的日子有賴夢者激活思想及語言。同年，法國哲學家加斯東・巴什拉（Gaston Bachelard, 1884-1962）走出索邦大學的課室，在最後一次的講課中談論：「人是一種更新的意志，是一種永遠想不到的變化。」[4]也因此，巴什拉退而不休，隨即踏入現象學的疆域，展開有別往昔的學術冒險。[5]在年邁的巴什拉醉心追索意象之際，1954年的10月與12月，臺灣詩人陳黎和楊澤，各自降生於島嶼上的花蓮及嘉義。嬰孩吸吮母親乳汁，伴著搖籃曲偏頭睡去，彼時尚且未知島嶼將來的幾場暴雨。

七〇年代以降，臺灣暴雨不止；毋寧理解為，暴雨也澆熄不止的理想之焰，在政治、社會、文化等處燃燒。由1971年初釣魚臺的主權爭議引燃，使海外（尤指在美華人）的知識分子紛紛投身於遊行之中。這股火勢隨即蔓延至臺灣。臺灣的大學生以具體行動聲援且響應保釣運動，諸如舉行座談會、遊行、投陳情書於黨政機構等，在在表現維護國家主權的決心。[6]該年年末臺灣退出聯合國，外交的挫敗反而助長愛國的熾熱火焰，當群眾的熱情奔向極限，火焰自身拋棄物質的渣滓，焠煉為愛國精神。[7]

---

[3] 此乃劍橋科學家 William Tunstall-Pedoe 從搜尋引擎內的資料發現：“Nobody significant died that day, no major events apparently occurred…”顯然在網路的搜尋引擎中「1954年4月11日」已（以訛傳訛的）和「最無聊的日子」結下不解之緣。參見〈April 11, 1954 was most boring day in history〉（2010.11.26）, THE TIMES OF INDIA: https://timesofindia.indiatimes.com/world/uk/April-11-1954-was-most-boring-day-in-history/articleshow/6994947.cms ，2019.02.01查閱。

[4] 轉引自（比）喬治・布萊（Georges Poulet）著；郭宏安譯：《批評意識》（南昌：百花洲文藝出版社，1993年），頁188。

[5] 金森修：《バシュラール——科學と詩》（東京：講談社，1996年），頁242。

[6] 有關保釣運動及該年代的歷史敘述，詳見蔡明諺：《龍族詩刊研究——兼論七〇年代臺灣現代詩論戰》（新竹：國立清華大學中國文學系碩士論文，2002年5月），頁1-28。蕭阿勤：《回歸現實：臺灣1970年代的戰後世代與文化政治變遷》（臺北市：中研院社研所，2010年），頁101-138。邵玉銘：《保釣風雲錄：一九七〇年代保衛釣魚臺運動知識分子之激情、分裂、抉擇》（臺北市：聯經，2013年），頁160-163。

[7] 筆者挪用巴什拉的概念，當群眾投身運動的激情隨著具體行動愈演愈烈，將純化為意識形態。詳見（法）加斯東・巴什拉（Gaston Bachelard）著；杜小真、顧嘉琛譯：《火的精神分析》（鄭州：河南大學出版社，2016年），頁129-140。

面對愈燃愈烈的學生運動及革新言論，國民黨政府採取各種手段將之急速降溫。[8]然而，保釣運動的後續觀察顯示：「革新言論的沉寂與國民黨的壓制，並不代表回歸現實世代的消失。」[9]因此之後又陸續發生相關論戰及社會運動。即使黨國大雨撲滅愛國之焰，燃燒過後的灰燼，卻代表著該世代青年對國族前途的關懷。

落雨沾浥灰燼，滲流為土地的血液。雨勢時驟時緩，1954年生的陳黎與楊澤，青春正盛，依舊身著制服晨起上學。對於高中少年而言——尤其臺北以外——保釣運動或震懾或振奮，無論如何還是得先面對聯考。[10]而後北上求學，[11]進入被雨水所困的城市裡，少年詩人在泥濘中蹀躞出詩痕，一腳踏上「回歸現實世代」[12]的末班車。

列車從七〇年代開往八〇年代，沿途停靠現代詩論戰、鄉土文學論戰……，一路駛向臺灣解嚴。雖然他們並未下車參戰，卻不代表沒受到彼時社會思潮的影響。陳允元認為：「一九五四年出生的楊澤沒有直接參與論戰。但就作品以觀，楊澤無疑受其影響。」[13]

---

[8] 先是，1972年4月在《中央日報》連載署名「孤影」投稿的〈一個小市民的心聲〉。文中認為政府當局若繼續放任學生「運動」，將會演變成學生「暴動」。再者，大力鼓吹保釣運動的《大學雜誌》因成員意見分歧，且時任行政院長的蔣經國有意拔擢出國留學的青年才俊（洋派），壓制本地的知識分子（土派），土洋兩派因此分裂，內部已打算休刊。此外，1973年警備總部約談臺大哲學系幾位左派思想的師生，而後開始人事整頓，解聘教師。以上三大事件為國民黨對當時革新訴求的壓制，保釣運動約三年內即被政府全面控制直至沉寂。參見蔡明諺：《龍族詩刊研究——兼論七〇年代臺灣現代詩論戰》，頁28-35。邵玉銘：《保釣風雲錄：一九七〇年代保衛釣魚臺運動知識分子之激情、分裂、抉擇》，頁167-170。

[9] 蕭阿勤：《回歸現實：臺灣1970年代的戰後世代與文化政治變遷》，頁139。

[10] 保釣運動爆發時，陳黎與楊澤年僅17歲。楊澤自言：「一九七一年保釣運動在美爆發、年底臺灣退出聯合國，七五年越戰結束，七九年中美正式斷交……作為一個土生土長的臺灣人，這方面我的領悟來得甚遲。」引自楊澤〈有關年代與世代的〉，收錄於楊澤主編：《七〇年代懺情錄》（臺北市：時報文化，1994年），頁6。

[11] 陳黎於1972年入臺灣師範大學英語系，楊澤在1973年入臺灣大學外文系。

[12] 臺灣社會學者蕭阿勤以「回歸現實世代」綜括指稱，經歷過臺灣七〇年代一連串外交挫敗的青年知識分子，不分省籍而「覺醒」。他們普遍批判上一代流亡、消極的心態，思考國族認同與自我定位，積極要求政治改革。本研究沿用蕭阿勤的命名，同將七〇年代的青年知識分子稱為「回歸現實世代」。

[13] 陳允元：〈徬徨者與信仰者——論七、八〇年代之交的楊澤詩及其時代意義〉，

陳黎自言：「在當時戒嚴的政治局勢下，我對於作家是不是要涉入政治、關心政治呢？會被抓去關嗎？我其實有一點疑惑。在我的第一本詩集《廟前》大膽地批判這種社會情境……」。[14]將他們的詩作置於時代的脈絡觀之，方能顯現自我意識與現實社會的對話與互涉。

在同班車上的少年詩人何其多，為何本研究敦請兩位在此「會面」？先扣除同為1954年出生的巧合，亦無法避免筆者的閱讀偏好。第一，陳黎與楊澤的第一本詩集之內容皆創作於大學時期，[15]詩少年[16]於青春蓄積能量，乘著七〇年代對國族的炎上之風，展翅飛往詩的宇宙。第二，據張芬齡的研究，兩人銜接上一代詩人偏重浪漫——象徵的經營，但改以平易近人的意象為取材，修正現代主義的晦澀虛無。[17]第三，學界對兩人的論述集中在楊澤以中國古典的婉約抒情為基調，卻用歐洲騎士般的姿態策馬追尋文化鄉愁，並反覆吟唱「愛」；而陳黎採複調旋律，浪漫綺想、荒謬諷刺、感傷悲憫等相互唱和，交織中國古典神話與西方敘事手法。綜合以上，歸納兩人皆擅經營意象、融合中西，創作的起步點亦早，第一本詩集的創作時間介於現代詩論戰與鄉土文學論戰的區間。

在此，先暫時停靠現代詩論戰。現代詩論戰後，臺灣詩壇關注的重點，不論作者或讀者，都要求現代詩在傳統及現實的「歸屬

《臺灣詩學學刊》13號（2009年8月），頁59。

[14] 陳黎與賴芳伶對談，王鈺婷謄錄：〈在島嶼邊緣旅行世界——陳黎的創作生活〉，《鹽分地帶文學》第六期（2006年10月），頁183。

[15] 陳黎的第一本詩集《廟前》於1975年出版，楊澤的第一本詩集《薔薇學派的誕生》於1977年出版，時間點皆落在大四前後。

[16] 「詩少年」一詞出自楊宗翰〈詩少年——方梓與黃荷生〉：「它所指涉不僅是生理上之『少年』，也是精神上之『少年』。」在這篇文章專指方梓和黃荷生，他們年少的詩作「走得太遠」，不受當時詩壇重視，而後只能黯然離開詩。見氏著：《臺灣現代詩史：批判的閱讀》（臺北市：巨流，2009年），頁89。

[17] 張芬齡：〈在時間對面——析陳黎、楊澤的兩首詩〉，收錄在王威智編：《在想像與現實間走索：陳黎作品評論集》（臺北市：書林，1990年），頁36。

性」，可視為臺灣現代詩的轉捩點。[18]《龍族評論專號》回顧並反思七〇年代前的詩作，從中確立「關懷現實」與「回歸傳統」的思潮流向。光就前引張芬齡的評論，即可證明陳黎與楊澤的創作的確趨向論戰後的新航道，遑論同時代的詩人群體。鄭慧如將楊澤視為七〇年代「回歸傳統」的一個例證，提出七〇年代的詩歌創作在兩者間仍存在著緊張關係，該如何平衡在當時仍是挑戰。[19]「關懷現實」與「回歸傳統」必然對立嗎？若依此二元論，陳黎將被歸類在「關懷現實」一派，但就前文所論，我們並不能忽略陳黎師法古典之作。再者，延續浪漫主義傳統的楊澤難道是逃避現實？陳允元的論述即對此的反駁，他認為楊澤的「淑世」精神是以「內縮」的姿態顯現。[20]

再者，若觀察學術界對於兩位詩人的研究狀況，將發現兩人的相關研究比例懸殊。關於兩人作品的評論引得（包含學位論文），陳黎的涵括海內外共計184篇，[21]楊澤的有31篇；[22]其中，以陳黎為研究主題的學位論文有13篇，以楊澤為研究主題的學位論文有1篇。筆者無意按檢索的數據資料比較兩位詩人，而是好奇楊澤在學界「乏人問津」的原因。陳允元推測是因「創作期短暫、集中，加上創作量少，使得楊澤受到的矚目不若同輩。」[23]就現況而言，筆者認為這個理由不夠充分，因楊澤於2016年出版新的詩集《新詩十九首：時間筆記本》，若加上之前舊作的合集《人生不值得活的》，已累積四本詩集，這樣的創作量並不算少。[24]或許是因為解

[18] 向陽：〈七十年代現代詩風潮試論〉，《文訊月刊》第十二期（1984年6月），頁56。

[19] 鄭慧如：〈從敘事詩看七十年代現代詩的回歸風潮〉，收錄於文訊雜誌社主編：《臺灣現代詩史論：臺灣現代詩史研討會實錄》（臺北市：文訊雜誌出版，1996年），頁391。

[20] 陳允元：〈徬徨者與信仰者——論七、八〇年代之交的楊澤詩及其時代意義〉，頁60。

[21] 陳黎的統計數據之時限截至本論完成之前為止，出自網站〈陳黎文學倉庫〉：http://faculty.ndhu.edu.tw/~chenli/chenlicritic.htm

[22] 楊澤的統計數據之時限截至本論完成之前為止，並另臚列整理於附錄。

[23] 陳允元：〈徬徨者與信仰者——論七、八〇年代之交的楊澤詩及其時代意義〉，頁58。

[24] 不過陳允元於2009年發表〈徬徨者與信仰者——論七、八〇年代之交的楊澤詩及其

嚴後本土化的風潮，帶動「關懷現實」一派的研究，而楊澤卻被邊緣在「回歸傳統」的研究裡，隱身於前輩詩人之後。故而，若以「關懷現實」與「回歸傳統」將詩人劃門分派是有失公允的。

回到這兩位詩少年為何在本論「會面」的理由，除了兩人有前文所述的種種共性之外，筆者試圖掙脫前行研究以「關懷現實」與「回歸傳統」為評價與焦點，將兩人在解嚴前的詩作理解成詩少年勇往直前的覺醒之旅。

然而，該從何種角度理解、詮釋兩位詩人的作品？本研究試圖以想象的角度切入，借助巴什拉的詩學——從詩意象中純化成物質（元素）的夢想——叩問少年詩人搭上「回歸現實世代」的末班車後，在途中感知到什麼？揀拾哪些意象？從這些問題進一步探究「我是誰？」、「我看見了什麼？」、「我面對何種困境？」等等，個人的存在認同與困境抵抗。並從中分析詩人的主體思想及意志，管窺七〇年代的少年詩人們在當下所展現的姿態與追求。

列車載著覺醒青年狂飆，直到雨勢和緩，太陽漸露曙光，路上的塵埃都滋養了詩人的花園。經過一個又一個的隧道後，詩人的頭髮轉白（如賢者之石實驗的穩定階段所透出富有光彩的白），列車即將到站。抖落傘上的水滴，詩人下車——或許轉乘。而後又有其他班次迎頭追趕，「新」世代終將變「老」變「舊」，在世代交替間，比起「取代」，「更新」要來得活力充沛，也更保有對昔日的尊重。[25]如此，歷史雖一再輪迴，人類卻能不斷更新、進步。

不論處於何種時代或社會結構，總有彷若鍊金術士的詩人揮別母親，前往他方之輿。在沿途所經的水鄉與荒煙中蒐集元素，企圖煉製哲人石，賦予語言勇往直前的意志，對暴雨投之以愛，以及夢

時代意義〉，楊澤尚未出版《新詩十九首：時間筆記本》。

[25] 林燿德將世代交替喻為戰爭，然而，現代詩史的世代研究非得「互相傷害」嗎？見氏著：〈八〇年代現代詩交替現象〉，收錄於文訊雜誌社主編：《臺灣現代詩史論：臺灣現代詩史研討會實錄》，頁425。

想。正呼應巴什拉所言「人是一種更新的意志」，而這正是筆者藉由陳黎與楊澤的詩作極欲證明的。

第二節　概念釋義與研究範疇

> 在我對四大元素的想像進行冗長的冥想時，我重新經歷到了無數在虛空、在水中的白日夢，端看我尾隨的詩人是鑽進樹端的窩巢裡，還是跑到甲殼所形構的動物洞穴中。有時候，甚至在我觸摸到事物的時候，我仍舊夢想著元素。[26]

一、「想象」釋義

筆者將尾隨巴什拉的冥想足跡，大至橫跨曠野或潛沉深海，小則鑽進窩巢與洞穴等各異的空間——閉上眼，就能優遊在白日夢裡，此被巴什拉稱為**「漫遊的凝神狀態」（concentration de l'errance）**[27]。

藉由想象力，人們得以遊歷在感官經驗以外的世界，乃至擴大對物理世界的認知，進而更新語言、發展科學。想象作用（imagination）在康德（Kant Immanuel, 1724-1804）的說法是：「表現『當時並未存在之對象』於直觀之能力。」[28]意即人類在思維或意識活動時，將感官經驗中的對象加以形構新形象的過程，漢語學界將之譯為「想象」或「想像」。

「想象」或許出自《韓非子‧解老》：「人希見生象也，而得死象之骨，案其圖以想其生也，故諸人之所以意想者皆謂之『象』

---

[26] （法）加斯東‧巴舍拉（Gaston Bachelard）著；龔卓軍、王靜慧譯：《空間詩學》（臺北市：張老師，2003年），頁58。

[27] 加斯東‧巴舍拉：《空間詩學》，頁301。

[28] （德）康德（Kant Immanuel）著；藍公武譯：《純粹理性批判》（上海：上海三聯書店，2011年），頁67。

也。」[29]由感官經驗中可得的死象之骨，推論未曾見過的活象之形貌，是為「想象」。[30]韓非的詮釋被段玉裁借用於《說文解字注》中的「象」：「人之所以意想者皆謂之象。」[31]然段氏又言：「韓非以前或只有象字，無像字。韓非以後小篆即作像。則許斷不以象釋似，復以象釋像矣。」[32]說明「象」、「像」二字的通假，直至現今，漢語學界仍未界定兩者在概念上的差異。

根據黃冠閔的研究，在中國的文化脈絡中，可從兩大方向檢討「想象」的功能：第一，《周易》中「設卦觀象」所建立個人至宇宙的一套符應關係，如：「在天成象，在地成形。」[33]想象介入象徵的系統，將自然現象連結人類活動。第二，《詩經》的「見物起興」是由感官經驗的觸動而引發心靈的變化，它不只是寫作的技法，更是想象力所發揮的效用。《文心雕龍》的文學批評繼承《詩經》的比興傳統，進一步詮釋：「神用象通，情變所孕。物以貌求，心以理應。」[34]、「詩人感物，聯類不窮。流連萬象之際，沉吟視聽之區。」[35]藝術行為雖玄妙難測，在想象的中介之下，難以捉摸的神思憑藉物象現形，作為情志的隱喻。然而，黃冠閔的研究指出：「不論是透過詩或卦象的中介，想像力被使用也是事實，但卻未必從興象、意想的討論形成一種可以等同於柏拉圖或亞里斯多德的觀察。」[36]儘管中國人在藝術創作上展現豐富的想象力，但對於想象的功能以及心理學式的檢視，卻未能建立系統的論述。[37]

考量中西方的文化差異，兩者在哲學的討論各有側重之處。或

---

[29] 周勛初修訂：《韓非子校注》（南京：鳳凰出版社，2009年），頁164。
[30] 黃冠閔：《在想像的界域上——巴修拉詩學曼衍》（臺北市：國立臺灣大學出版中心，2014年），頁4。
[31] 〔清〕段玉裁：《說文解字注》（臺北市：黎明文化公司，1975年），頁459。
[32] 〔清〕段玉裁：《說文解字注》，頁375。
[33] 〔清〕王由敦編纂：《乾隆御纂周易述義》（臺北市：新文豐，1979年），頁563。
[34] 〔梁〕劉勰：《文心雕龍》（北京：中華書局，1985年），頁39。
[35] 〔梁〕劉勰：《文心雕龍》，頁62。
[36] 黃冠閔：《在想像的界域上——巴修拉詩學曼衍》，頁5。
[37] 黃冠閔：《在想像的界域上——巴修拉詩學曼衍》，頁2-6。

許因為如此，漢語中的「想象」與「想像」二詞才處在模糊地帶，無法清楚辨別。[38]筆者借助西方傳統對「想象」的論述脈絡，試圖從中尋找「想象」與「想像」的幽微差異。

古希臘時期的柏拉圖（Plato, 424/3-348/7B.C.），最先提及「想象」的認知方向。一種是透過感官經驗而摹仿外部事物，在意識中形成影像（eikasia），是最低等的認知能力，好比水鏡的倒影或日光下的陰影。[39]另一種則是心靈的圖像，藉由記憶和感覺結合而生的情感，彷彿在靈魂中書寫或作畫似的。[40]歸納柏拉圖說明想象的功能，大致可分為摹仿（產生影像）與創作（製造幻象）兩大方向，後者較接近本論所探討「想象」的概念。另一位希臘先哲——亞里斯多德（Aristotle, 358-322B.C.）在《靈魂論》中如此談論「想象」：「又若臆想（心理幻象）則既不同於感覺，也有異乎思想（理知），可是，如果全無感覺，也難引起臆想（幻象），若全不臆度，這也不能構成什麼觀念。」[41]亞里斯多德的「臆想（心理幻象）」發生在「既不在看，也無所見」的情況下，雖不同於感覺與思想，但又得靠它們才能構成形象，可視為柏拉圖摹仿說與創作說的「中介」。

然而，自哥白尼（Copernicus, 1473-1543）的天文學說開始，科學的巨輪加速轉動，同時將歐洲帶往理性主義的思潮。笛卡兒（René Descartes, 1596-1650）認為知識來自心靈的思辯，而非感官的經驗，故貶低想象的功用：「我們只是通過在我們心裡的理智功

---

[38] 潘衛紅：〈想像與想象——兼論康德哲學中的Einbildungskraft的翻譯問題〉，《湖北大學學報（哲學社會科學版）》第三十五卷第三期（2008年5月），頁59。

[39] 柏拉圖將靈魂喻為一條線，切分為四個區域，由高至低是：理解（noesis）、思想（dianoia）、信念（pistis）、影像（eikasia）。參見：（希臘）柏拉圖（Plato）著；徐學庸譯著：《《理想國篇》譯著與詮釋》（臺北市：臺灣商務，2009年），頁305-308。

[40] （希臘）柏拉圖（Plato）著；王曉朝譯：《柏拉圖全集》卷三（臺北縣：左岸文化出版，2003年），頁358-360。

[41] （希臘）亞里斯多德（Aristotle）著；吳壽彭譯：《靈魂論及其他》（北京：商務印書館，2009年），頁147。

能，而不是通過想象，也不是通過感官來領會物體，」[42]因此，理性主義者認為想象是誤謬之源。

直到啟蒙時期的康德在先哲的基礎上，完成《純粹理性批判》，調停「理性論」與「經驗論」兩造的爭論。[43]康德說：「無內容之思維成為空虛，無概念之直觀，則成為盲目。」[44]唯有統合感性直觀與理性思考，才能發展知識。為了說明知識的形成，康德全面地檢討與歸納「想象」的功能，提出「再生的想像力」與「先天的純粹想像力」。前者複製了以往的感官經驗，因此表象的產生受制於經驗；後者並不依靠經驗，而是自發性在心靈中創造了虛構的圖象，並能溝通理性與感性。[45]康德的劃分，重疊柏拉圖以降，檢討想象「摹仿」與「創造」兩種功能的路徑。

爬梳西方對於「想象」的辯證後，回到前述漢語學界中「想象」與「想像」的討論。本論欲探討的是能虛構時空的想象力，並非經驗的模仿與再製。而人字旁的「像」以「似」解，乃取摹倣之意。因此本論在辭彙的運用上，除了直接引用文章之處外，皆使用「想象」。

二、「夢想」釋義

前文以「什麼是想象？」作為探問的起點，巴什拉的想象觀將帶我們前往更遠的彼方。有關這位法國哲學家的學思歷程非此

---

[42] （法）笛卡兒（Descartes, R.）著；龐景仁譯：《第一哲學沉思集》（北京：商務印書館，2009年），頁35。

[43] 在笛卡兒提出「我思故我在」之後，人們面對「何謂真實的知識」這個問題時，有兩派立場相對的哲學派別可說明。經驗論主張知識來自感性知覺，因此理性是把源於感性的經驗再加工，無法毫無根據地產生理念；而理性論則認為知識是理性的，即使是感性經驗的知識也是弱化的理性。參見：（德）Hans Michael Baumgartner著；李明輝譯：《康德〔純粹理性批判〕導讀》（臺北市：聯經，1988年），頁6-8。

[44] 康德：《純粹理性批判》，頁27。

[45] 康德：《純粹理性批判》，頁101。

章的論述焦點，而後會在本論「**第貳章　理論探賾**」詳述，於此先引其言而論：「我們將會看到某些充滿詩意的夢想是對生活的遐想，這些遐想拓寬了我們的生存空間，並使我們對宇宙充滿信心。」[46]引文中的「夢想」（la rêverie）與「夢」（le rêve）在法文中屬同個詞根，前者由後者派生而來，除兩者的詞性不同之外，巴什拉在夢想的論述中一再強調兩者的區別。夢（le rêve）是法文中的陽性詞彙，專指睡眠中無意識的夢，在漫長的夜晚中被動等待夢降臨於自身，亦為佛洛伊德（Freud, 1856-1939）心理學的研究來源。有一些夢不屬於潛意識的昏昧不清，乃陰性詞的「夢想」（la rêverie），從法文詞源來看，雖與睡夢（le rêve）接近，但為具有意識介入的清晰的想象，且須依靠書寫才能傳達的詩意想象。

由於漢語的詞性無分陰陽，沒有和「la rêverie」相對應的詞彙，因此「la rêverie」在幾個漢譯本的譯法略為不同。《空間詩學》作「日夢」、「夢想」，《火的精神分析》、《夢想的權利》[47]作「夢想」、「遐想」或「夢幻」，《水與夢：論物質的想象》[48]作「遐想」、「夢幻」，《夢想的詩學》作「夢想」。在其他學者評述巴什拉的著作譯本中，《批評意識》作「夢幻」，《理性與激情：加斯東・巴什拉傳》[49]作「夢幻」、「冥想」。巴什拉的著作尚有部分未譯成中文，然在日本學界有引入的如：《空と夢》[50]、《大地と休息の夢想》[51]，及研究科學思想史的金

---

[46] 加斯東・巴什拉：《夢想的詩學》，頁11。

[47] （法）加斯東・巴什拉（Gaston Bachelard）著；杜小真、顧嘉琛譯：《夢想的權利》（上海：華東師範大學出版社，2013年）。

[48] （法）加斯東・巴什拉（Gaston Bachelard）著；顧嘉琛譯：《水與夢：論物質的想象》（鄭州：河南大學出版社，2016年）。

[49] （法）弗朗索瓦・達高涅（Dagognet, F.）著；尚衡譯：《理性與激情：加斯東・巴什拉傳》（北京：北京大學出版社，1997年）。

[50] ガストン・バシュラール著；佐宇見英治譯：《空と夢：運動の想像力にかんする試論》（東京：法政大學出版局，1968年）。因此書未有中文翻譯，筆者在本論中暫譯為《氣與夢》。

[51] ガストン・バシュラール著；饗庭孝男譯：《大地と休息の夢想》（東京：株式会

森修所著的巴什拉評傳《バシュラール——科學と詩》，翻譯「la rêverie」均使用漢字「夢想」，在日文的意思是在現實中無法實現的事物。觀察這些漢語詞彙，可見法文「la rêverie」碰觸到漢字中「夢」、「想」、「幻」、「暇」、「冥」的涵義，但又無法完整貼合；另外，「日夢」雖能與「夜夢」區隔，但在字面上卻限制了夢想的時間。為統一術語，筆者在這些詞彙中採最大公約數，即「夢」與「想」的出現頻率最高，而「想」這個字也能說明「具有意識的」。因此，除引用原文的段落，「la rêverie」在本論中皆作「夢想」。

三、「四元素」釋義

在釐清「夢想」（la rêverie）的譯名與定義後，回到本節開頭的引文「有時候，甚至在我觸摸到事物的時候，我仍舊夢想著元素。」[52]從巴什拉的冥想中繼續追問：什麼是「四元素」？與「夢想」有何關係？

「元素」[53]一詞從西方傳入，是構成自然界萬物最基本的單位，亞里斯多德主張萬物由火、水、空氣和土，這四種元素所構成。此後巴什拉承接該想法，試圖從元素中找到一種非理性的想象，然這四大元素並非以實體存在，而是意識中具象徵意義的物質原型。巴什拉認為人類的意識中存有四大元素，當人們夢想時，意識便浮現由四元素而生的種種詩歌意象。夢想依附在四元素中，即使無法被稱為科學，卻能以詩學視之，由此連結「元素」與「夢想」，乃融合科學與詩的一大嘗試。

以元素為想象基礎的詩學論述，為臺灣詩學尚待發展的研究方

社思潮社，1970年）。

[52] 加斯東・巴舍拉：《空間詩學》，頁58。

[53] 元素的英文與德文皆為element，法語作élément。

向。本論將借助巴什拉的詩學想象，分析與評價楊澤與陳黎的詩作中如何夢想四元素，以此期待在臺灣詩學研究中對元素的討論激起更多漣漪。

四、「解嚴前詩作」釋義

梳理完「夢想」與「元素」交纏的研究方向後，本論將目光轉向研究的對象——楊澤與陳黎這兩位詩人，以及他們所處的時代。

國民政府在國共內戰失利後遷徙來臺，為肅清黨內共產黨的滲透，於1949年實施全臺戒嚴，展開為期38年的獨裁統治。除《戒嚴法》亦頒布〈戡亂時期檢肅匪諜條例〉，標明人民應善盡檢舉匪諜之義務，一旦發現匪諜則採取連坐處分。在該條例的施行下，民間被建立天羅地網的監視系統，彼此提防監視。[54]到了一九六〇、七〇年代後，潛伏的共產黨員逐漸被肅清，然而國民政府卻將國家暴力轉向內部的敵人：嚮往自由民主的反共人士和臺獨人士。為了合理化獨裁的統治方式，政府阻擋自由與民主的思潮入侵臺灣——加強學術機構和媒體的監控，並配合暴力的手段。[55]

或許印證巴什拉所言：「人是一種更新的意志」，依舊有黨外人士不畏威權政府，將民主的浪潮一波又一波的打在臺灣的岸上。自1971年初的保釣運動及後續接踵而來的外交危機，被稱為「覺醒世代」的青年，不斷思考國家的前程。知識分子要求改革的聲浪漸起，不論是政治上的民主運動，抑或是文學上的鄉土文學論戰，或是社會上各種爭取權益的運動與訴求，瀰漫在大學的校園。直至1979年的美麗島事件及後續的審判，有效的凝聚臺灣選民的意志，

---

[54] 陳翠蓮：〈臺灣戒嚴時期的特務統治與白色恐怖氛圍〉，《戒嚴時期白色恐怖與轉型正義論文集》（臺北市：吳三連臺灣史料基金會，2009年），頁66-69。

[55] 臺灣民間真相與和解促進會：《記憶與遺忘的鬥爭》（新北市：衛城出版，2015年），頁111。

在不斷地衝撞黨國體制下，終於突破戒嚴令。1987年，由蔣經國總統宣布解除戒嚴。

而本論研究的兩位詩人——陳黎和楊澤——於時間上同為覺醒的一代，皆在大四前後出版第一本詩集。那是七〇年代末的臺灣，在黨外運動的爭取下，封閉且監控嚴密的社會被灌注民主的新鮮空氣，而距1987年的解嚴大約還有十年。誠如上一節所述，正值青壯年的詩人們是否參與運動並寫成詩篇，並非本論要關注的焦點。倘若如此，又為何要將本研究的時間置放於解嚴前？回到本論的核心理念：夢想，夢想得以超越現實的世界，拓寬生存的空間。正因處於被黨國箝制的現實社會，更彰顯夢想的重要性。本論無意關注詩歌見證了時代的什麼，而是身處於該時代的詩人夢想什麼？

解嚴那年，兩位詩人迎來他們的32歲，於此之前已累積相當豐富的詩作，其後亦創作不輟。楊澤於1977年出版《薔薇學派的誕生》，收錄54首詩；1979年出版《彷彿在君父的城邦》，收錄56首。[56]陳黎於1975年出版《廟前》，收錄55首詩作；1980年出版《動物搖籃曲》，收錄57首；1990年出版的《小丑畢費的戀歌》中有11首詩作是在解嚴前寫完，也納入本論的討論內容。兩位詩人在解嚴後皆將舊作重新出版或整理為合集再出版，於內容均有刪修。[57]由於本論研究的時間範疇為1987年前，故仍以舊版本為主，近年的再版或合集為輔，至於未收錄於詩集的作品則不討論。

每個時代都有屬於該世代的夢想，詩的意象提供我們研究夢想的素材。詩人的靈魂和意志於夢想中現形，並引起迴盪，撼動下一

---

[56] 楊澤的《彷彿在君父的城邦》有三種版本：初版1979年，龍田出版社，收錄56首詩。第二版1980年，時報文化出版事業有限公司，收錄63首。第三版2017年，INK印刻文學，收錄57首。楊澤在1980年的版本自言初版因出書匆忙而未有定稿之感，直到第二版才有「收束少作」的良機。

[57] 楊澤近年重新出版的《薔薇學派的誕生》和《彷彿在君父的城邦》均有刪改，考量論文研究年代，以舊版為主。陳黎在2017年二版《陳黎詩集.I：1973-1993》的前言，自序：「我略去了幾首覺得不必重印的詩作，添進了幾首當時寫成而沒有收錄詩集的作品。」因詩作成年代落在本研究的時間內，因此亦納入討論。

個世代。只要相信夢想，並持續夢想，那麼世代在交替中，便能不斷召喚更新的意志——以上粗糙的想法，將為本研究戮力之處。

第三節　前行研究與文獻探討

> 詩人向自然界的各種力量建議：離開土地，戰勝渾沌，凝視太陽。
>
> 因為任何生命都要陽光，任何存在都要求看得清楚。[58]

倘若認同海德格之言：「詩是思的近鄰」，那麼詩歌研究便是在文字的間隙中尋找哲人之思；若要釐清陳黎與楊澤詩作中的夢想，除了從詩人的創作及其相關研究外，還必須將視野稍微擴大到他們所處的時代背景與社會思潮，但這不代表他們的詩作是歷史事件的再現，而是將在虛空中獨自閃爍的夢想連結成星盤。因此，本論將分成兩大方向爬梳前行的研究與文獻。

一、陳黎與楊澤及其詩作之研究

（一）陳黎及其詩作研究

陳黎詩作豐碩且風格多元，相關論述隨之擴展。國立臺灣文學館出版《臺灣詩人選集》中的第57卷為《陳黎集》[59]，編者賴芳伶將陳黎的創作歷程分為三個階段：（1）地上的居住（2）家庭之旅（3）島嶼邊緣，第一階段大抵與本論的研究範圍相符。王威智編纂的《在想像與現實間走索——陳黎作品評論集》，整理1999年前陳黎的相關論述，包含現代詩與散文的評論；此外，陳黎於2017年出版的詩作合集裡附有167筆相關評論與研究——從上可得陳黎研

---

[58] 加斯東・巴什拉：《夢想的權利》，頁191。

[59] 陳黎作，賴芳伶編：《陳黎集》（臺南市：臺灣文學館，2014年）。

究的幾個關鍵字：花蓮、原住民、後現代、圖像詩、敘事詩、情慾書寫等等，亦可推估其創作重心。然而，前述多針對陳黎解嚴後的作品，實際檢閱陳黎作品評論引得，只有6篇評論觸及陳黎在戒嚴時期的作品，而後罕有再度回望陳黎早期詩作的專論，為何陳黎早期的詩作比起解嚴後的獲得較少的關注？我們或許能從這些為數不多的研究中找到關鍵。

這6篇文論，皆以「現實」為論述核心。張芬齡在〈《廟前》的世界〉[60]，指出陳黎藉意象的對比或荒謬達到諷刺之效，具反映現實社會的企圖。〈地上的戀歌——陳黎詩集《動物搖籃曲》試論〉[61]一文，認為陳黎在第二本詩集《動物搖籃曲》拋棄尖銳的諷刺，改以經營意象來平衡現實與想象的扞格。林燿德的〈陳黎論〉[62]卻與張芬齡的看法背道而馳，主張陳黎部分疲弱的抒情詩會干擾語言涉入現實，直至第三本詩集《小丑畢費的戀歌》[63]中獲時報文學獎的敘事詩〈最後的王木七〉，才游刃有餘地遊走於現實與想象間，正式與「楊澤式的浪漫曲調分道揚鑣」[64]。張、林的論述透露陳黎初期擺盪於「現實」與「想象」，還未精準掌握語言的質地。

---

[60] 張芬齡：〈《廟前》的世界〉，收錄於王威智編：《在想像與現實間走索——陳黎作品評論集》，頁11-24。

[61] 張芬齡：〈地上的戀歌——陳黎詩集《動物搖籃曲》試論〉，收錄於王威智編：《在想像與現實間走索——陳黎作品評論集》，頁43-63。

[62] 該文最早刊於《青年日報》副刊（1990年2月28日），後收於王威智編：《在想像與現實間走索——陳黎作品評論集》（臺北市：書林，1999年），頁87-88。在簡政珍、王耀德主編之《臺灣新世代詩人大系》所載〈陳黎論〉的內容，與前者相差無幾，多補了〈二月〉一詩的論述。本論參考的是後者的版本，因版本眾多，特此說明。參見：簡政珍、王耀德主編：《臺灣新世代詩人大系》（臺北市：書林，1990年），頁377-379。

[63] 陳黎：《小丑畢費的戀歌》（臺北市：圓神出版社，1990年）。

[64] 從林燿德的論述，發現陳黎有部分的抒情詩與楊澤的取逕重疊。而廖咸浩著〈玫瑰騎士的空中花園——讀陳黎新詩集《島嶼邊緣》〉一文，此文的篇名出現「空中花園」實乃楊澤式的詞彙，卻也是實存在陳黎第四本詩集《島嶼邊緣》中，如〈玫瑰騎士〉一詩、〈走索者〉出現的「空中」和「花園」，不過這些都是陳黎解嚴後的詩作，不在本論的討論範圍之中，故備註於此。收錄於王威智編：《在想像與現實間走索——陳黎作品評論集》（臺北市：書林，1999年），頁145-156。

林巾力〈「反諷」詩學的探討——兼以陳黎的詩作為例〉[65]，點出陳黎早期詩作中的反諷以直截的批判為主，例如利用詞語與現實反差的荒謬，然該手法之於後期的詩作相對淺白易見。解昆樺的〈情慾腹語——陳黎詩作中情慾書寫的譃史性〉[66]，提及陳黎在解嚴前嘗試過情慾書寫，使身處弱勢的女性能在詩作中奪回話語權，而後影響詩人在解嚴後的詩作以玩弄語言的手法，呈現歷史與族裔的多元與衝突。解昆樺的另一篇文章，〈礦室之死亡：陳黎〈最後的王木七〉詩敘事策略與象徵系統的戲劇性〉[67]，肯定陳黎一面架構敘事詩，一面以意象穩定詩質。可見陳黎在不斷嘗試操弄語言的戲法中，逐漸熟練讓想象涉入現實，因此解嚴後的寫作手法較前期純熟且複雜，無怪陳黎後期詩作的研究數量亦隨之增加。

研究陳黎的學位論文計有13篇，內容與本論較有關連的則有3篇：鄭智仁的《苦惱與自由的平均律——陳黎新詩美學研究》[68]，說明陳黎從七〇年代現代詩論戰後的本土論述出發，專注在島嶼邊緣——花蓮的書寫，而詩中「二元對襯」的特質能消弭社會的對立，及權力集中的場域。劉志宏的《邊緣敘事與島嶼書寫——陳黎新詩研究》[69]關注陳黎的敘事長詩，從中國神話中的后羿到臺灣小礦工王木七，並分析其轉變的意義；亦研究陳黎的島嶼書寫，能藉詩的藝術放大島嶼邊緣。殷昭文的《陳黎作品中的臺灣關懷研究》[70]，指出陳黎關懷的對象包含生活中的小人物、勞動者、原住

---

[65] 林巾力：〈「反諷」詩學的探討——兼以陳黎的詩作為例〉，《文史臺灣學報》第十一期（2017年12月），頁181-124。

[66] 解昆樺：〈情慾腹語——陳黎詩作中情慾書寫的譃史性〉，《當代詩學》第二期（2006年9月），頁170-213。

[67] 解昆樺：〈礦室之死亡：陳黎〈最後的王木七〉詩敘事策略與象徵系統的戲劇性〉，《彰化師大國文學誌》第二十三期（2011年12月），頁173-201。

[68] 鄭智仁：《苦惱與自由的平均律——陳黎新詩美學研究》（國立中山大學中國語文學系研究所碩士論文，2003年）。

[69] 劉志宏：《邊緣敘事與島嶼書寫——陳黎新詩研究》（靜宜大學中國文學研究所碩士論文，2003年）。

[70] 殷昭文：《陳黎作品中的臺灣關懷研究》（南華大學文學研究所碩士論文，2007年）。

民，以及花蓮，以寫作積極對抗權威，於是在細膩的書寫中帶有粗獷的氣味，豐富臺灣的多元文化與生命力。

根據前行研究，臺灣學界的論述多著墨在陳黎詩作中反映現實之處。在倒向一方的讚譽中，鄭彗如提出異論，認為陳黎的詩作迎合七〇年代「現實」的潮流，但「使弄口語的本領，在處理現實的題材中反而使得意涵更浮而文字更散。」[71]面對這兩種極端的評價，或許可借助巴什拉的詩學重新審視陳黎的詩作是否經得起「夢想」的檢視。

（二）楊澤及其詩作研究

在有關楊澤的期刊及單篇論文中，較有規模的論述多出自他人於詩集中的贈序：楊牧在〈我們祇擁有一個地球——楊澤著「薔薇學派的誕生」序〉[72]一文，點出楊澤作品的核心為對詩與愛的追尋，其後的論者大多延續此一論點。楊照的〈夢與灰燼——讀《人生不值得活的——楊澤詩選》〉[73]，認為楊澤詩中的浪漫特質雖與外界秩序格格不入，卻能召喚著青春躁動的少年們，此乃其詩迷人之處。唐捐的〈蕩子夢中殉國考〉[74]與前者不同，強調楊澤詩中的「扮演性」——不論扮演周旋於情場的「浪蕩子」，或遭臨夢中美好城邦傾頹的「遺少」——都是涉世未深的少年，擔心失去愛與詩所做的強行挽留。根據上述序文，可見楊澤詩作的關鍵字為愛、詩、浪漫、抒情，主題與風格十分強烈。

在楊澤的相關文論中，有兩篇值得一提：第一是簡政珍的〈楊

[71] 鄭慧如：《臺灣現代詩史》（新北市：聯經，2019年），頁556-557。

[72] 楊牧：〈我們祇擁有一個地球——楊澤著「薔薇學派的誕生」序〉，收錄於楊澤：《薔薇學派的誕生》（臺北市：洪範書店，1977年），頁1-11。

[73] 楊照：〈夢與灰燼——讀《人生不值得活的——楊澤詩選》〉，收錄於楊澤：《人生不值得活的：楊澤詩選》（臺北市：元尊文化，1997年），頁164-175。

[74] 唐捐：〈蕩子夢中殉國考〉，收錄於楊澤：《彷彿在君父的城邦》（臺北市：印刻，2017年），無頁碼。

澤論〉[75]，指出楊澤詩中的弱點為意象薄弱及散文化傾向，且試圖以抒情優美的文辭掩飾。然而抒情仍需要加入生命的思索，非故作姿態強說愁，不過楊澤的好詩確實能妥善處理這部分。簡政珍直截指陳抒情的反面效果，其言外之意為，楊澤並非每首抒情詩都飽滿厚實。我們應如何證明該詩潛沉與否？該文尚未細論，筆者以為或可從夢想入手，檢視簡政珍評價的薄弱與雄厚之別。陳允元的〈徬徨者與信仰者——論七、八〇年代之交的楊澤詩及其時代意義〉[76]，將楊澤詩中的「徬徨」與「猶疑」，解釋為面對舊的典律、體制、意識型態逐漸鬆動，新的社會又未規劃完善的焦慮。楊澤的詩藉由反覆吟誦「詩」與「愛」來抵抗現實之惡俗，雖非八〇年代對現實強力批判與揭露的主流，仍具「過渡性」的時代意義。陳允元的論述中放大楊澤的淑世精神，亦帶入該時代的社會背景，影響後之論者對楊澤的解釋不再限於「浪漫抒情」，而新增「對抗現實」的方向。

或因楊牧與楊澤的師承關係或詩風，有論者將兩人並置討論，如：顧蕙倩文論的其中一章為〈知識分子的浪漫革命——以楊牧、楊澤為例〉[77]，以知識分子及浪漫特質作為兩人詩作的切入點，分析當時知識分子的革命與西方不同，受臺灣戒嚴時期威權統治的現實所囿，並不積極涉入現實，只能將對現實的關注投射於虛擬的時空中。同時討論楊澤與羅智成亦有之，除李癸雲之〈不存在的戀人——以陳黎、楊澤、羅智成詩為例〉[78]外，還有朱雙一的〈楊澤、

[75] 簡政珍：〈楊澤論〉，收錄於簡政珍、林燿德主編：《臺灣新世代詩人大系》（臺北市：書林，1990年），頁359-369。

[76] 陳允元：〈徬徨者與信仰者——論七、八〇年代之交的楊澤詩及其時代意義〉，頁77-79。

[77] 顧蕙倩：《臺灣現代詩的浪漫特質》（臺北市：秀威資訊科技，2012年），頁133-138。

[78] 李癸雲：〈不存在的戀人——以陳黎、楊澤、羅智成詩為例〉，《臺灣文學學報》第四期（2003年8月）。

羅智成：文化鄉愁和歷史尋根〉[79]。朱雙一認為他們所尋的根已非實際的地理位置，而是抽象的文化鄉愁，表現在詩作上卻能巧妙平衡傳統／現代、歷史／現實的極端。林餘佐的〈屈原在現代詩中的抒情召喚——以羅智成、楊澤、陳大為為例〉[80]，以「二度抒情」的概念說明詩人受到屈原抒情詩的共振後，在自己的詩作中延續屈原的情志。文中說明楊澤與羅智成的相異處為羅智成回到過去的楚地尋訪屈原，而楊澤則是將屈原召喚到1977年的現代，無論如何，兩人皆透過屈原的形象連結自身的心境與懷抱。筆者之所以臚列與楊澤相提的幾位詩人，是為了說明以楊澤本身發展成文論在目前學界確實為數不多，從這些主題式的文章中，亦可看出楊澤詩作中能引發論者興趣的幾個面向，以及有待開發之處。

至於學位論文，唯陳香穎《與時間對話：楊澤詩作三大主題研究》[81]一篇。該文考察楊澤出版過的所有詩集，以「時間」為切入重點，連結「愛與純真」、「現實觀照」和「死亡觀照」這三個面向，是目前研究楊澤詩作最全面的論文。由於陳香穎的研究範圍是楊澤從早至今的詩作，在肯定楊澤早期的抒情軟語的同時，也試圖鬆動楊澤在臺灣文學史上「浪漫抒情」的刻板印象，以楊澤近年出版的詩集為例，證明楊澤參與現實、融入市井的轉變。亦承接陳允元的「對抗精神」，但又更細緻的分析楊澤詩作中抵抗性的差異，早期對抗的是毀滅，而晚期對抗的是時間。

爬梳以上的文論，可見在陳允元之文後，確實激發其他論者關注楊澤詩對現實的「對抗精神」，非逃逸到虛構的浪漫國度後就裹足不出。然而，筆者將借助巴什拉的詩學，以元素的角度談論「抵抗」，並辯證夢想並非現實的逃逸。詩的所在即夢想的空間，而詩

---

[79] 朱雙一：《戰後臺灣新世代文學論》（臺北市：揚智文化，2002年），頁151-161。

[80] 林餘佐：〈屈原在現代詩中的抒情召喚——以羅智成、楊澤、陳大為為例〉，《東華中國文學研究》10期（2011年10月），頁125-141。

[81] 陳香穎：《與時間對話：楊澤詩作三大主題研究》（國立清華大學臺灣文學所碩士論文，2019年）。

意象能引領讀者進入，於是我們將會在夢想中與被改造的現實狹路相逢。

（三）並置陳、楊二人詩作之研究

研究陳黎與楊澤的文論皆有之，然將兩人並置討論的卻少之又少。其中，張芬齡在1980年之文〈在時間對面——析陳黎、楊澤的兩首詩〉，是最早的篇章。該文分析陳黎的〈在學童對面〉（1977年）和楊澤的〈書包〉（1978年），以此說明1970年代的詩人（第二代詩人）轉向經營扣合現實的意象。或許單從一首詩無法斷定兩人的寫作技巧是修正現代主義的晦澀，不過文中強調「生活感的意象」，卻啟迪本論探究詩人夢想的方向。

在臺灣出版的現代詩選集中，較值得討論的是1990年由簡政珍、林燿德主編的《臺灣新世代詩人大系》，收錄的24家中含陳黎和楊澤。該選集題名所謂的「新世代」為1949年以後出生之詩人，然文中補述「新世代」不宜做「單一流派」解。從「世代」為切入點，亦同時選入陳黎和楊澤的還有2002年朱雙一著《戰後臺灣新世代文學論》。該論將他們歸為「戰後新世代」，同樣主張「世代」不等於「流派」，即文學創作者的出現與某些社會事件、思潮緊密相連，但寫作手法與追求卻存在許多差異。確實以「流派」將詩人分類不免便宜行事，且忽略個體的差異性，當然這兩位詩人的創作方向也未必在同一條路徑上，但以世代為討論範疇的話，可以藉此探究夢想是否具有集體性？

不過世代將隨時間交替。李癸雲在2003年發表的〈不存在的戀人——以陳黎、楊澤、羅智成詩為例〉，已把這幾位詩人列為「中生代」。該文關注的是詩人的抒情策略，研究指出他們皆會設定某一對象，並對其反覆吟詠種種愛語，使對象的名字成為符號般存在。

筆者爬梳這幾篇共同選錄或研究陳黎及楊澤的文論，意在說明歷來的研究，通常將兩位詩人劃入同樣「世代」或「抒情策略」的範疇內，而目前確實未有以「夢想」為切入點的文論，此為本研究試圖開展的研究方向。

二、七、八〇年代的「世代」及現代詩研究

現象學的文學批評強調回歸文本的閱讀，所以本論並不細究詩人的生平，但閱讀文學作品卻無可避免納入當時的時代背景。臺灣七、八〇年代經歷現代詩論戰及鄉土文學論戰，理解當時的社會背景有助於定位夢想，並旁敲側擊其中隱而未談或特意彰顯的細節。

（一）七、八〇年代的世代研究

就臺灣七、八〇年代的世代與文化，本研究多參酌蕭阿勤的《重構臺灣：當代民族主義的文化政治》[82]及《回歸現實：臺灣1970年代的戰後世代與文化政治變遷》。前者論述臺灣於戰後如何擺脫地域性文學，建構認同臺灣的民族文學；筆者以為推動臺灣文學的動力肇於對民族的夢想，這些夢想乃深埋於詩。後者以「世代」為分析的概念，將1970年代的青年知識分子定義為「回歸現實世代」，在遭受臺灣面臨外交挫敗的刺激後，反思國族認同及敘事。該研究啟發筆者在擇定研究對象時，以「世代」取代「詩社」或「流派」。「詩社」或「流派」是有著共同創作理念的群體，但「世代」凸顯的是有集體記憶的同一族群，按此集體經驗，如何顯現於文學創作？或有何分歧？引起筆者極大的興趣。

至於臺灣七、八〇年代的藝文圈，楊澤主編的《七〇年代理想繼續燃燒》、《七〇年代感懺情錄》、《狂飆八〇》，收錄《中國時報》的「人間副刊」在1993年以來刊登對七、八〇年代的歷史回顧的專輯，見證臺灣社會由鬆動到解構的混亂過程。王鈞慧的《世

[82] 蕭阿勤：《重構臺灣：當代民族主義的文化政治》（臺北市：聯經出版，2012年）。

代感與感覺結構——論《七〇年代理想繼續燃燒》、《七〇年代感懺情錄》、《狂飆八〇》中的文化論述與記憶建構》[83]，以此為研究對象，分析當時的知識分子及文學媒體如何與時代和社會對話。雖然目前未見以楊澤為研究對象的學位論文，然王鈞慧研究該專欄的主編正巧是楊澤，即使對其詩作無直接的關聯，卻能作為參考資料，從旁觀察楊澤所處的時代，以及與他相近的文藝群體的思維和記憶。

（二）七、八〇年代的現代詩研究

有關該時代的現代詩研究，向陽的〈七十年代現代詩風潮試論〉和林燿德的〈不安海域——臺灣地區八〇年代前葉現代詩風潮試論〉[84]詳實敘述七、八〇年代的現代詩的詩壇狀況，兩者皆以詩社為考察對象，亦無可規避地討論現代詩論戰影響與後續效應。前者就當時對現代主義詩學的批判，進一步叩問藝術的本質；後者則承接上個年代的反思，歸納當時重塑的意識形態與勃興的多元思維。

蔡明諺的《龍族詩刊研究——兼論七〇年代臺灣現代詩論戰》，是將現代詩論戰的脈絡整理與論述得最完善的學位論文。該文以1971年創立的《龍族詩刊》為研究對象，重新分析詩人們在現代詩論戰前後創作的態度。當前普遍的論述皆為現代主義的詩人緩頰，將問題指向戒嚴時空下的必然結果，並積極從詩作中找尋與現實相扣的社會關懷；不過蔡明諺卻批判逃避現實乃出自詩人們自我的「選擇」，即使對現實有所回應，也只是不具有任何實踐力的「想象」。然而，該文是否過度輕忽「想象」？「想象」確實沒有任何實質的功效，卻能激發迴響，傳承不斷更新的意志。此外，其

[83] 王鈞慧：《世代感與感覺結構——論《七〇年代理想繼續燃燒》、《七〇年代感懺情錄》、《狂飆八〇》中的文化論述與記憶建構》（國立成功大學臺灣文學研究所碩士論文，2010年）。

[84] 林燿德：〈不安海域——臺灣地區八〇年代前葉現代詩風潮試論〉，《文訊》第25期（1986年8月），頁94-127。

結論認為現代詩論戰提出的問題，要到1977年的鄉土文學論戰才消化完成——這是筆者所認同之處，故將考察的對象轉向下一個世代的詩人，如本論的研究對象楊澤與陳黎，以期從詩人的「夢想」中觀察現代詩論戰所植下的種子如何長成枝枒，以證實想象的力量。

我們可以從上述資料清楚看見，以往臺灣的現代詩研究，多集中於流派或詩社的文學主張乃至論戰，詩人的作品往往被詮釋為意識形態的攻防，但是詩意並不鑲嵌在宣言之中，而是在詩的意象中撼動讀者的靈魂。本研究擇取同一世代的兩位詩人，撕下黏貼在他們身上的標籤，探訪該世代潛沉在詩中的夢想，期待能在後續的論述中，照見夢想折射出的新觀點。

第四節　研究方法與論文架構

> 讀者從向他敞開的美麗事物博物館裡，隨意淘出一件自己想再看見、觸動和撫摸的物，一件從前曾給過他幸福感覺的物品。[85]

如何分析並詮釋詩作好比如何參觀博物館：本論認為應關注直觀的觸動，而非按圖索驥般將詩作嵌入理論中；亦非把文字還原為現實，化為某事件的史料；更非將詩人當作患者，診斷其心理狀態。當然，這不代表評論詩作時完全捨棄文學理論、歷史背景與詩人生平，而是要釐清先後次序——將文本擺在第一順位。

文本與理論的關係，就如英國文化理論家泰瑞・伊格頓（Terry Eagleton, 1943-）所言：「評論概念最大的用處在於給予我們接近藝術作品的管道，而不在於將我們阻絕於藝術作品之外。」[86]倘若

---

[85] 加斯東・巴什拉：《夢想的權利》，頁212。

[86] （英）泰瑞・伊格頓（Terry Eagleton）著，李尚遠譯：《理論之後：文化的當下與未來》（臺北市：商周出版，2005年），頁123。

沒有特定理論的預設，我們恐怕連從何角度切入作品都沒有定論，遑論評論作品的優劣。當然，沒有任何理論能闡示作品全部的意涵，所以我們才需要各種理論，並判斷理論的適宜與否。

本研究將借助現象學的閱讀方法。現象學起初為二十世紀初由胡賽爾（Edmund Husserl, 1859-1983）開啟的現代哲學思潮，所謂意向性（intentionality）活動，即每一個意識或經驗，都朝向某一客體。而後，現象學影響諸多領域，於文學評論的方面，主張文本是作者意識的投射，並且多聚焦於主體感知時空或物質客體的互動關係。[87]然而現象學落實在文學批評中並不具一套系統性的架構，多流於局部、概念性的借用。[88]或許也因此，論者能避免被理論所囿，藉由現象學「回到事物本身」的概念「回到文字本身」。

一、文本分析法

文本分析法，簡言之即拆解文學作品，觀察文字如何組構並加以詮釋。「精讀」意味將注意力集中於「文本」，而非環繞於文字外圍的第二層訊息。如前所述，現象學強調「回到文字本身」的閱讀方法，如何「精讀」便成了大哉問。

在臺灣的現代詩批評中，陳政彥指出將現象學觀念用在現代詩評論的學者是葉維廉、簡政珍及翁文嫻，該論述皆結合自身感悟而獨樹一格，只可惜未能發展為一套評論系統。[89]其中，筆者深受翁

---

[87] （英）泰瑞・伊格頓（Terry Eagleton）著，吳新發譯：《文學理論導讀》（臺北市：書林，1993年），頁81。

[88] 鄭樹森編：《現象學與文學批評》（臺北市：東大圖書有限公司，1984年），頁1。

[89] 陳政彥統整這三位學者的詩論，各有其獨創之處：葉維廉以「模子理論」試圖溝通東西文學的傳譯，並匯通道家與現象學，建構中國古典詩歌美學的「純粹經驗」；簡政珍受海德格的學說影響，認為詩創造存有、抵抗消逝，並拼組散落在詩意中的現實；翁文嫻透過中國古典賦比興的詩法評論現代詩，試圖接近詩人的意識與思想。見氏著：《臺灣現代詩的現象學批評：理論與實踐》（臺北市：萬卷樓，2011年），頁37-66。

文媚的〈期待一個批評學派之誕生——「字思維」詩學〉一文啟發，認同「字思維」乃有待發展的詩學評論。

「字思維」一詞由畫家石虎提出，強調漢字中的「象」單音且獨立成辭，光憑一個漢字就可以構成天地。[90]此概念影響翁文嫻重新審視詩的語言，提出「虛靈以敬」[91]的態度辨認詩中的能量：「先沿字釋義，再辨語言結構，分出創意座標，然後疏解文化意涵。」首先，「虛」意指不要執著於固有的語法規則，因為詩人是語言的創新者，讀者應在文字的繫連中提取新的語法脈絡。如此才能感受文字與文字間的「靈」，即該首詩獨特的韻律或聲音效果，組構全詩的體勢，連結至詩人所關懷的世界。最後意會每首詩都有其無法言說的複雜性，但讀者卻可在其中擴充美感經驗，此乃「敬」。由此看來，字思維雖以字為本，但已擴大為字、句和空間互涉而成的美感經驗。

翁文嫻認為字思維的優點在於「由下而上」的穿透性能力，意即以文字為最小單位，感悟字與字之間的脈動。[92]現代詩論若趨向主題式的研究、時代背景或作者生平的考察，有時反而模糊對詩的理解。以文字為本，進而深入句中罅漏，澄清詩的面貌與真意，辨認人性與時代問題——本研究分析文本的方式，大抵也奠基於此。

本研究嘗試將字思維結合巴什拉的四大元素詩學。假使按照石虎「漢字有道，以道生象」[93]的定義，自然元素影響漢字的構成，我們或許易從漢字本身辨識其屬性。倘若依據漢字的部首判斷該字的屬性，隨即將面臨兩大問題：第一，如何討論漢字中的虛詞？比如火部的「無」、「然」、「為」，即便包含火的「象」，卻不具備巴什拉理論中強調的「物質性」。第二，如何忽略西方拼音文字

---

[90] 石虎：〈論字思維〉，《詩探索》（1996年6月），頁9。

[91] 翁文嫻：《間距詩學：遙遠異質的美感體驗探索》（臺北市：開學文化，2020年），頁89。

[92] 翁文嫻：《間距詩學：遙遠異質的美感體驗探索》，頁87-88。

[93] 石虎：〈論字思維〉，《詩探索》（1996年6月），頁10。

與漢字的根本差異？如果以部首觀之，「春日」皆屬日部，巴什拉的元素詩學將太陽歸類至火的元素；但矛盾的是，「春天」或「青春」的想象，實際上被巴什拉納入水的詩學來討論。[94]這的確是漢文學界引介西方學說難以焊接之處，似乎應證翁文嫻所言：「『符號學』的理論本來可以借用，但由於架構源自西文，許多繁複細微處，與漢語的文意有時會扞格不入。」[95]

幸而，面對上述的問題，「字思維」亦提供解決之道：雖以字為本，卻無須受形象或結構所限制；不要執著於古今中西的語法差異，要在字與字、句與句的互動中提取屬於該詩人的獨特風格和語法。是以，在導入巴什拉的元素詩論時，關注的是字句與元素的繫連，在詩空間的互動中感受詩人的夢想。筆者期望藉由「字思維」的態度，辨認陳黎與楊澤解嚴前詩作的物質性，並從中回望時代，澄澈夢想。

二、論文架構

本文共分為六章。第壹章為緒論，第貳章為巴什拉的理論探賾，第參章到第伍章分述陳黎和楊澤解嚴前的詩作中的存在、抵抗與夢想，第陸章為結論。以下將扼要說明本研究的章節構成：

本論開場先邀請讀者一同冥想鍊金術士的物質實驗，作為進入臺灣詩人陳黎和楊澤詩中「夢想」的暖身。只不過在途中發現，過往的研究過度強調現實與夢想的對立，侷限詩意象的更多可能性。因此，筆者引介法國哲學家巴什拉於本論中會面，以其「想象物質化」的理論為通行證，共享兩位詩人的夢想。為了證明夢想的現實性，筆者以「字思維」的文本閱讀法，試圖喚醒賢者之詩中的「元素」，使之在臺灣的詩學論述中帶來不斷更新的意志。

---

[94] 加斯東・巴什拉：《水與夢：論物質的想象》，頁56。
[95] 翁文嫻：《間距詩學：遙遠異質的美感體驗探索》，頁88。

巴什拉的研究生涯內，以想象為核心的科學與詩之謎，亦展現不斷更新的意志。在第貳章「理論探賾」，索隱巴什拉的足跡：先潛入早期科學認識論裡阻礙科學發展的主觀經驗中，拾取可謂之想象源頭的「源初意象」（image initiale），以較多篇幅停留於四大元素（火、水、空氣和土）的象徵意涵，再攀至晚期「現象學的轉向」之巔，在「夢想」中打磨出「詩意象」這把關鍵之鑰。而後，將焦點轉移到握有這把鑰匙的臺灣詩論學者們，關注他們如何開啟臺灣現代詩評論的新視野。

第參章「我夢想故我存在：靜觀與展現」，主標題雖仿擬笛卡兒之名言「我思故我在」，但主張夢想者存在於他所激發的形象裡。在四大元素中，唯有水的形象可映照出夢想者自身，且賦予自戀在文學上的積極意義。因此，本章以「水／鏡」為切入點，深入納西瑟斯情節，詮釋由「我」、「看見」、「在」排列組合成不同的靜觀視角，分成「自我凝視」、「靜觀宇宙」和「展現意志」三大面向，論述主體如何藉由靜觀指認自身並展現自我。

第肆章「我存在故我抵抗：夢魘與鬥爭」，接續上一章的靜觀自我的研究，關注存在的困境，由此探看詩人欲「抵抗什麼」及「如何抵抗」。第一節先就陳黎的兩首敘事長詩〈后羿之歌〉和〈最後的王木七〉中，析離其中關於夢魘的四種想象，並釐清詩人如何調度抵抗的意志與之抗衡。第二節主要以楊澤《彷彿在君父的城邦》中的〈柏舟〉詩系和〈彷彿在君父的城邦〉三首組詩為主，分析詩人內在水與火兩股力量的鬥爭。

第伍章「我抵抗故我夢想：童年與花園」，隨想象的牽引進入詩人的「引退之所」。在此處竟發現——雖然陳黎和楊澤的夢想為各自獨立的詩意空間，但愈接近兩人夢想之核心時，愈能感應到相同的律動，即「童年」和「花園」兩個原型。於是，筆者藉由重新經歷兩位詩人的童年，掌握「純真」與「孤獨」的共同傾向。接著根據他們想象花園離開地面、懸浮於空的過程，追溯在上昇的過程中被某種難以名言的力量所絆住的種種軌跡，進而探討其意涵。

最後，以鍊金術的圖騰「銜尾蛇」的象徵為詩學啟示，將存在、抵抗與夢想三個點收聚成一個不斷毀滅與再生的圓，並在其中把握世代交替間不斷更新的意志。於此總結陳黎與楊澤解嚴前詩作的風格，再補充本研究未能窮竟，卻有待發展之處。

第貳章　理論探賾

第一節　巴什拉的想象革命

> 想象並不是如詞源學所說的那樣，是形成實在的形象的官能；想象是形成超出實在的形象，歌唱實在的形象的那種官能。[1]

前一章在漫遊的凝神狀態，釐清「想象」並非經驗的模仿與再製。本節則繼續探究想象的動能，並聚焦於加斯東・巴什拉（Gaston Bachelard, 1884-1962）的研究內容，觀察他如何驅動想象往來科學與人文間。但在那之前，得先將時代背景稍微往前推移，回顧西歐哲學家們的思想發展。

笛卡兒（René Descartes, 1596-1650）以來的「自然思維」[2]使科學快速發展，藉十九世紀帝國主義的傳播達到顛峰，直至今日，「自然思維」仍支配著人類的思想與認知。工業革命後造成經濟與政治結構的激烈變動，使哲學家重新檢視「自然思維」，「人文思維」[3]便順勢而生。[4]這兩股思潮推動二十世紀的哲學發展，自然與人文（或言理性與感性）猶如兩個極端，遂為哲學家無可規避的問題。

---

[1] 加斯東・巴什拉：《水與夢：論物質的想象》，頁28。

[2] 「自然思維」指的是以科學與理性為思維之本，重視以實驗、數據、因果推論與歸納的科學方法，探索認識論的哲學問題，可稱為「理性哲學」。

[3] 相對於「自然思維」的則稱為「人文思維」，注重人類精神活動的變動，亦可作「感性哲學」。

[4] （英）畢普塞維克（Edo Pivčević）著；廖仁義譯：《胡賽爾與現象學》（臺北市：桂冠，1989年），頁1-4。

「想象」在人文思維的討論中漸受重視。現象學的創始者胡塞爾（Edmund Husserl, 1859-1983）提出「意向性」（intentionality），並據此解釋「想象」的功能。「意向性」指我們的每一個意識動作或經驗活動，總是朝向某一事物。[5]意識動作包含感知、記憶和想象等——記憶指向過去的感知經驗，而想象的指向則複雜得多。胡塞爾認為「想象」意味將不在場的事物「當下化」，並按其意向的變更與否分為「有設定的當下化」，如回憶、預期；以及「不設定的當下化」，如單純想象或臆想[6]——換言之，想象的再造性來自於意向的變異。胡塞爾的觀點啟發如海德格（Martin Heidegger, 1889-1976）、沙特（Jean-Paul Sartre, 1905-1980）及巴什拉等哲學家，繼續辯證想象的功能，更彌補胡賽爾學說中不足的論述及空缺的領域。

加斯東・巴什拉生於1884年的法國東部香檳地區。年輕時在巴黎的郵局一邊工作一邊學習，28歲時獲得法國大學的數學學士學位。不久後，第一次世界大戰爆發，當時正準備電信工程師資格考的巴什拉，被徵召至前線。戰爭結束後，於中學擔任物理和化學的教員，同時在課餘時間自學哲學。1920年，巴什拉取得哲學的學士學位，並於兩年後得到哲學助教的資格。43歲的巴什拉於索邦大學提交《試論近似性認識》（*Essai sur la connaissance approchée*, 1927）作為他的博士論文，審查委員給予該文極高的評價。巴什拉獲得博士學位後，先後於第戎大學和索邦大學任教，直至70歲時退休。求學過程幾乎一路自學的巴什拉，在1962年逝世前相繼出版了二十餘本著作。[7]

我們可從巴什拉的學習歷程中，勾勒一具孜孜不倦的身影，在

[5] （美）羅伯・索科羅斯基（Robert Sokolowski）著；李維倫譯：《現象學十四講》（臺北市：心靈工坊文化，2004年），頁24-25。

[6] 倪梁康：《現象學及其效應：胡塞爾與當代德國哲學》（北京：三聯書店，2005年），頁67。

[7] 金森修：《バシュラール——科學と詩》，頁18-25。

知識的寶庫勤奮地挖掘所有閃閃發亮的事物，且不限於某一領域。正是因為巴什拉對學習的熱情，即使他並非一開始就涉足想象哲學的領域，卻能以自身學養，擺盪於科學理性與詩歌想象，激起「想象的哥白尼革命」[8]。

一、認識論障礙

巴什拉早期關注的是科學認識論，即研究現代科學精神如何形成。在十八世紀以前（或稱前科學時期），大眾對於科學的外部效應，比起知識本身還來得熱衷。科學所具備的社交性，使之成為貴族的談資及奉承權貴的方式，因而產生科學著作的數量多但質量參差不齊的現象。巴什拉藉由大量回顧前科學時期二、三流的科學文獻，從中分析某些謬誤的實驗或經驗，何以未能形成現代的科學精神。若要培養科學精神，首先必須對習以為常的事物提問，再以理性化的實驗反覆論證。但這些新經驗、新評論在過去，往往被認為違背信仰且大逆不道。因此，巴什拉在《科學精神的形成》寫下：「科學精神形成過程中的最初障礙，就是源初經驗（primary experience）。」[9]

源初經驗是早期人類觀察自然時的直接感受，及根植於日常生活中的經驗。比如在現代科學思維尚未形成的時期，人類對於自然界中的雷電、狂風暴雨會沒來由的感到恐懼，甚至理解成觸怒神靈，這種心理反應便是人類的源初經驗。十八世紀前的科學著作，常以千奇百怪的理由解釋或安撫前人害怕雷電的心理，諸如「雷聲大作的時候，代表危險已經過去了，因為只有閃電會把人

---

[8] 喬治・布萊：《批評意識》，頁158。

[9] （法）加斯東・巴什拉（*Gaston Bachelard*）著；錢培鑫譯：《科學精神的形成》（南京：江蘇教育出版社，2006年），頁19。

劈死」，[10]這類無稽之談由今觀之恐淪為笑柄。然而巴什拉進一步提問，即使身處在理性時代的人類早已克服對雷電的恐懼，為何有些人聽到雷聲仍會驚慌？他認為這種心理狀態是在意識深處被喚醒的，連結了人類的源初經驗。

除了源初經驗，信仰、神話、巫術或鍊金術等，皆為學習科學知識的阻礙。舉例而言：古希臘的哲學家認為宇宙萬物由四大元素（火、水、空氣和土）組成，直至十七世紀的科學家波以耳（Robert Boyle, 1627-1691）否定長久以來的四元素說。他認為在科學研究中不應該將組成物質的物質都稱為元素，元素應該是混合物被分解到無法再分解的基本物質。而他的實驗證明火不是元素，燃燒只是火與物質間的作用。[11]也因此巴什拉主張，若人類要學習新的科學知識（如波以耳的發現），必須先掙脫過去的常識或迷信（如四元素說）。換言之，知識的形成是一面修正過去認識論的障礙，一面在錯誤中建構科學精神。巴什拉作為追求理性科學的沉思者，深信科學價值在反對主觀中形成。在精神分析方面，他認為如果精神能擺脫情感或想象的成分，便可以達到一種純粹客觀的思想。

然而，走在科學之道的巴什拉為何會轉往詩學研究？金森修在書中說這並無明確且單一的解釋，並提及巴什拉的一則軼事：巴什拉在從事科學教育的工作時，有位學生在聽完課對他說，他的世界像「消菌後的宇宙」。這件事對巴什拉啟發甚大，他認為人類倘若活在消菌的宇宙中，是不可能幸福的。或許能將此事視為契機，當然也能從巴什拉的科學認識論中發現端倪——他極為鍾愛充滿想象力的作品。[12]

---

[10] 加斯東・巴什拉：《科學精神的形成》，頁21。

[11] （希臘）亞里斯多德（Aristotle）著；吳壽彭譯：《天象論　宇宙論》（北京：商務印書館，2009年），頁168。

[12] 金森修：《バシュラール——科學と詩》，頁151-153。

二、鍊金術象徵

認識論障礙是巴什拉中期的核心研究，但若非巴什拉大量閱讀前科學文獻，將不會啟發未來關於「想象的物質性」的研究。自此，巴什拉已不再滿足科學研究，並被主觀的事物吸引，特別是詩性意象。於是他確立下一階段的冒險，便是在意識中尋找想象力的根源。他的思想離開客觀的科學事實，走入主觀的內在經驗，卻如同在理性與感性兩個極端間走索，對巴什拉而言，「夢夢幻和思思想，無疑是難以平衡的兩種訓練。」[13]喬治・布萊認為巴什拉並非在成為詩學研究者後就拋棄過去的科學訓練，而是如鐘擺般，使他的思想在兩個極端間有節奏地往返。[14]當巴什拉開始關注人類的意識活動，便走到認識論障礙的另一層面：這些阻擋科學發展的源初經驗其實根深蒂固於人的意識中，在人類遭遇強烈的衝擊或無法解釋的現象時，深藏於意識中的物質就會顯現。

巴什拉在前科學時期未能發展成功的鍊金術中，發現了物質的象徵。這可以追溯到古希臘時期的哲學討論，諸如：事物的本質為何？萬物如何構成？一個物質如何轉變為另一物質？以這些問題為中心所展開的思辨。關於希臘哲學對物質之本質與變化的論述中，米利都的泰利斯（Thales of Miletus, 624-546B.C.）是第一位提及的思想家，他宣稱組成萬物的原始物質是水。[15]而後的思想家仍接續這個討論：恩培多克勒（Empedocles, 495-435B.C.）將萬物的起源與轉變歸因於「四根」，即火、水、空氣和土這四種基質，並假定有兩種作用力「愛」與「恨」，造就了物質的混合和分離。[16]亞里

[13] 喬治・布萊：《批評意識》，頁165。

[14] 喬治・布萊：《批評意識》，頁166。

[15] （德）E・策勒爾（*E.*Zeller）著；翁紹軍譯：《古希臘哲學史綱》（山東：山東人民出版社，1992年），頁28。

[16] E・策勒爾：《古希臘哲學史綱》，頁59-62。

斯多德主張宇宙萬物是由四本質（熱、冷、濕、乾）演化而成的四元素（火、水、空氣、土）所構成——火是熱與乾的結合，氣是熱與濕的結合，水是冷與濕的結合，土是冷與乾的結合——這些相反的本質互相運動、結合，使宇宙整體趨向穩定和諧。[17]

希臘的物質論影響鍊金術的發展。鍊金術的目標是將卑金屬轉製成黃金，也就是將一種物質轉變為另一種更高等的物質。[18]阿拉伯的鍊金術士賈比爾・依本・哈揚（Jābir ibn Hayyān）[19]，認為元素能作為可分離的物質而存在，所以加熱任何的有機物，雜質在過程中會被逐出，最後蒸餾出來的是（亞里斯多德提出的）四大元素。由於鍊金術追求點石成金的目標，被後世的文學家塑造成貪婪且精神錯亂的負面形象；另一方面，如果鍊金術的實驗失敗，除了被歸因為使用錯誤的材料之外，術士還會被質疑道德不夠純潔，或是祈禱不夠虔誠。

瑞士精神分析學家卡爾・古斯塔夫・榮格（Carl Gustav Jung, 1875-1961），主張鍊金術士用來交流的化學術語富含象徵性，藉由詮釋這些象徵，發現鍊金術是依靠「偽化學語言」表達某些心靈過程。因為在神祕主義的詮釋下，鍊金術士必須靠想象，才能使實驗成功。[20]榮格認為，心靈投射在物質之中，因此鍊金術追求的並非轉化物質，而是轉化心靈。[21]而後，巴什拉亦對鍊金術提問：鍊金術士所追求的黃金是外在的實體還是內在的精神？倘若鍊金術是內在的，便能將每一次的鍊金實驗，理解為主體的淨化過程。由此可見，巴什拉的物質論確實受到榮格的影響。

---

[17] （希臘）亞里斯多德（Aristotle）著；吳壽彭譯：《天象論　宇宙論》，頁168。

[18] （美）傑佛瑞・芮夫（Jeffrey Raff）著；廖世德譯：《榮格與鍊金術》（臺北縣：人本自然文化，2007年），頁24。

[19] 賈比爾的生卒年說法各異，甚至有學者主張這個人根本不存在，認為賈比爾的著作乃源自不同作者的冠名。參見：（美）勞倫斯・普林西比（Lawrence M. Principe）著；張卜天譯：《鍊金術的祕密》（北京：商務印書館，2018年），頁46-49。

[20] 傑佛瑞・芮夫：《榮格與鍊金術》，頁100。

[21] 勞倫斯・普林西比：《鍊金術的祕密》，頁152。

> 依靠自身的象徵物級別，鍊金術構成一種內心默想秩序的備忘錄。實驗的不是東西和物質，而是與東西相符的心理象徵物，或者說得更準確些，是人們欲檢驗其等級的內心象徵化的不同程度。實際上，鍊金術士似乎用他對客觀物質的實驗來「象徵」他整個自身，包括他的整個靈魂。[22]

引文雖出自巴什拉研究科學知識論的著作《科學精神的形成》，卻能清晰顯現巴什拉對於鍊金術的態度——沒有如神祕主義般的讚揚推崇，亦不像理性主義般的全盤否定。發現鍊金術在現代社會的象徵意義，左右他未來關於想象力的研究取徑。

三、想象物質化

此處所言「物質」，乃承接亞里斯多德的四元素說（火、空氣、水和土）的概念。早在巴什拉之前，四元素說已被廣泛運用在其他領域，例如前述榮格的精神分析理論，還有在醫學方面：火、空氣、水和土分別對應到人體的血液、黏液、黑膽汁和黃膽汁，當四種體液失衡時，疾病由此而生。[23]當然，除本文所列舉的例子以外，不論科學或非科學的層面，在在可見四元素在前科學時期的影響力。

由於巴什拉大量閱讀前科學時期的科學文獻，並且受到榮格精神分析論的啟發：鍊金術的工作是對物質冥想。所以他從鍊金術中發現有別於科學理性的物質觀，即物質想象源於對自然的靜觀，這是深具唯物色彩的想象理論。在人類的源初經驗中，本於火、空氣、水和土的聯想，各自展顯出不同的象徵意涵。隨著科學的發展，人類對於世界的理解益發理性，與四大元素相關的想象，只能

[22] 加斯東・巴什拉：《科學精神的形成》，頁47-48。
[23] 勞倫斯・普林西比著：《鍊金術的祕密》，頁53。

被壓抑在意識的深層，轉為隱喻顯現於世。當想象力活動之時，潛藏於意識深處的物質會和想象互相喚醒、唱和，想象融入物質之中——想象使自己物質化了。其實，我們亦能從漢字的四字熟語（成語）中看出想象物質化的痕跡，舉例而言：冷若冰霜、熱情如火等耳熟能詳的形容詞，顯示物質潛伏在意識中，當人類以譬喻造詞時便伺機而出。

然而，形而上的想象該如何捕捉？首先，在四大元素自古以來被用以思考天地萬物的大前提下，巴什拉假設：「在想象的天地裡，我認為有可能確立一種四種本源的法則，這種法則根據各種物質想象對火、空氣、水和土的依附來將他們分類。」[24]這意味著想象依附在四大元素上。再者，巴什拉強調想象以「詩」為媒介，因為作者的想象會透過詩歌意象的形式傳達給讀者；換言之，當我們接收到詩歌意象的同時，亦把握住作者的想象。綜合以上前提，可推論：藉由想象的物質化，我們能從詩中捕捉四大元素的源初精神。源初精神深入到人類意識的幽微深處，致使詩人的浮想聯翩與四大元素緊密結合。因此，巴什拉在論述物質想象時多借鑒於詩歌的例子，對他而言：「任何一種想象的心理學只有通過它所啟迪的詩歌才能現時地得到闡明。」[25]

巴什拉藉探求詩人的四重想象，企圖更新文學評論的面向。一個富有生命力的作品，能透過源初物質的力量喚醒讀者的想象，甚至能在意識中建構出詩性的空間。巴什拉對於想象的成就之一是「使想象物質化」，喬治・布萊肯定巴什拉建立了一種新的批評，並譽為「想象的哥白尼革命」。

> 從巴什拉爾開始，不可能再談論意識的非物質性了，也很難不通過相迭的形象層來感知意識了。因此，巴什拉爾完成的

[24] 加斯東・巴什拉：《水與夢：論物質的想象》，頁5。
[25] 加斯東・巴什拉：《水與夢：論物質的想象》，頁28。

> 革命是一場哥白尼式的革命。在他之後，意識的世界，隨之而來的詩的、文學的世界，都不再是先前那副模樣了。[26]

為了明確表現想象物質化的軸心為何，巴什拉以十年的時間，完成五部想象物質化的著作，先後分別是：《火的精神分析》（*La psychanalyse du feu*, 1938）、《水與夢》（*L'eau et les rêves*, 1942）、《氣與夢》（*L'air et les songes*, 1943）、《大地與意志的夢想》（*La terre et les rêveries de la volonté*, 1948）和《大地與休息的夢想》（*La terre et les rêveries du repos*, 1948）。此後，晚年的巴什拉似乎不滿意早期的《火的精神分析》，於是又寫了《燭之火》（*La flamme d'une chandelle*, 1961）、《火的詩學》（*Fragments d'une Poétique du Feu*, 1988）作為補充，然《火的詩學》為巴什拉的女兒整理他未成書的遺稿後所出版的著作。本論將於下一節整理這些著作中提及的詩學意象。

第二節　四元素的源初意象（image initiale）

> 這四種本源都有自己的熱烈愛好者，或更確切地說，
> 這其中的每一種本源都已經深深地、在物質上是一種詩學忠誠的體系。[27]

上節提及巴什拉於想象所揭起的革命為「想象物質化」，本節將說明被物質化的四種想象本源之內容，於巴什拉元素詩學的系列著作中，提取有關詩的意象的闡述，並試圖應用於現代詩的評論上。實際上，在巴什拉龐大且不易理解的思想中，筆者所能意會的不過是盲人摸象，然而這些局部的能量，亦足以指引本論所該前往

[26] 喬治・布萊：《批評意識》，頁158。
[27] 加斯東・巴什拉：《水與夢：論物質的想象》，頁8。

的方向。以下針對巴什拉的著作，分為火、水、空氣和土這四大主題，整理其論述中的「情結」[28]兼及其他意象。

一、《火的精神分析》、《燭之火》、《火的詩學》

於1938年出版的《火的精神分析》，雖位於元素詩學之首，但就內容而言，較接近巴什拉從科學到詩學的過渡。金森修舉出《火的精神分析》第五章「火的化學」之例，明顯採用了《科學精神的形成》內未用到的素材，在其他章節亦能找出科學論的影子，使得詩學的論述並不集中。然而，與其因此否定這本書的價值，不如理解為巴什拉的認識過程。[29]《火的精神分析》集結了以火為主題的主觀經驗，此時他仍認為科學若要進步，則必須捨棄主觀經驗。巴什拉對火的想象採取精神分析，認為那些阻礙科學發展的主觀想象，是能使人愉悅的存在。

晚年的巴什拉顯然不滿意《火的精神分析》，因此計畫撰寫《火的詩學》以補充當初未盡之處。不過在撰寫的過程中，巴什拉受限於自身的衰老與病痛，便先從《火的詩學》中分出一部分，於1961年以《燭之火》為書名出版。《燭之火》雖延續《夢想的詩學》的方向，但僅專注於凝視燭火時的聯翩夢想，不再執著以情結解釋想象。隔年，巴什拉因病辭世。他的女兒整理其生前未完成的遺稿，將序文及三個章節於1988年出版為《火的詩學》，內容包含不死鳥菲尼克斯的詩學，以及在《火的精神分析》中已提過的普羅

[28] 情結（complex）為精神分析的用語，乃人類在生活經驗中被壓抑而纏繞於無意識的鬱結，而後不知不覺地影響人類的判斷或行為，常見的情結如佛洛伊德學派的伊底帕斯情結（戀母情結）等。巴什拉的精神分析是研究知識論的心理層面，而非如佛洛伊德研究人類的原始本能。然巴什拉受到精神分析影響的元素詩學，特別關注情結，並補足精神分析未留意的「客觀理性中的主觀價值」。因此巴什拉探究的是因社會文化所影響的情結，並主張認識這些情結有助於理解富於詩意的作品。

[29] 金森修：《バシュラール——科學と詩》，頁150-151。

米修斯與恩培多克勒。

筆者在本文中引用的三部著作，參考的漢譯本是由河南大學出版社出版的《火的精神分析》，該書同時收錄了《燭之火》。而《火的詩學》目前尚未漢化，就筆者現階段能取得的文獻，參酌的是日文譯本《火の詩學》[30]。

（一）普羅米修斯[31]情結

在人類的認知經驗中，火雖能帶來光明與溫暖，同時卻具有焚燒一切的危險性，使得人類從小被長輩叮囑不要接近火源。因為「社會的禁止是我們對於火的最早的普遍認識」[32]，對火的禁忌由長輩的訓斥演變成天火的神話故事，故而巴什拉判斷人類對火的認識來自於「社會性」而非「自然性」。即使如此，仍有好奇的孩童反叛長輩的禁令而冒險玩火，巴什拉在《火的精神分析》中，將這種不服從的心態命名為普羅米修斯情結。普羅米修斯反抗宙斯為人類盜火，人類才能利用火改善生活並發展文明。普羅米修斯情結昭示人類傾向追求進步的心理意識，意即當我們的求知慾促使我們想懂得更多，勢必得先學習前人所遺留的知識，再經歷質疑這些內容的過程，最後才有超越的可能。

巴什拉在晚年的遺稿《火的詩學》再次提及普羅米修斯，但不以早期的「情結」而是用「意象（或主義）」論之。《火的精神分析》中的普羅米修斯情結，指向不服從的心理狀態；而《火的詩學》的普羅米修斯意象，則著重於超越性。英雄普羅米修斯以其不服從

---

[30] ガストン・バシュラール著；本間邦雄譯：《火の詩學》（東京：せりか書房，1990年）。

[31] 普羅米修斯（Prometheus）是希臘神話中眾神的一員，其盜取天火至人間的義舉為廣受後人歡迎：宙斯為懲罰人類而奪取世間的火種，人類陷入黑暗與文明停滯的困境中。只有普羅米修斯敢起身對抗，用計挾帶火種而出，重新賦予人類希望。參見：陳希茹：《普羅米修斯的禮物？論諾諾《普羅米修斯》中的神話意含》（高雄市：高雄復文，2010年），頁15-24。

[32] 加斯東・巴什拉：《火的精神分析》，頁6。

的精神象徵，成為超越人類及眾神的存在。「比起確切說明心理層面的詩學的種種價值，詩的價值在於不斷維持著對普羅米修斯主義的意象的興趣。」[33]巴什拉宣稱普羅米修斯追求超越的動能，如同「絕對昇華」詩的意象，將詩意象提高至獨立於其他領域的存在。

藉由不同時期的巴什拉對普羅米修斯的詮釋，可見他即使延續著早期論述的切入角度，然而就方法論而言，已捨棄精神分析（情結）的研究路徑。

（二）恩培多克勒[34]情結

當我們凝視著爐火，休憩的寧靜或是烹調的快樂都會出現在夢想中。此外，火苗的顏色與形態在空氣中快速轉變，巴什拉由此聯想：「火讓人產生變化的慾望，產生加快時間的慾望，使整個生命告終、了結的慾望。」[35]將生的本能和死的本能結合在一起的心理因素，便是恩培多克勒情結。在此情結下，生和死未必是二元對立的關係，如同恩培多克勒為再生於世，投身於火山而亡。巴什拉在《火的詩學》，將恩培多克勒「投身於」火山中的概念，聯結詩人們「投身於」意象：「詩的活動將夢想者投入一個世界**之中**。」[36]這意味當我們夢想意象便能離開現實的世界，如恩培多克勒般在夢想被把握存有。

---

[33] ガストン・バシュラール：《火の詩學》，頁194。

[34] 恩培多克勒（Empedocles, 495-435B.C.）活躍於前蘇格拉底時期，是最早系統化闡述元素概念的哲學家，也是他首先提出四價說，將一切事物的起源歸因於火、氣、水和土這四種因子。相傳他自認為在輪迴中是非凡的存在，深信自己死後能以神的身分重返人間，為了向門徒證明其神性，便跳入埃特那火山口裡。參見：E・策勒爾：《古希臘哲學史綱》，頁58-60。

[35] 加斯東・巴什拉：《火的精神分析》，頁13。

[36] ガストン・バシュラール：《火の詩學》，頁245。

（三）諾瓦利斯[37]情結

巴什拉在解釋諾瓦利斯情結前，花大量篇幅解釋史前人類發展科學的歷史，比如論證原始人從何得到摩擦生火的靈感。就精神分析的角度，摩擦是「性化的經驗」[38]，因為人類在性交過程的撫摸與摩擦感到愉悅，於是啟發摩擦兩塊木頭、打磨石器等等使科學進步的契機。[39]再者，與火相關的節慶能證明人類對火的崇敬，以及隨著火而來的種種歡樂，使人類在無意識中將愛、溫暖、幸福與火連結在一起。[40]諾瓦利斯情結，便是以性化的火為基礎，「綜合了向著摩擦生火的那種衝動以及分享熱的需求」。[41]然而弔詭的是，諾瓦利斯被歸為消極的浪漫派作家，作品展露對死亡的嚮往，遊走在洞窟、礦坑等深不見光的意象中，如何重溫火的源初衝動？巴什拉指出，若以火的精神分析仔細閱讀諾瓦利斯的作品，將會有全新的解釋。在諾瓦利斯的小說《奧夫特丁根》中，老礦工於幽黯的深淵中感到無比的喜悅，自然之無盡藏所沉積的地底深處如同火焰溫暖著他；在別處的洞窟中隱藏了地下王國，或許有前所未聞的生物被地火孕育著。[42]如果我們只考慮視覺層面，將無法體會黑暗中的溫度；光所無法普照之處，熱卻可以傳導而至。故而，在黑暗生命

---

[37] 諾瓦利斯（Novalis, 1772-1801）是德國浪漫派早期的代表作家，有詩集《夜頌》（*Hymnen an die Nacht*）、小說《奧夫特丁根》（*Heinrich von ofterdingen*）等著作傳世。諾瓦利斯遭遇愛人逝世的打擊，對死者的追慕影響他後來的創作，最具代表性的作品《夜頌》中大量書寫對死亡的嚮往。參見：陳恕林：《論德國浪漫派》（上海：上海社會科學院出版社，2016年），頁285-311。

[38] 該處「性化的經驗」中的「性」，代表人類無法以理智控制的渴求及愛慾，比如與性相關的行為或想法。巴什拉研究18世紀以前的科學著作，曾說：「對於前科學精神來說，一切精液的原則是火」，因此這些「性化的經驗」都帶有火的屬性。參見：加斯東・巴什拉：《火的精神分析》，頁61。

[39] 加斯東・巴什拉：《火的精神分析》，頁26-28。

[40] 加斯東・巴什拉：《火的精神分析》，頁35-37。

[41] 加斯東・巴什拉：《火的精神分析》，頁47。

[42] ノヴァーリス作；青山隆夫訳：《青い花》（東京：岩波書店，1989年），頁104-125。日本將《奧夫特丁根》譯作《藍花（青い花）》。

的內核，其實有微量的熱，當我們掌握到暗處的熱，就代表我們把握了諾瓦利斯情結。綜上所論，諾瓦利斯情結昭示埋藏於內部的熱能，當人類有所追求時，就會喚醒火帶來的幸福感受。

（四）霍夫曼[43]情結

巴什拉憶及童年在家庭聚會上品嚐酒的經驗——葡萄釀製的燒酒加糖倒入盤中再點火燃燒，當他的父親精準的控制火苗，酒精上的火就如同被馴服一般——多重感官的刺激，讓他「從眼前令人陶醉的景象到暖烘烘的腸胃」[44]。巴什拉由視覺的外在的火到觸覺的內部的熱，建立起「波特萊爾式」的詩意想象，以證明火的物質性。由於酒精能製造詩意衝動，巴什拉認為如果缺乏喝甜酒（潘趣酒）[45]的經驗，就無法進入某些魔幻的文學作品，比如德國作家霍夫曼的小說。霍夫曼的奇幻小說《黃金之壺》（*Der goldne Topf*）中，描寫眾人喝下由蒸餾酒、檸檬和糖調和的潘趣酒後，便天馬行空的誇誇其談，腦中浮現奇異的景象，並做出失格的行為。[46]因此，霍夫曼情結代表藉由酒精刺激感官，放大激情及慾望的各種文學想象。基本上，水和火是對立的兩種物質，但酒精作為能被點燃的水而存在，於是霍夫曼情結便溝通了兩種物質及其夢想。此外，由於飲酒可以讓身體產生熱，前科學時期的人類相信喝下酒精的人會像酒精一樣燃燒，酗酒者便成為「自燃」的隱喻，這類的想象也可以視為霍夫曼情結。

---

43 E.T.A.霍夫曼（Ernst Theodor Amadeus Hoffmann, 1776-1822）是德國浪漫派後期的重要人物，以奇幻小說著稱。小說常以人偶和分身營造怪誕的氛圍，同時雜揉現實與幻想。霍夫曼所創作的《胡桃鉗和老鼠王》（*Nußknacker und Mausekönig*），被柴可夫斯基改編為芭雷舞劇《胡桃鉗》。參見：陳恕林：《論德國浪漫派》，頁312-354。

44 加斯東・巴什拉：《火的精神分析》，頁111。

45 潘趣酒（punch）類似雞尾酒，是酒精混合檸檬或砂糖調和的甜酒。

46 ホフマン作；神品芳夫訳：《黃金の壺》（東京：岩波書店，1974年），頁128-130。

（五）燭之火[47]

在漆黑的房內點燃蠟燭並凝視之，能從中觀察出幾項客觀事實：點火是為了照明，此後空間便有明暗之分，微弱的火苗因風而搖曳，燃燒時火焰垂直向上，蠟燭愈燒愈短，最後熄滅。這些客觀事實激發人類的主觀想象，因此巴什拉認為燭火的意象召喚著人類觀看、遐想且進入回憶，甚至夢想出整個宇宙。

巴什拉夢想著燭火的形象，賦予其更深刻的思想價值。搖曳的火苗像摻入雜念的冥想，它不時被風擾亂，但隨即能重新站起，既脆弱又堅強。燭火保持著垂直向上的形狀彷彿堅定不移的意志，然而巴什拉將之比喻成「向上流去的沙計時器」[48]，代表火苗不斷追求高處及超越的同時，亦燃燒著自身的時限，直至最終的熄滅，熄滅這個詞的源初意涵來自燭火的死亡。「憑藉被視作遐想對象的火苗，最冷峻的隱喻真正變成為形象，而隱喻往往是思想的位移」，[49]巴什拉連結生命與火苗形象的雙重性，於是蠟燭的明滅隱喻著生命的明滅。

（六）不死鳥菲尼克斯

菲尼克斯（Phoenix）為古歐洲傳說中能重生的鳥類，也譯作不死鳥、火鳥或火鳳凰。據說其壽命約五百年左右，臨死前會採集各種有香味的枝葉築巢，並在其中引火自焚，直至燃成灰燼之時，一隻新生的幼鳥便從中飛出。[50]由於傳說流傳的版本眾多，在細節

---

[47] 巴什拉在完成《夢想的詩學》後，撰寫《燭之火》這部小書。接續《空間詩學》、《夢想的詩學》中主觀想象的論點，與早期元素論研究的客觀想象大相徑庭。即使如此，他為了再次詮釋物質，將論述主題限縮於凝視燭火產生的各種想象，彷彿又銜接上早期的物質論。

[48] 加斯東・巴什拉：《火的精神分析》，頁171。漢譯本將《火的精神分析》和《燭之火》合為一本出版，引文為《燭之火》之內容。

[49] 加斯東・巴什拉：《火的精神分析》，頁150。引文為《燭之火》之內容。

[50] 黃禹潔：《一生不能不了解的西方妖怪故事》（臺北市：知青頻道出版，2014

處各有不同。巴什拉在遺稿《火的詩學》中如此描述菲尼克斯：「被自身的火焰所燃燒，又重生於自己的灰燼中。」[51]與「引火自焚」的形象稍有出入。巴什拉將菲尼克斯的意象與太陽連結，因為菲尼克斯於空中飛翔，是最接近太陽的存在。菲尼克斯將太陽的光線凝聚在自己的身上而燃燒，故太陽左右了牠的生與死。牠深具奇蹟性的形象，在文學中不乏以其為題材的創作，有些詩歌將「重生」詮釋為「凱旋歸來」，於是菲尼克斯被塑造成重生後歡樂歌唱的鳥。由上述可見，菲尼克斯具備多元的形象，巴什拉認為詩的價值正在於此：

> 菲尼克斯是詩的價值的總和，是火、香料、歌曲、生命、誕生、死亡等等多重映照的遊戲。牠的巢亦是無限的空間，兼具窩巢和太陽這兩種熱度。歌的熱、香料的熱，全都被收束在這隻火鳥的燃燒中。[52]

詩的價值如菲尼克斯般充滿香氣與歌聲，被光照射而發亮，同時包含著生與死的矛盾。也因此，詩歌的意象具多義性亦有可能對立，而夢想就在其中，在富有生命力的火之中。

二、《水與夢》

在《火的精神分析》出版後四年，巴什拉接續完成《水與夢》，並在引言交代為何書名非「水的精神分析」之緣由。他自認並未在該書中系統闡述物質化形象的有機論，因此稱不上是嚴謹的精神分析。倘若要以精神分析的方法，就必須像《火的精神分析》

年），頁212-213。

[51] ガストン・バシュラール：《火の詩學》，頁90。

[52] ガストン・バシュラール：《火の詩學》，頁149。

一樣，把文化情結中的夢想分離出來。比起精神分析，《水與夢》的目的是「確定詩歌形象的實體和對基本物質的合適形式」[53]。故研究「移植的物質想象」，即某種文化將自身印在某個自然物質上，「把物質的豐富和密度傳遞給形式的想象」[54]。巴什拉在該書中將想象分為形式想象和物質想象——前者改造記憶中知覺到的素材，後者深掘想象的源初本質——好的作品該兼具這兩種想象。日本學者金森修認為，相較於介在科學與詩學的《火的精神分析》，《水與夢》的引言更被視為元素詩學的理論基礎。[55]

（一）納西瑟斯[56]情結

當人類靜觀清澈的水，水面會映出自己的面容。據此啟發佛洛伊德的精神分析研究，發展出納西瑟斯情結以解釋人類自戀的心態。但巴什拉認為由水而生的納西瑟斯情結應更加複雜，它兼具凝視和展示的雙重性，精神分析學派在這方面未能充分辯證。相較於精神分析將自戀病態化，巴什拉主張自戀在文藝中的積極意義，它展現理想的昇華。事實上，自戀首先要接納鏡前或有殘缺的自己，並準備、裝扮成更理想的外貌，於是「我就是我愛自己的那樣子」[57]。納西瑟斯情結在巴什拉的詮釋下，不僅是自我關注的「個體自戀」，還聯繫到個體以外的自然事物的「宇宙自戀」——當納西瑟斯臨水自憐，整片樹林乃至天空亦在自我欣賞。由於「宇宙在

---

[53] 加斯東・巴什拉：《水與夢：論物質的想象》，頁18。

[54] 加斯東・巴什拉：《水與夢：論物質的想象》，頁18。

[55] 金森修：《バシュラール——科學と詩》，頁165。

[56] 納西瑟斯（Narcissus）是古希臘神話中的美少年。某日，納西瑟斯在湖畔看見水中倒映出一個美人的影像，便不可自拔的愛上了自己的倒影。為了不離開水中的美人，他不眠不休的守在湖邊，最終抑鬱而死。佛洛伊德將其故事納入心理學領域，以解釋人類潛意識中的「自戀」，命名為「納西瑟斯情結」（或稱「水仙花情結」）。參見：（美）菲利普・弗里曼著，張家綺譯：《眾神喧嘩的年代》（臺北市：商周出版，2013年），頁164-167。

[57] 加斯東・巴什拉：《水與夢：論物質的想象》，頁41。

某種程度深受自戀影響。世界欲看見自己。」[58]巴什拉反對德國哲學家叔本華（Arthur Schopenhauer, 1788-1860）將「靜觀」和「意志」分離的說法，認為靜觀本身也在決定意志。人們因好奇心而觀看，對於視覺而言，眼睛有主動觀看的意志。藉由水的想象，靜觀與被靜觀互相作用——世界靜觀湖泊，湖泊顯現世界的表象。詩人經過夢想而創作，便能統一宇宙中的相互靜觀。由此脈絡觀之，納西瑟斯情結昭示在澄澈的水鏡前，不論個體或宇宙皆有凝視與展現的意志。

（二）奧菲莉婭[59]情結

承前段所述的納西瑟斯情結，水不只能照見人類的面容，亦可顯現整個世界的表象。但從另一個角度觀之，外部事物產生的陰影映照於水面，如同水在吸收陰影一般，於是水好像很「渴」似的。水的命運是「一種使物質深化的命運，這種命運把人類的痛苦加在水的身上，從而增添了水的實體。」[60]巴什拉形容水的命運在不斷喝下種種黑暗後變得沉重，從沉重且靜止的水中讓人聯想到死者，因為死水是沉睡的水。再者，由於水每分每秒都向下流淌，就像時光不斷消逝。對於物質的想象而言，水的苦難是永無止盡的。

巴什拉認為，莎翁筆下的奧菲莉婭是女性自殺的象徵。奧菲莉婭情結是由水的苦難所開展的文化情結，文學作品中的自殺是從漫長生命的苦難中所醞釀出的產物。奧菲莉婭出現在詩人的夢想，伴著鮮花飄浮在水面，頭髮隨水流而美麗的散開。漂散的秀髮讓人聯

---

[58] 加斯東・巴什拉：《水與夢：論物質的想象》，頁51。

[59] 奧菲莉婭（Ophelia）是威廉・莎士比亞（William Shakespeare, 1564-16161）所著戲劇《哈姆雷特》（*Hamlet*）中人物，與王子哈姆雷特相戀。哈姆雷特誤殺了她的父親之後，便深受打擊以致神智不清。某日，奧菲莉婭在河邊編了花環欲掛在柳樹上，爬樹的過程中柳枝斷裂使她墜河，最後淹死於水中。參見：（英）查爾斯・蘭姆、瑪麗・蘭姆著；傅光明譯：《莎士比亞戲劇故事集》（臺北市：臺灣商務，2013年），頁359。

[60] 加斯東・巴什拉：《水與夢：論物質的想象》，頁93。

想到水波，此亦奧菲莉婭情結的作用。奧菲莉婭情結同其他詩化的情結一樣，能上升至宇宙的層面，在這裡是月亮與波浪的結合。夜中的滿天星空投影在水中，但終究會飄走，此景恰似溺水自殺的奧菲莉婭。死亡寓於水，順著水流而逝的夢想，使倒影人性化。

綜上所論，奧菲莉婭情結除了象徵女性於水裡散著秀髮，如綻開的花朵般唯美死去的形象以外，還包含月影星辰在水波浮動蕩漾，在雲的遮掩和時間的流淌下逐漸逝去的形象。對於某些夢想，水是死亡的象徵、悲慘的命運和絕望的物質。

（三）卡翁[61]情結

人死後可將屍體以火、水、土和風這四種形式歸還大地，到現今仍有許多地方採取此類作法。其中一種處理屍身的方式，是把死者放入棺木裡，再投入水中順流而去。死亡被賦予物質化的想象，隨水而逝的意象彷彿亡者的航行。巴什拉說：「死亡也非最後的旅行。它是首次旅行。對於一些深沉的遐想者來說，死亡是首次真正的旅行。」[62]倘若將水的死亡置於想象的核心，展開有關旅行與喪禮等無意識的聯想，便能理解地獄之河或幽靈船的故事為何而生。有些民間傳說告誡人們不要登上來路不明的船隻，且很多涉及海洋的小說都會帶到幽靈船的故事。巴什拉觀察，那些運送亡靈的船的傳奇故事具有夢想的統一性，因為它們都有一位船長。那位船長穿梭現世與冥間，是死亡的嚮導，符合希臘神話中擺渡人卡翁的形象。卡翁之舟結合文化情結和自然的想象，是不幸的象徵物；而卡翁情結表示某些想象若要保有旅行的價值，則須參與水的死亡。

---

[61] 卡翁（Caron，或譯作卡隆、加龍）是希臘神話中冥王的船夫，負責載亡靈渡冥河的工作。但丁在《神曲・地獄篇》中，也曾描寫過卡翁，除了引導死者去地獄外，還會分辨死者與生者。參見：（義）但丁（Dante Alighieri）原著；郭素芳編著：《神曲》（臺中市：好讀出版，2002年），頁35。

[62] 加斯東・巴什拉：《水與夢：論物質的想象》，頁125。

（四）斯溫伯恩[63]情結

巴什拉對水的想象，不被沉穩如鏡的形象所拘，亦舉出其狂暴的一面。當人類面對狂暴的水，除了恐懼外，還會湧現對抗的情緒。人類在與自然鬥爭的過程中產生活力，假若我們戰勝源初物質，便能積極且自豪地生活著。巴什拉認為，「游泳」的物質想象是克服對水的恐懼，而「跳水」是一種面向未知與危險的啟蒙活動。人類與水的鬥爭中包含痛苦與快活，也結合虐待與受虐——一波又一波的浪彷彿鞭笞著泳者，但對那些受虐狂而言，被水鞭打是一種極度幸福的結果。「在斯溫伯恩的作品中，在對狂暴的水的崇揚中，虐待狂與受虐狂是相混雜的。」[64]前述的行為顯現了特別的雙重性，使我們能從中辨識出一種特殊的情結，巴什拉將之稱為斯溫伯恩情結，即游泳的詩化情結。游泳者一但戰勝冷水，就會感受到熱的流動，「游泳者比任何人都有權說：世界是我的意志，世界是我的挑釁。」[65]這種富有朝氣的形象，來自戰勝狂暴的水後所獲得的勇氣。人類獲得活力與朝氣的方式，除了征服自然，也可以由憤怒激發。故而，斯溫伯恩情結不只揭示受虐狂的心理狀態，亦連結憤怒的隱喻。「在憤怒中，要拋射的心理狀況的量遠遠大於在愛之中。因此，平靜友善的海的隱喻遠比不上惡劣的海洋。」[66]再者，人類將自身的憤怒投射於海中，當人類平息自身的憤怒，大海便跟著平靜下來。綜上所言，狂暴的水是憤怒的原初象徵，而斯溫

---

[63] 斯溫伯恩（Algernon Charles Swinburne, 1837-1909），或譯為史溫本，是英國維多利雅時期的浪漫自然主義詩人。他的詩風狂暴且激昂，多描寫性的倒錯與虐待狂似的愛情，其中所傳達的無神論思想在當時頗富爭議。參見：（英）艾文思（Ifor Evans）原著；呂健忠譯：《英國文學史略》（臺北市：書林，2006年），頁128-130。賴淑芳：〈論布朗寧、史溫本與進化論〉，《文山評論：文學與文化》第十一卷・第一期（2017年12月），頁118-120。

[64] 加斯東・巴什拉：《水與夢：論物質的想象》，頁281。

[65] 加斯東・巴什拉：《水與夢：論物質的想象》，頁279。

[66] 加斯東・巴什拉：《水與夢：論物質的想象》，頁285。

伯恩情結能歸結這類複雜的活力之源。

（五）水與夜

在前述火的元素想象所論及的「霍曼夫情結」，是溝通火和水這兩種物質的情結。我們從中發現物質間能互相結合，此種結合在《水與夢》裡有更詳盡的說明。巴什拉主張，即使物質的想象會偏於某一本源，倘若要保持多樣性，就需要合成的觀念。如果物質能合成，最多也只會是兩種的結合，就像男女的聯姻具有性化的特徵。只有在如此條件下，物質的合成才會穩固。[67]

水是最適合闡明和其他物質結合的元素，因為它的特性能吸收、溶解其他的物質。然而，「夜」能被視為物質嗎？巴什拉認為，夜雖是存在於自然界的現象或事實，卻沒有真正的形體。但是一到夜晚，夜將成為一種屬於夜間的物質實體，因為水能吸收夜。「夜被物質的想象所把握。正像水是那種最佳的用來混合的實體，夜會深入水裡，夜使湖泊失去光澤，夜會浸潤池塘。」[68]夜進入水之後，使人恐懼和荒涼的情緒隨著墨色的水而至，並滋養棲息於此的幽靈精怪。另一方面，心靈並不總是處於惴慄，亦存在溫柔的水與夜。當月光漫射於水面微動之時，水與夜就變成滲入夢想者內心的流動之物，彷彿乳汁般供給人類心靈營養且使之平靜。

三、《氣與夢》

空氣在四大元素中的定位微妙，因其不像別的元素可輕易被肉眼所見，要收集適合論述的意象並不容易。對此，巴什拉強調：不

[67] 筆者認為，先不論巴什拉的性別觀是否合於現今的主流價值。元素如男女般結合，是鍊金術中常見的國王和王后的婚禮象徵。在在可見巴什拉對元素的想象，受前科學時期尤其鍊金術的影響甚深。加斯東．巴什拉：《水與夢：論物質的想象》，頁159-164。

[68] 加斯東．巴什拉：《水與夢：論物質的想象》，頁173。

能因為空氣沒有具體的形象，就覺得它的想象力相對薄弱，反之要從其他角度切入。所以他在談論空氣的想象時，側重於想象力的運動性，舉例而言：「人無法想象一個不轉動的球體，一支不飛馳的箭矢，一位不微笑的女人。」[69]如此一來，他解放了僵化的想象力，從物質的表層深入內部，為其注入動能。由於《氣與夢》一書中主要談論的是動態想象，並未多著墨於情結的論述，因此筆者在這個段落整理有關空氣想象的幾個意象。

（一）飛行與翅膀

基於前述的動態想象，便能理解人類在想象空氣元素時，腦中不由自主地浮現在空中飛行的畫面。巴什拉首要釐清的問題是：人類如何想象飛行？有關飛行的想象都需要翅膀嗎？他認為飛行的想象並不依附於單一意象，比如熱氣球毋需仰賴翅膀亦能昇起，相較於翅膀的意象，更關鍵的是對「輕盈」的渴望。倘若身體變得輕盈，在坡道上行走，就能感到輕鬆而幸福。巴什拉舉赫米斯[70]為例，說明他之所以能健步如飛，無關翅膀的大小，而是體現感官和思想上的輕盈，過重的翅膀反而阻礙飛行。唯物論的思考讓人高估翅膀的重要性；在夢中，不需要翅膀也能飛行。

人類的想象具備垂直性，天堂與地獄分別在軸線的上下兩端，具有幸福意象的諸多事物都在天空[71]，而地面有許多險惡的猛獸。

---

[69] ガストン・バシュラール著：《空と夢：運動の想像力にかんする試論》，頁65。

[70] 在古希臘神話中，神使赫米斯（Hermes）為宙斯之子，他的形象是穿著長翅的鞋帽，健步如飛而為諸神的信使。參見：（法）凡爾農（Jean Pierre Vernant）著，馬向民譯：《大師為你說的希臘神話：永遠的宇宙諸神人》（臺北市：貓頭鷹出版，2015年），頁148。

[71] 巴什拉在《氣與夢》的第六章專門討論「藍天」的意象，分為以下幾點簡要說明：一、藍天是大地的背景。因為藍天劃分了陸地與天空的界線，有了藍天我們才可以清楚看出山丘的形狀。二、藍天是沒有鍍錫的鏡子。假如世界有意志，那藍天就是朝向明晰性的意志。天空是空氣元素的「納西瑟斯情結」，我們無法面對藍天自我凝視，但可以向藍天展現自由的意志。正因什麼都沒有，才能讓想象自由。參見：ガストン・バシュラール著：《空と夢：運動の想像力にかんする試論》，頁255-260。

無法飛行的話，只能如爬蟲類一般匍匐前進，這種疲累是苦痛的原型。雖然我們的肉身被困在大地，但想象可以帶我們飛翔，據此可解釋第二個問題：人類為何嚮往翱翔於天際？因為人們想象離開地面便能獲得自由，獲得自由便能幸福。然而，在德語中，不講「像空氣一樣的自由」，而是「像空中的鳥一樣自由」。[72]巴什拉繞了些遠路，最終仍回到翅膀的意象。翅膀使人感到超脫時空的束縛，供給輕盈、自由的幸福能量，彷彿重回青春。在眾多鳥類之中，巴什拉認為「雲雀完全是文學性的意象」。[73]根據空氣元素的動態想象，我們在想象雲雀時不只有飛行，還伴隨著牠的歌聲。雲雀之歌促使想象力活動，賦予萬物空氣元素的幸福感，使倦怠的陰霾一掃而空。

總的來說，文學作品中一再歌頌飛行與翅膀的意象，源於渴求輕盈和自由的心理因素。當我們想象空氣元素，不該被視覺的形象所囿，應該關注形象內部更深層的運動性。

（二）上昇與下墜

由於巴什拉主張想象力具備垂直性，於是空氣元素的想象軸線，連接上昇與下墜的垂直移動。上昇想象並非如古典精神分析學派所宣稱，來自對本能缺陷的補償而產生的錯覺；它源於人類渴望輕盈與自由的心理因素，具體呈現為飛行與翅膀的意象。[74]下墜想象則是源自前人類時期的記憶，是猿猴移動於樹枝間的墜落經驗，因此下墜的恐怖是源初的恐怖。[75]下墜會帶來失神和崩潰之感，但最令人絕望的是，當跌落谷底的人類試圖爬上來，卻又失足跌落更黑的深淵中。

影響上昇與下墜想象的關鍵是「重力」，讓世間萬物能被「秤

---

[72] ガストン・バシュラール著：《空と夢：運動の想像力にかんする試論》，頁111。
[73] ガストン・バシュラール著：《空と夢：運動の想像力にかんする試論》，頁118。
[74] ガストン・バシュラール著：《空と夢：運動の想像力にかんする試論》，頁177。
[75] ガストン・バシュラール著：《空と夢：運動の想像力にかんする試論》，頁130-131。

出」重量，由此聯想至「價值的衡量」：「每一件事都是價值，生命是價值化。」[76]空氣的元素想象能推動輕盈與沉重兩者之間的辯證，藉由動態想象，空氣的元素被轉化為評估倫理道德的能量。

接著，巴什拉以尼采（Nietzsche, 1844-1900）為例，將尼采歸為空氣的詩人。因為他在尼采的作品中讀出空氣的清新，還能推動著凝滯的空氣，振奮人心。[77]不僅如此，巴什拉強調尼采作品中的空氣想象能激發價值轉化。當人們上昇到高山頂峰，將透過「冷、靜、高」這三種刺激體驗尼采式的空氣想象。[78]高處召喚著人們對於自由意志的想象，若能征服重力，想象便可往高處生長，於是飛行擺脫重力的束縛，使人變成「超人」的存在。

巴什拉承接尼采的想法，藉由想象的垂直性，探索上昇下墜的想象與衡量生活中事物價值的關係，將空氣的源初意象轉化為評價倫理道德的一種方式。

（三）樹木

一般而言，我們以為樹木屬於土地的想象；但巴什拉從尼采的作品中發現樹垂直向上、征服深淵的特性，這正是空氣元素的動態想象。如前述尼采的「超人」觀，人與超人的差異在於下墜與上昇，「靠近深淵的人類的命運是墜落，靠近深淵的超人的命運像一棵朝向藍天的松樹，向上迸發。」[79]樹木臨淵卻直指天空的形象，已彰顯克服深淵的超人意志。垂直挺立的樹木，將受困於陸地的生命運往藍天，[80]並提供在天空中飛翔的鳥類休憩之處。於是樹木的超人意志，經過空氣元素的動態想象，轉化成起身抵抗及挺身保護的倫理意志。

---

[76] ガストン・バシュラール著：《空と夢：運動の想像力にかんする試論》，頁236。
[77] ガストン・バシュラール著：《空と夢：運動の想像力にかんする試論》，頁202。
[78] ガストン・バシュラール著：《空と夢：運動の想像力にかんする試論》，頁205。
[79] ガストン・バシュラール著：《空と夢：運動の想像力にかんする試論》，頁219。
[80] ガストン・バシュラール著：《空と夢：運動の想像力にかんする試論》，頁307。

（四）星辰

當我們抬頭仰望夜晚的星空，天上的星辰好像不變不動的黃金之釘高掛於上。但巴什拉認為這種想象並不恰當，如果我們再更仔細觀察，星辰會和雲一起被乳汁般的月色混合成銀河，具有「變形」的特質。[81]此外，夢想者能和天上星辰互相凝視，因為「在想象力的世界中，所有發光之物都是凝視。」[82]當人們對星子投以悲嘆與慾望，星子會回應同情與愛憐。這是由於空氣的想象能消解大地的束縛，被孤立於大地的人會感到群星向他靠近。有關於星辰的動態想象將點亮深淵，賦予暗處生命力。

（五）雲

巴什拉說：「雲是沒有責任的夢想。」[83]雲非固定的型態，但這樣的運動性比存在本身更具備夢想——彷彿有小鳥或織女，把天空中的光線編織成雲。雲有著各式的形態，諸如層雲、積雲、房雲、暗雲等等。或輕或重的雲具有夢想的垂直性，在上升與下墜之間醞釀各異的夢想。空氣元素的想象一再強調人渴望翱翔於空中，高掛在空中的雲承載飛行的夢想。因此，眾多神話故事都曾提及的魔毯和魔法斗篷，便是啟發自雲的動態想象。[84]動態想象把人類從現實中解放，空氣的夢想者將漫步在雲端。

（六）風

在憤怒的四種本源中，風是最純粹的憤怒，沒有對象也不需要理由。狂暴猛烈的風前往各處，不斷威嚇與咆哮，直到激起塵埃。

---

[81] ガストン・バシュラール著：《空と夢：運動の想像力にかんする試論》，頁298。
[82] ガストン・バシュラール著：《空と夢：運動の想像力にかんする試論》，頁276。
[83] ガストン・バシュラール著：《空と夢：運動の想像力にかんする試論》，頁279。
[84] ガストン・バシュラール著：《空と夢：運動の想像力にかんする試論》，頁294。

巴什拉提醒我們：「對想象力而言，注意風的起源比它的目的地更重要。」[85]風能自我生成及再生，並主動改變行徑的方向，由此可見風的創生性。另一方面，對於有些夢想家而言，東西南北是風的四個故鄉，四方之風賦予喜愛風的靈魂生命力。再者，巴什拉認為，關於風的夢想，並非藉由視覺所創造，而是源於聽覺；意即，我們所感受的源初憤怒並非眼睛所見之物，而是來自受驚嚇的耳朵。風的呼嘯聲是所有尖叫意象的源頭，並引發人類的原初恐懼。[86]

四、《大地與意志的夢想》、《大地與休息的夢想》

先後於1948年出版的《大地與意志的夢想》和《大地與休息的夢想》，可謂巴什拉元素詩學的終章。巴什拉根據精神分析，將土的元素想象分為「外向性」和「內向性」兩大方向，各對應《大地與意志的夢想》和《大地與休息的夢想》。[87]外向性的夢想，抱持「抵抗」的積極態度；內向性的夢想，選擇「退縮」的消極態度。實際上，兩者在巴什拉的著作未如此涇渭分明，「意象並非概念，無需孤立於其意涵中。」[88]對此，金森修雖評價土的詩學無法依照邏輯系統化，但同時也肯定這兩冊不論質或量，最能展現巴什拉的資質。[89]

土的詩學在巴什拉的學術著作中具承先啟後的意義。《大地與意志的夢想》承接上一部《氣與夢》的垂直性想象，由上昇與下墜的辯證涉入大地的「重力」如何影響想象力，據此提出「阿特拉斯

85　ガストン・バシュラール著：《空と夢：運動の想像力にかんする試論》，頁352。
86　ガストン・バシュラール著：《空と夢：運動の想像力にかんする試論》，頁341-343。
87　ガストン・バシュラール著；及川馥譯：《大地と意志の夢想》（東京：株式会社思潮社，1972年），頁19-20。
88　ガストン・バシュラール著：《大地と休息の夢想》，頁13。
89　金森修：《バシュラール——科學と詩》，頁202-204。

情結」以解釋負重的意象。在《大地與休息的夢想》中所論述的內部意象，諸如家、洞窟、迷宮等，其內容或可視為《空間詩學》的前身。不只如此，黃冠閔認為土的詩學「在方法上為現象學方法鋪路」，才有之後經歷「現象學的轉向」的《空間詩學》。[90]

兩冊土論的內容多而雜，所涉及的意象包羅萬象，上自高塔下到泥土；大至迷宮小及珍珠。面對如此豐富的土地意象，筆者優先以「情結」為介紹的對象，並揀選若干意象作為補充。

（一）阿特拉斯[91]情結

巴什拉就精神分析的角度解釋，當人類登臨高處時往往無意識產生暈眩和恐懼之感，這來自害怕墜落深淵的源初恐怖。此乃先前在《氣與夢》中曾提及關於垂直性的想象，使人類下墜的原因是「重力」。即使在空氣的夢想中我們可以逆重力飛行，但在土地的現實裡只能服從自然法則。對於土地元素的服從，包含面對高山或任何龐大沉重之物而產生的壓迫感。

然而，想象並不會被壓垮，阿特拉斯情結便揭櫫土的夢想「抵抗重力」的積極性。當人們承受重擔之際，夢想的負重者會如阿特拉斯般打直腰脊，挺身扛起沉重的壓力，彷彿舉起一座高山。在阿特拉斯情結中，是「擠壓」和「復原」兩種相反的力量互相抗衡：一面承受重物所施加的擠壓，一面用力復原被擠壓的自身。巴什拉引用法國詩人保羅・艾呂雅（Paul Éluard, 1895-1952）的詩句「重荷與肩膀的岩壁」[92]，總結阿特拉斯情結中兩種力量的交互作用，勞動所帶來的成就感，恐怕是補償勞苦的一種形式。

阿特拉斯情結除了說明負重的抵抗性，還包含互相扶持的隱喻。

---

[90] 黃冠閔：《在想像的界域上——巴修拉詩學曼衍》，頁121。

[91] 阿特拉斯（Atlas）在希臘神話中為巨人族的一員，也是普羅米修斯的兄弟。在眾神與巨人族一役後，被宙斯懲罰扛起天空。參見：凡爾農著：《大師為你說的希臘神話：永遠的宇宙諸神人》，頁76。

[92] ガストン・バシュラール著：《大地と意志の夢想》，頁356。

因為「能助人者是強壯的，並相信自己的力量，他住在力量的國度。」[93]對旁人伸出援手使之減輕痛苦，甚或與他人一起負擔的協作意識，這種互助精神更是阿特拉斯情結在苦難中流露的道德實踐。

（二）梅杜莎[94]情結

岩石在土的元素想象裡，不會只有堅硬的單一形象。巴什拉認為岩石展現了源初想象力的矛盾，比如雨果的句子：「除了岩壁以外，還有什麼東西像雲一樣變化多端嗎？」[95]堅硬的岩石與自由之雲因夢想而對話。即使堅硬如岩石也未必有一致而固定的形體，因此岩石時不時在挑釁我們的想象力。岩石挑釁我們與之戰鬥，我們卻又害怕岩石所造成的威脅。更棘手的是，正因為岩石面無表情，好似猜不透的謎團。

岩石矛盾的形象，促成一種被巴什拉稱為「梅杜莎情結」的石化想象。法國作家於斯曼（Huysmans, 1848-1907）將梅杜莎情結發揮得淋漓盡致，他常描寫「月平面結著被礦物化的一層霜」、「凹凸不平的沙漠像被雲母化的海綿」這類被石化的自然景象。[96]梅杜莎情結讓眼前的景色了無生機，亦封印所有感覺，便是憤怒也只能噤聲。當人們面對這些被石化的無情之物，恐怕連自身都會變成僵化無感之硬質物體。另一方面，當人們觀看雕像或肖像畫等靜止之物，假若不禁夢想這些東西重獲生機，則是梅杜莎情結反向的效果。

此外，「金屬化」與「礦物化」為梅杜莎情結的延伸——前者為激怒火焰之夢想，使想象力誕生於火與土之間。[97]後者則埋藏於

---

[93] ガストン・バシュラール著：《大地と意志の夢想》，頁359。

[94] 梅杜莎（Medusa）葛爾歌女妖三姐妹中最小的妹妹，頭上長滿一條條可怕的蛇，與她目光相交就會被石化。參見：凡爾農著：《大師為你說的希臘神話：永遠的宇宙諸神人》，頁236。

[95] ストン・バシュラール著：《大地と意志の夢想》，頁191。

[96] ストン・バシュラール著：《大地と意志の夢想》，頁213。

[97] ストン・バシュラール著：《大地と意志の夢想》，頁240。

富有礦物資源的礦山中，有待想象力的開採，[98]不過礦山中亦有可能挖掘出礦工的遺骸，因此形成「礦山－棺木」的意象連結；另一方面，也象徵勞動者對抗硬物的形象。由於巴什拉認為，死亡可視為向母體的回歸，故而擴大形象的組建，綜合為「礦山－母親－死亡」的三位想象。[99]

（三）迷宮

迷宮的意象主要見於《大地與休息的夢想》，為內縮的夢想。巴什拉首先以人類共同的經驗為想象之核——不論在綜橫交錯的荒野，抑或都市叢林中，都有迷路的可能。據此，巴什拉統整迷宮的意象為：「將迷途者的情感系統化，連結於無意識的路徑，乃再現迷宮的原型。在夢中艱困行走，是迷途者的不幸體驗。」[100]尤其對孩童而言，迷途的恐慌滲入意識的深層，夢想的迷宮甚至是徬徨人生的隱喻。簡言之，迷宮是痛苦的源初意象，來自幼年時期的恐慌；相反地，也象徵人類於洞窟中探險的勇氣。

再者，迷宮蜿蜒複雜的意象，還能變形為「動物性的蛇」和「植物性的樹根」。蛇無鰭無足無翼，扭動肉身緩慢地匍匐爬行於大地，象徵冷血與恐怖。[101]相較於挺拔向天生長的樹幹，樹根為了吸收養分而深入土地，彷彿有著無限伸展的生命力。[102]以上乃立基於土地的元素，興發內密性的夢想。

筆者將巴什拉元素詩學中啟發本研究的數個情結及意象整理於此，雖未能嚴謹展現巴什拉元素詩學的全貌，但依稀可窺見其思想脈絡及學術主張。元素詩學在本質上是非邏輯性的，即使巴什拉在

---

[98] ストン・バシュラール著：《大地と意志の夢想》，頁247。
[99] ストン・バシュラール著：《大地と意志の夢想》，頁258。
[100] ガストン・バシュラール著：《大地と休息の夢想》，頁214。
[101] ガストン・バシュラール著：《大地と休息の夢想》，頁265。
[102] ガストン・バシュラール著：《大地と休息の夢想》，頁308。

最初的火論希望能建立起客觀的想象系統，但到氣論時發現前後論述上的矛盾，致使土論轉向主觀的想象。巴什拉的元素詩學確實無法囊括所有自然物質的想象，也未必是詩學批評的「正確」方式。然而，其貢獻在於使漫無際涯的想象有了四種物質的依歸，且各別元素之間保有靈活度及包容性。因此，筆者願意相信巴什拉的學說是把關鍵之鑰，將開啟臺灣現代詩評論的更多可能。

第三節　詩意象的主觀研究

愛上一個意象的瞬間，它便再也無法成為某個事實的複本。[103]

一、現象學的轉向

巴什拉晚年投身於詩意象的研究，在退休後首次公開發表的《空間詩學》中，以一席「驚人」的言論作為開場：

> 一位哲學家，過去已將全幅思考貫注於科學哲學的基礎論題上，並且亦步亦趨，緊緊跟隨當代科學日益興盛的理性主義主流，如今卻想研究詩意想像（imagination poétique）的相關問題，他勢必得忘卻所學，與他所有的哲學研究習慣一刀兩斷。因為過去的文化素養，在此不值一提；他經年累月、鍥而不捨所比對建構出來的想法，亦全然無用。[104]

所謂「驚人」，乃指巴什拉決意捨棄自己過去在精神分析的學術成果，從研究客觀的理性想象（物質化想象）轉向研究主觀的詩意想象（夢想），這是他第二次改變研究的方向。不過在驚訝之

[103] 加斯東・巴舍拉：《空間詩學》，頁180。
[104] 加斯東・巴舍拉：《空間詩學》，頁35。

餘，我們隨即意識到另一個問題：若不以精神分析的方法，該如何研究主觀的想象？

首先，以往的精神分析論，比如巴什拉曾投入的「情結」研究，將想象視為精神壓抑的結果，因為社會或文化的種種限制，所以使想象潛伏於意識深層，等詩人創作時才依附詩歌而現的因果關係（causal）。然而，巴什拉卻在晚年推翻以前的研究，反對以精神分析法研究詩意想象，是因為詩意想象並非因果論，亦非回憶的再現。巴什拉此後主張詩意想象本身為獨立的存在，該以直接的存有學（ontologie directe）作為研究目標：「詩意象在人的現實當中，做為人的心靈、靈魂與存有的直接產物，而浮現於意識中的當下現象。」[105]

巴什拉之所以選擇以現象學的方法來釐清意象，乃因意象就本質而言是主觀的意識產物。由於詩意象是多樣變異的，我們只能從意象出現的瞬間去捕捉與把握，這時就必須依靠現象學「回到事物本身」的思維。

> 現象學方法要求我們從形象最微小的變幻的根源上闡明全部意識。我們讀詩並不同時另有所思。一旦詩的形象在某一單獨特徵上有所更新，它便會顯示出某種初始的淳樸。[106]

所謂「淳樸」，指的是意象回歸純粹的狀態，剔除精神分析及回憶的誤導，回到靈魂最直接的現象。綜上所述，便能導向「詩意象為靈魂的投身」，故不適用於精神分析之結論。

再者，巴什拉受閔可夫斯基（Eugène Minkowski, 1885-1972）的影響——閔可夫斯基在《邁向宇宙論》寫下，生命的動力源自一種前進的感受，此感受必然藉由時間及空間而顯現，就如同在瓶子

---

[105] 加斯東・巴舍拉：《空間詩學》，頁36-37。
[106] 加斯東・巴什拉：《夢想的詩學》，頁5。

般大小中聲波的迴盪（retentir）[107]——認為詩人創作的動能來自靈魂，因此詩的意象是靈魂的現形。詩人發出的聲響便是詩的意象，若要釐清意象，必須感受空間中的迴盪：「在共鳴之中，我們聽見了詩，但處於迴盪之中，我們卻訴說著詩，詩化入我們自身。」[108]而當讀者進入詩人的夢想空間後，詩意的迴盪（retentissement）能使讀者感受到靈魂的震撼，意即詩人的靈魂能激起讀者的共鳴（résonances）。這些回聲會折射出什麼反應，又將傳達至何方，則需要依賴現象學的研究取徑。

現象學的核心概念為「意向性」，誠如本研究在首章所提及，人類的意識或經驗都有其方向。巴什拉認為完整的閱讀，乃詩人協助讀者經歷「詩的意向性」，他說：「現象學的方法在促使我們有步驟地觀照我們自身，並對詩人所提供的形象努力做出明確的意識領悟時，引領我們嘗試與詩人的創造意識進行交流。」[109]詩歌的運動狀態乃從詩人到詩意象再傳遞給讀者的過程，於是詩句保持運動，鍛鍊想象力，建構出語言的空間。正是通過詩的意向性，讀者才能找到詩人夢想的入口。反過來說，如果我們認為進入詩的意象可以召喚出詩人的意識及靈魂，就代表現象學的成立。

巴什拉起初從事科學認識論研究，而後逐漸趨向以精神分析研究客觀的想象，即元素詩學中的「想象物質化」。直到退休後，仍不斷挑戰與衝撞自己的研究，又再一次扭轉研究的方向。他將最後一次的改變，稱為「現象學的轉向」。

二、深掘源初意象（image initiale）

巴什拉一再強調，若要研究人類有意識的主觀想象活動（即夢

[107] 加斯東・巴舍拉：《空間詩學》，頁60。
[108] 加斯東・巴舍拉：《空間詩學》，頁41。
[109] 加斯東・巴什拉：《夢想的詩學》，頁2。

想），必須從詩意象中把握，而詩意象中具有某種根源的特質。他如此比喻深掘意象的過程：「現象學家在某個時刻必須有一副餓狼的肚腸，以此面對一隻躲進石頭裡的獵物。」[110]當我們對世間的各種意象虎視眈眈，便意識到只從四大元素尋找詩性想象是畫地自限。

巴什拉的夢想版圖逐漸擴大，於是在《空間詩學》中將研究範圍界定為具有想象價值的各種空間意象，並證明該空間的存在及重要性。他所研究的空間，非指涉人類具體生活的住所，是想象的、抽象的、形而上的、靈魂的居所，或許可以簡單理解為每個人的內心小劇場。由夢想而現的場域，只有夢者自身及感受到詩意迴盪的讀者能進入。夢想裡的私密感空間（espaces de l' intimité）能提供意象，若要探索私密感（intimité），必須把關注焦點放在家屋的詩學。有關於家屋的意象，諸如地窖、閣樓，以及更小範圍的抽屜、箱匣與衣櫥等，甚至連動物的居所——窩巢即介殼——也都是被詳加闡述的源初意象（image initiale）。

源初意象之間會交互影響，「一整個分枝的『夢之家屋』在這裡找到兩種深遠的根源，以人類日夢裡彼此異質的事物相互混合的同樣方式，予以混同為一。」[111]比如巢殼（nidcoquillage）相連的夢想，能在前科學時期的著作中看見。有些誇大的夢想並無實際經驗或記憶予以證明其真實存在於現實世界，但這代表想象會先於經驗與記憶，只要我們不斷挖掘源初意象，便能從中找到藏匿於世間的種種夢想。

除了空間的意象外，由心形石、男根石等化石命名，可見人類習慣將日常細物與人類特徵賦予在無生命上，意象的夢想因此活躍。[112]這類自然界的靈感，其中富含詩意的細節，得以夢想出全新的世界。

---

[110] 加斯東・巴舍拉：《空間詩學》，頁218。
[111] 加斯東・巴舍拉：《空間詩學》，頁204。
[112] 加斯東・巴舍拉：《空間詩學》，頁198。

巴什拉在發表「現象學的轉向」後，已跳脫由四大元素開展的意象，以現象學關注純粹的意象，而非纏繞於精神分析的「情結」，如此方能將夢想的空間拓展至整個宇宙。

三、科學與詩之謎

延續二十世紀以降的自然科學與社會人文之爭，當人類追求科學理性的同時，似乎就要否定所有非理性的詩性想象。在該背景下，巴什拉早期從科學認識論轉向想象哲學的研究，試圖溝通這兩個極端。

> 詩與科學的軸首先是顛倒的。哲學所能期望的是使詩與科學互為補充，把二者做為相反相成的東西結合起來。[113]

巴什拉寫作《火的精神分析》時，企圖在對立的科學和詩之間建立互補的關係，但他必須面對主、客觀想象的矛盾，「在我們進行內心體驗時，我們就從根本上否定了客觀經驗。」[114]為避免想象淪於主觀，他以精神分析的「情結」及「原型」理論作為研究之法，主張想象被純化後能接近客觀，想象物質化便由這個基礎發展。

但巴什拉到後期逐漸捨棄精神分析的研究方法，遺稿《火的詩學》即使同以火為切入角度，卻將焦點轉向意象本身的多義性，不再是意象如何影響潛意識。他認為若把夢想從情結中分離出來，會剝奪想象的活力。此後甚至直接否定客觀想象的研究：

> 所謂對想象力作客觀研究是無意義的，因為只有在欣賞形象的情況下才能獲得它。……因此，形象與概念形成於心理活

[113] 加斯東・巴什拉：《火的精神分析》，頁2。
[114] 加斯東・巴什拉：《火的精神分析》，頁6-7。

動的那相反的兩極，即想象與理性的兩極。……在此，兩極並不互相吸引，而是互相排斥。[115]

確實，巴什拉曾試圖統合科學與詩，但在後期已宣告放棄，因為想象本身就是主觀的產物，必須清楚區別理性和想象這兩個極端。

巴什拉的學說一再推翻自己前期的研究成果，或許能理解為他積極實踐自身的言論：「人是一種更新的意志，是一種永遠想不到的變化。」[116]然其論述上的矛盾延伸出許多未解之謎，如何從中理解科學與詩的關係是學術界對巴什拉想象論的爭議之一。[117]

關於巴什拉的科學與詩之謎，史言整理出三派意見：第一，肯定理性與感性的統合。第二，否定兩者有統合的可能。第三，即使兩者無法統合，仍存在如鐘擺般的運動關係，如弗朗索瓦・達高涅和喬治・布萊皆持此觀點。[118]

象根植於宇宙中，甚至在比宇宙更深遠的地方，它的原動力聚集並強加事物的動力，它揭示的不是實物，而是物質；事物的外在型態束縛夢幻，而事物的本質則可以解放想象力。[119]

……這一思想發現自己不是單一的，而是雙重的，既可以是此，亦可以是彼。變化，就是交替；而交替，就是在先前所取的立場之極端取用另一立場，同樣豐富……[120]

---

[115] 加斯東・巴什拉：《夢想的詩學》，頁72。
[116] 轉引自喬治・布萊：《批評意識》，頁188。
[117] 張璟慧：《想象創造人自身：加斯東・巴什拉的想象哲學》（北京：科學出版社，2016年），頁70。
[118] 史言：〈巴什拉想像哲學本體論概述〉，《徐州師範大學學報（哲學社會科學版）》第37卷第3期（2011年5月），頁102。
[119] 弗朗索瓦・達高涅：《理性與激情：加斯東・巴什拉傳》，頁29。
[120] 喬治・布萊：《批評意識》，頁166。

阻礙科學發展的想象終究是要被排除的對象，但另一方面，想象又能使人類在生活中感到幸福。為了獲得幸福感，人類並不能阻止夢想聯翩。而當人類夢想具有雙重性的源初意象時（比如水能載舟亦能覆舟），這類矛盾的意象會刺激想象，使想象突破人類經驗的限制，激活科學的創新。因此，即使科學與想象相對立，但兩者的雙重性富含動能，便如鐘擺般互相影響。

科學與詩之謎亦影響後繼學者對其「現象學轉向」的評價。金森修批判巴什拉：「比起飛躍，毋寧說是一種平庸的墜落。」[121]因他認為巴什拉破壞自己親手建立的理性架構，而主觀想象的論述又不夠嚴謹，造成前後論述的斷裂。筆者對金森修的評價持反對意見。巴什拉愈深掘想象，愈驚奇於源初意象的豐富，便意識到精神分析法的侷限，現象學的轉向是他對主體意識的強調。即使改變研究方法，他依舊尾隨於意象之後，否則不會在晚年重新夢想火的元素。

巴什拉的學思歷程彷彿科學與詩纏繞成的巨型迷宮，貿然進入的研究者如不留意，極有可能懾服於無邊際的想象中，裹足而不能出。正因巴什拉的想象哲學具爭議性，造成後繼研究者對其學說理解、操作之不易。筆者在本研究中該如何回應巴什拉的詩學？依據巴什拉的說法，文本中的意象確實不只限於四大元素。然爬梳完巴什拉的研究進程後，筆者以為，不妨將四大元素作為探究文本的起點，以期激盪出更多意象的討論，如此便毋須拘泥於科學與詩之謎。

第四節　白日夢的臺灣漫遊

> 如何進入我們時代的詩的領域呢？
> 一個無拘無束的想象力的時代剛剛開放。[122]

---

[121] 金森修：《バシュラール——科學と詩》，頁254。
[122] 加斯東・巴什拉：《夢想的詩學》，頁35。

探賾不同時期的巴什拉研究，最終要面對的問題仍是：「如何進入我們時代的詩的領域？」於是在本章的最後，索隱臺灣現代詩研究如何與巴什拉的理論互動。在臺灣學界，巴什拉相較於海德格（Martin Heidegger, 1889-1976）或梅洛－龐蒂（Maurice Merleau-Ponty, 1908-1961）等現象學家，所受的關注略低。然而弔詭的是，許多詩學研究的論文經常引用巴什拉《空間詩學》的句子，但僅止於引用而已，深入闡述其理論的並不多。[123]這不禁使筆者好奇，臺灣學界對巴什拉的認識處於何種階段？因此，本節將追蹤巴什拉的想象哲學在臺灣學界的發展狀況，從理論研究跟文學批評的實踐這兩方面展開論述。

一、巴什拉的學說在臺灣的研究成果

巴什拉的《空間詩學》於2003年經由龔卓軍和王靜慧的翻譯，正式被譯介到臺灣，然至今僅只這一本而已。若加入中國方面的漢化，則多了《科學精神的形成》、《火的精神分析》、《水與夢》、《夢想的詩學》、《燭之火》和《夢想的權利》這六本。由翻譯的現況足以顯示，巴什拉的科學論述幾乎被中文學界忽略，元素詩學的部分未被完整引介，且關注重點偏向現象學轉向後的著作。

（一）學位論文

2009年邱俊達的《朝向詩意空間：論巴舍拉《空間詩學》中的現象學》[124]，是臺灣目前唯一直接討論巴什拉學說的學位論文。題為「朝向」即指示一種進入巴什拉詩學的方向：現象學，這除了代

---

[123] 在臺灣博碩士論文知識加值系統中，以巴什拉的著作為參考文獻的學位論文有795筆，而論文的題目和關鍵字中與巴什拉有關的只有14筆。統計數據的時限截至本論完成之前為止。

[124] 邱俊達：《朝向詩意空間：論巴舍拉《空間詩學》中的現象學》（國立中山大學哲學研究所碩士論文，2009年）。

表邱俊達肯定巴什拉的「現象學的轉向」外，亦認同「詩意空間」的存在。於是，該論以這兩大方向做為巴什拉詩學的考察起點，進行「幸福空間」和「廢墟空間」的場所分析。巴什拉所論述的空間，非指涉人類具體生活的住所，是想象的、抽象的、形而上的、靈魂的居所。由夢想而現的場域，只有夢者自身及感受到詩意迴盪的讀者才能進入，因此邱俊達指出巴什拉的現象學強調的閱讀是「沉溺」與「放大」，才有可能進入其詩意空間中。在巴什拉家屋意象的諸空間中，地窖和閣樓代表兩個極端：閣樓是在家屋頂端的小房間，因其向上、光明、遮風避雨的特性，展現出理性的一面；地窖則是家屋的暗部，屬於非理性的存在，由於恐懼源於地窖中，有時激發禁閉、活埋等戲劇想象。然而，邱俊達在其中發現論述上的疑點，倘若地窖是恐懼的存有，是否與家屋中的幸福感自相矛盾？邱俊達由此提出「廢墟意象」的概念，空間的轉換影響氛圍的改變，因此廢墟是為了「體驗氛圍，而非尋求庇護」[125]，代表靈魂的戲耍，指向幸福的多元性。若要討論幸福的多元性，納入巴什拉的《夢想的詩學》或許會更完善，可惜邱俊達言盡於此，不過該論文確實已提供《空間詩學》的某種進入指南。

（二）學術專書

黃冠閔為國內研究巴什拉的專家，2014年所著《在想像的界域上——巴修拉詩學曼衍》，為臺灣唯一專論巴什拉的學術著作，以巴什拉的詩學為論述軸線，展開想象形上學的討論。該論分為兩部分：上部細論元素詩學的火、水、氣和土等想象物質化；下部則是將巴什拉的想象論拓寬，使之與法國哲學家沙特、布希亞（Jean Baudrillard, 1929- 2007）及中國東晉詩人陶淵明（365-427）相比對，從不同時代與地域的差異中，思考人類如何回應想象問題。雖

[125] 邱俊達：《朝向詩意空間：論巴舍拉《空間詩學》中的現象學》，頁70。

然黃冠閔自謙該書「非嚴格的專家研究，也不是對巴修拉的入門介紹」，[126]但因元素詩學至今尚未被翻譯完全，這部著作的重要性便不言而喻。

二、巴什拉的詩論在臺灣的應用狀況

相較於純理論的鑽研，巴什拉的詩論在文藝批評的實踐上顯然來得更早。以下將由期刊論文、學位論文和學術專書三個方面梳理應用的現狀。

（一）期刊論文

根據陳政彥的調查，[127]陳玉玲早在1999年就以巴什拉的《空間詩學》和《火的精神分析》等觀點分析李魁賢的現代詩，發表〈空間的詩學：李魁賢新詩研究〉。該文後來被收錄於李魁賢的《臺灣意象集》[128]中，是臺灣最早以巴什拉的詩論評論現代詩的文章。而後，2006年陳義芝的〈夢想導遊論夏宇〉[129]援引巴什拉《夢想詩學》為立論基礎，試圖解釋夏宇詩難讀卻迷人的魔力在其夢想的力量。夏宇如鍊金術般將日常語言的雜質純化成夢想的語言，亦藉由夢想改造現實，所以夏宇是夢想的詩人。這兩篇文論，可視為臺灣現代詩研究實踐巴什拉詩學的先聲。

2010年，史言的〈「水」與「夢」的「禪語」：周夢蝶詩歌「水之動態」與「水之動力」的現象學研究〉[130]，以巴什拉的水元素意象分析周夢蝶的詩作，並提出周夢蝶詩中的「禪意」與巴什拉

---

[126] 黃冠閔：《在想像的界域上——巴修拉詩學曼衍》，頁iv。
[127] 陳政彥：《臺灣現代詩的現象學批評：理論與實踐》，頁35。
[128] 李魁賢：《臺灣意象集》（臺北市：秀威資訊科技，2010年）。
[129] 陳義芝：〈夢想導遊論夏宇〉，《當代詩學》第二期（2006年9月），頁157-169。
[130] 史言：〈「水」與「夢」的「禪語」：周夢蝶詩歌「水之動態」與「水之動力」的現象學研究〉，《臺灣詩學學刊》第十五號（2010年7月），41-84頁。

「夢想」的性質相近的假說，以補足周夢蝶「以禪入詩」的討論不足之處。此外，史言亦身為巴什拉理論專家，[131]充分掌握巴什拉的詩論，文本與理論在其筆下相得益彰，筆者以為是巴什拉詩學實踐的良好示範。2011年，黎活仁的〈上升與下降：白靈的狂歡化詩學〉[132]，切割白靈詩中的垂直空間為上下兩個部分加以討論。上升和下降在巴什拉的元素詩學中都是大氣意象的運動，然黎活仁輔以巴赫金上下顛覆的概念，以解釋白靈詩的狂歡化特性。陳政彥的〈洛夫詩中「火」意象研究〉[133]，以巴什拉《火的精神分析》為依據，考察洛夫詩中「火」意象，有傳遞、超越和永恆的作用。由上述三篇文論，筆者更加肯定巴什拉元素詩學的發展性，即使出自於歐陸哲學，但元素作為人類共同的經驗，就會連結源初的夢想。

2011年，張光達的〈想像，迴盪，存有：論邱琲鈞《邀你私奔》的詩意空間〉[134]，注意到馬華詩人邱琲鈞詩中無法以因果關係理解的震撼，試圖以巴什拉在《空間詩學》提出的「迴盪」加以解釋，在詩作與讀者之間架起溝通的迴廊。2015年，張娟的〈渡也的詩歌的空間詩學——以巴什拉理論作一分析〉[135]，探討渡也詩歌空間及其相關意象的「精神分析」。然巴什拉《空間詩學》談論的並非無意識的心理狀態，而是有意識的想象，因此張娟該文於意象內部的定義有待釐清。

---

[131] 筆者認為史言的〈巴什拉想象哲學本體論概述〉，是目前將巴什拉想象觀的哲學脈絡整理得最清楚的一篇文論，然非發表於臺灣學界，故補充於參考資料。參見：史言：〈巴什拉想象哲學本體論概述〉，《徐州師範大學學報（哲學社會科學版）》第37卷第3期（2011年5月），頁101-111。

[132] 黎活仁：〈上升與下降：白靈的狂歡化詩學〉，《臺灣詩學學刊》第十七號（2011年7月），71-97頁。

[133] 陳政彥：〈洛夫詩中「火」意象研究〉，《彰化師大國文學誌》第二十三期（2011年12月），頁127-148。該文後被收錄陳政彥：《臺灣現代詩的現象學批評：理論與實踐》中。

[134] 張光達：〈想像，迴盪，存有：論邱琲鈞《邀你私奔》的詩意空間〉，《臺灣詩學學刊》第十八號（2011年12月），103-123頁。

[135] 張娟的〈渡也的詩歌的空間詩學——以巴什拉理論作一分析〉，《臺灣詩學學刊》第二十五期（2015年5月），67-99頁。

綜上所論，隨著巴什拉著作的譯介及理論的研究，針對理論本身的把握呈現愈來愈充分的趨向。但受限於期刊論文的篇幅，未能詳實辯證巴什拉詩學前後期的矛盾，易造成意象遊走在理性和感性間妾身未明的狀況。

（二）學位論文

最初應用巴什拉詩學的學位論文以歐美文學系所的研究為主，《空間詩學》雖為切入點，但研究主體並非「詩」。比如2005年姚小虹的《亨利・詹姆斯的詩學空間：巴希拉赫式閱讀》[136]，研究美國小說家亨利・詹姆斯（Henry James, 1843-1916）的「小說之屋」；2007年彭懋龍的《巴什拉的想像力與在Jean-Pierre Jeunet電影《艾蜜莉的異想世界》的運用》[137]，研究夢想與電影纏繞而成的「詩意空間」。

臺灣碩博士的詩學研究開始重視巴什拉的理論是在2010年以後，筆者將之按出版年份臚列，並簡要整理如下：

1. 蔡林縉的《夢想傾斜：「運動—詩」的可能——以零雨、夏宇、劉亮延詩作為例》，結合巴什拉和德勒茲（Gilles Deleuze, 1925-1995）的哲學論述，開展「運動—詩」的詩學理念，實踐於零雨、夏宇、劉亮延的文本分析，從空間、時間和身體這三種向度證明文本的虛擬動能。[138]
2. 李妍慧的《探索顧城後期詩人主體的「創造性轉化」》，同以巴什拉和德勒茲的哲學論述為思維軸心，不過關注的是詩人從夢想中超越到游牧中創造的主體建構過程，試圖證明顧

[136] 姚小虹：《亨利・詹姆斯的詩學空間：巴希拉赫式閱讀》（臺灣師範大學英語學系碩士論文，2005年）。

[137] 彭懋龍：《巴什拉的想像力與在Jean-Pierre Jeunet電影《艾蜜莉的異想世界》的運用》（淡江大學法國語文學系碩士班，2007年）。

[138] 蔡林縉：《夢想傾斜：「運動—詩」的可能——以零雨、夏宇、劉亮延詩作為例》（國立成功大學現代文學研究所碩士論文，2010年）。

城詩中展演的極限及實踐生命的可能。[139]

3. 黃祐萱的《普雷維爾詩作中的空間意涵》，引用巴什拉的《空間詩學》，分析法國詩人普雷維爾（Jacques Prevert，1900-1977）代表詩作《話語集》（Paroles）中的空間意象，如何在想象與自由間漫漶。[140]
4. 蔡書蓉的《中國八〇年代詩人海子：詩的空間營造與夢想型態》，先以「字思維」的觀點細讀海子的詩歌，再借助巴什拉的《空間詩學》與《夢想的詩學》審視其詩的質地與美學。[141]
5. 簡子諭的《北島詩意空間研究》，面對北島前後時期詩風的改變，以文本自身的詩意空間為理解之法，企圖闡釋在經驗中昇華的詩意。[142]
6. 林芳儀的《厭煩初始，帶著光：論夏宇詩中的空間與夢想形態》，承接陳義芝在〈夢想導遊論夏宇〉所提出的夢想因子，以巴什拉《夢想的詩學》為理論基礎，進一步將夏宇詩中的夢想分化為安尼姆斯與安尼瑪，在兩股力量的碰撞中抵達神祕。[143]
7. 吳昱君的《葉青詩的焦慮表現及其效應》，聚焦葉青中詩的物質性，諸如雨和光影的夢想，菸、酒、茶、咖啡的成癮焦慮，分析詩人的心理層面及主體在詩歌夢想中獲得的救贖。[144]

---

[139] 李妍慧：《探索顧城後期詩人主體的「創造性轉化」》（國立成功大學現代文學研究所碩士論文，2010年）。

[140] 黃祐萱：《普雷維爾詩作中的空間意涵》（淡江大學法國語文學系碩士班，2013年）。

[141] 蔡書蓉：《中國八〇年代詩人海子：詩的空間營造與夢想型態》（國立成功大學現代文學研究所碩士論文，2013年）。

[142] 簡子諭：《北島詩意空間研究》（國立成功大學現代文學研究所碩士論文，2016年）。

[143] 林芳儀：《厭煩初始，帶著光：論夏宇詩中的空間與夢想形態》（國立成功大學臺灣文學研究所碩士論文，2016年）。

[144] 吳昱君：《葉青詩的焦慮表現及其效應》（國立成功大學中國文學研究所碩士論

8. 林政誼的《余秀華詩中的「真」及其延伸的「爭議」現象研究》，梳理余秀華詩中以「真」為主軸，所開展出水、火、色彩和植物的諸物質及其意象空間，並接續討論該詩人由此引起的爭議現象。[145]
9. 廖堅均的《壞毀與重建——遷臺詩人群對「家」的書寫與再現》，為九篇研究中唯一的博士論文，從心理學、空間現象學和人文地理學之眾多面向中，探討遷臺詩人在流離中如何再建「家屋」，而其過程更是該群體生存狀態的顯現。[146]

這九篇論文清楚顯示在臺灣現代詩的學位論文中，若以巴什拉詩學為論述的基礎，通常援引的是巴什拉後期的《空間詩學》和《夢想的詩學》。筆者推測造成該現象的因素除了學說的中文介譯外，曾任教於成功大學中文系的翁文嫻教授更是幕後推手，由上述論文幾乎出於成功大學即可證明。由於翁文嫻自身留學法國且受日內瓦學派的文學批評所影響，其研究主體試圖融會東西文化的詩學評論，[147]後於成功大學開設的詩學課程中引介巴什拉的詩學，啟發這批研究者於詩的觀看角度。

（三）學術專書

有關學術專書的研究成果，2011年陳政彥的《臺灣現代詩的現象學批評：理論與實踐》，雖未以巴什拉詩學為論述及實踐主體，仍值得一提。該書引入現象學的批評理論，梳理臺灣進行現象學批評的學者，再以六篇詩論實踐現象學的批評，其中物質（火、水）與空間的篇章，便是以巴什拉詩學為基礎。

文，2018年）。

[145] 林政誼：《余秀華詩中的「真」及其延伸的「爭議」現象研究》（國立成功大學中國文學研究所碩士論文，2019年）。

[146] 廖堅均：《壞毀與重建——遷臺詩人群對「家」的書寫與再現》（國立成功大學中國文學研究所博士論文，2020年）。

[147] 陳政彥：《臺灣現代詩的現象學批評：理論與實踐》，頁58。

而蕭蕭在2017年出版「新詩學三重奏」，分別是《空間新詩學》[148]、《物質新詩學》[149]、《心靈新詩學》[150]。光就題目「空間」及「物質」很容易連想至巴什拉的詩學，而書中確實引用些許巴什拉的句子，不過除截句外，未見巴什拉詩論的發揮。當然不是所有跟「空間」及「物質」有關的文論都必須拜碼頭般闡釋巴什拉的理論；相反地，巴什拉詩學的實踐者必須戮力說服，若提及「空間」及「物質」為何不能忽略巴什拉學說的理由。

綜合期刊論文、學位論文和學術專書這三方面應用的現狀，可觀察出下列的現象及困境：第一，巴什拉詩學的文藝批評實踐比起純理論的研究要來得活躍，且現象學轉向後的著作特別受到重視，筆者認為這是受學說譯介影響的結果。第二，由於巴什拉學說自身的矛盾與曖昧，在理論研究不夠充分的狀況下，文學論者易混淆精神分析學與現象學的方法。第三，巴什拉的理論適合用於分析較難以因果論理解的詩作，意即所謂「難懂／解的詩」。第四，自2010年以後，臺灣學界才開始比較熱絡的討論起巴什拉，因此筆者願意期待巴什拉詩學帶給臺灣文藝評論的諸多可能。

巴什拉說：「一個無拘無束的想象力時代剛剛開放。」駐足於使人眼花繚亂的詩意象窗口前，論者們急忙從理論的錦囊中揀選關鍵之鑰。然而或許巴什拉給後世的啟示，比起科學與詩的爭議，更重要的是我們必須渴望意象，一讀再讀，細嚼慢嚥地讀。

第五節　小結

本章以想象哲學為核心，環繞於法國哲學家加斯東‧巴什拉各時期對「源初意象」的研究。巴什拉早期專注的是科學認識論，在

---

[148] 蕭蕭：《空間新詩學——新詩學三重奏之一》（臺北市：萬卷樓，2017年）。
[149] 蕭蕭：《物質新詩學——新詩學三重奏之二》（臺北市：萬卷樓，2017年）。
[150] 蕭蕭：《心靈新詩學——新詩學三重奏之三》（臺北市：萬卷樓，2017年）。

前科學時期的文獻中，發現這些根植於人類生活中的感受與經驗，卻是阻礙科學發展的要因。巴什拉深信，如果要追求科學進步，就得否定這些主觀經驗。然而，這些主觀經驗若以精神分析的方法，去除情感或意識的雜質，就有可能純化為客觀的「情結」或「原型」。巴什拉受榮格的啟發，試圖從古希臘哲學討論的物質中找到想象的源頭，本於四大元素的聯想，各自展顯出不同的象徵意涵。

不過，從大學教職退休後的巴什拉，認為這四種源初意象並不足夠，還有很多潛伏於自然或生活裡的源初意象，與元素一樣適合激活想象。再者，在主觀的想象中追求理性的客觀猶如緣木求魚，於是他否定了過去的研究方法，將精神分析法改為現象學，乃為「現象學的轉向」。此後，巴什拉便投入於詩意象的現象學研究，稱這些有意識的主觀想象為「夢想」，企圖證明夢想不只反映經驗或情感，更能建立起大如宇宙的空間，並使人充滿幸福。巴什拉晚期的著作如《空間詩學》、《夢想的詩學》在2010年後逐漸受臺灣現代詩研究者的重視，他們試圖以巴什拉的「夢想空間」理解某些難讀懂的現代詩。

證明想象的存有並賦予其獨立的地位，是巴什拉對想象哲學的貢獻。想象力的存有及擴張能超越現實的束縛，解放人類的生存困境。對他而言，想象並非重現過去回憶或經驗，面向的是未來。巴什拉穿梭於科學與詩的開拓性精神，加之如詩般夢幻的文字，致使他的學說富有極大的吸引力。可惜後世的學者若要掌握他龐大的思想，恐怕需要科學、哲學與文學的學識才足以追趕。再者，巴什拉前期的著作在中文學界並未譯介完全，如果只從「現象學的轉向」後的著作理解其思想無異於盲人摸象，能收穫的只有截句般的斷章。此外，巴什拉的科學與詩之謎，亦是後世論者要援引他的學說首先要釐清的難題。

在重重的困難中，再次思考本研究的提問：「如何進入我們時代的詩的領域？」或修正為：「如何借助巴什拉的力量，進入我們時代的詩的領域？」筆者以為，即使巴什拉新的研究不斷推翻前一時期，仍帶著某些珍寶前往下一站。確實，詩意象不會只限於四大元素的夢想；但對本研究而言，「元素詩學」的意象不是終點，而是起點。在臺灣現代詩史的論戰中，時常將討論重點聚焦在現實主義與浪漫主義之爭。筆者希望藉由巴什拉對元素的詩學想象，輔以回歸文字本身的態度，證明現實與想象未必是敵我分明的僵局——不論是詩人或是讀者，只要對詩意象念念不忘，終將重逢於夢想的迴盪中。

第參章　我夢想故我存在：靜觀與展現

> 夢想者的存在是由他所激發的形象構成的。
> 形象使我們從遲鈍中蘇醒，而我們的覺醒表明一次「我思」的出現。[1]

上一章尾隨巴什拉的冥想足跡，漸次澄澈詩意中物質之夢的存有。據此，本章欲深入思索個體中夢想與存在的辯證。在思想的範疇內，笛卡兒的名言「我思故我在」，主張個體的存在被確立於每一次的思考；在夢想的領域裡，正如引文表明，「夢想者的存在是由他所激發的形象構成的」。所謂形象，可尋於詩，乃夢想和存在的中介——誕生於夢想，並引起沉思，故能證明個體的存在。

在眾多形象裡，巴什拉認為水具有強大的吸引力——水是形象的載體，能在深化的靜觀中轉化為想象的本源。四種源初物質的想象，唯有水的夢想可映照出夢者自身。當夢者靜觀水面，不只凝視自己，亦觀看整個世界；若主客交換，即夢者透過水展現自我，世界藉由水彰顯表象。水的夢想兼具靜觀與展現的雙重意志，巴什拉的納西瑟斯情結所昭示的便是如此。

接著轉舵面向本研究關注的兩位詩人——陳黎和楊澤在解嚴前的詩作，不乏涉及水的想象，但所側重的形象各有不同：先是陳黎的「緩緩的雨點，一滴／兩滴：序奏吧／冷落地提醒唇間的乾渴」[2]、「跟著風呼呼打進窗內的／雨水，要不是／帶點兒冰涼／

1　「我思」（Cogito）出自於笛卡兒存在論中的「我思故我在」（Cogito ergo sum）。加斯東‧巴什拉：《夢想的詩學》，頁197。

2　陳黎：〈水鄉〉，《廟前》（臺北市：東林文學社，1975年），頁1。

夢裏會以為自己全身／流汗」[3]、「汗水不賣，乳水不賣，井水不賣？／葡萄酒是飲盡胭脂的口沫橫飛」[4]。由前述之例可見，陳黎之詩多由雨水灌注，亦多見以雨水為題的詩如〈驟雨〉、〈在一個被雨水所困的城市〉、〈暴雨〉等等。水的形象向外噴濺出雨季的潮濕，向內流淌各種體液的粘膩。

再如楊澤的「讓我們離開課室去追索／一個問題的發凡／像河流的起源」[5]、「我背坐水涯，夢想河的／上游有源遠的智慧與愛」[6]、「子夜，當我捧起妻的臉，像捧起遠方的一枚水月」[7]。楊澤之水來自大江大河，時而追溯水的源頭，時而背坐水涯沉吟思索，時而耽溺水月的幻象。兩位詩人把自身存在浸潤於水的形象，若我們細究詩中因水而生的夢想，就能在漫漶水影中澄清「濕／詩化的我」。

水的靜觀啟迪夢想與存在的辯證，透過視覺，深化看與被看的雙重性，「自戀」的積極意義誕生於此。水的夢想提示靜觀的意志：面向世界，好奇心使我們主動觀看，除了見自己也見眾生。是以，本章將搜索陳黎和楊澤解嚴前詩作中所出現的「水／鏡」形象，詮釋由「我」、「看見」、「在」這三個關鍵字排列組合成不同的靜觀視角，檢視水的形象是否支持詩人展現自我以昇華夢想。

本章各節皆由「當我們臨水顧盼……」為邀請，以水的目光深入納西瑟斯的情結。首節先掌握詩人憑藉「水／鏡」看見或看不見自身，論證主體自我凝視的態度。第二節擴大可見之物，視野從見自己加廣到見天地眾生，是為靜觀宇宙。第三節企圖逸離前行研究對自戀情結的病態分析，展現詩人追尋美的意志已成為積極的信

---

[3] 陳黎：〈雨霖鈴〉，《廟前》，頁10。
[4] 陳黎：〈中山北路〉，《廟前》，頁60。
[5] 楊澤：〈荒煙〉，《薔薇學派的誕生》（臺北市：洪範書店，1977年），頁11。
[6] 楊澤：〈彷彿在君父的城邦1〉，《彷彿在君父的城邦》（臺北市：龍田出版社，1979年），頁125-126。
[7] 楊澤：〈水月〉，《薔薇學派的誕生》，頁83。

念。經過靜觀水的三段旅程，我們便可確信「夢想的人在夢想中在場」[8]。

第一節　我看見我，在：自我凝視

> 靜水讓我們看到我們自身的複製品。[9]

當我們臨水顧盼，看見自己的倒影隨水紋盪漾，水通過映像使存在自然地成雙。在靜觀富有深度的倒影時，主體也逐漸意識到自我的存在。而關於「看見自己」的需求或許早從遠古初民就已開始，李瑞騰在〈說鏡〉引中國古代傳說之例，指出初民由「以止水照形容」產生「製銅鏡以自照」的理念，將鏡子視為源初意象，並論證鏡子在現代詩中的象徵意涵。[10]然而，巴什拉提醒我們：「以鏡子為起始的詩人如果想表現出一種完整的詩歌體驗，他就應該以泉水的水告終。」[11]乃因鏡子的形象過於穩定且可被人為操作，須將其回歸水之夢方能再度自然化。

無論如何，我們無法忽視主體藉由觀看「水／鏡」的形象促成自我凝視的功能性。不過，此處亦不能略過簡政珍在〈詩人的凝視〉一文，論及「看」與「凝視」的差異：「凝視時，詩人從主體意識投射，轉化成主客體意識交感。」[12]、「當主體看客體時，主體是以旁觀者的立場思考。」[13]主體在思維時的立場有「他人」或「自我」之別，各自對應到「凝視」與「看」。假使詩人非由「他

---

[8] 加斯東‧巴什拉：《夢想的詩學》，頁195。

[9] 加斯東‧巴什拉：《水與夢：論物質的想象》，頁43。

[10] 李瑞騰：〈說鏡〉，《新詩學》（臺北縣：駱駝出版，1997年），頁83。

[11] 加斯東‧巴什拉：《水與夢：論物質的想象》，頁39。

[12] 簡政珍：〈詩人的凝視〉，《詩的瞬間狂喜》（臺北市：時報文化，1991年），頁111。

[13] 簡政珍：〈詩人的凝視〉，《詩的瞬間狂喜》，頁111-112。

人」看到「自我」，易淪為自戀情結，詩意止步於情緒。

筆者思及簡政珍之文，而生若干不解之處：假設「看」與「靜觀」為同類，該文是否低估「靜觀」的意志？再者，未先「自我凝視」，可否戀上自己？可惜文中的「自我凝視」是由「凝視他人」而來，且評斷非以他人為鑑，則為自戀。在精神分析的脈絡下，自戀不太具備正面評價。正因如此，我們才更需要夢想的中介。本節無意纏繞於「看」、「靜觀」、「凝視」的訓詁學問，專注於「水／鏡」的形象在詩作中是否有助於詩人澄明自我存在。

一、陳黎：重返校園

陳黎解嚴前的詩作，不常以「水／鏡」的形象自我凝視，反而多依此寫母親的面容，比如：「小時候／月亮是母親好看的臉龐／你看著月亮，吸吮母親胸前的月光／／然後它漸漸遠去／一枚圓圓的鏡子掛在天上／愈昇愈高」[14]、「另外的訂在化粧鏡上，剪貼著她／臉面的盛衰史」[15]。前者建構「月亮－母親－鏡子」三位一體的形象組合，後者指出「鏡子－時間」的雙向關係。

直到第三本詩集的〈早春杜鵑〉，詩中的「我」才願意於鏡前露面。筆者認為，這首詩暗藏陳黎罕於在「水／鏡」中自我凝視的線索。以下先引全詩：

早春杜鵑四、五棵
誰都知道在訓導處門口

昨天
我照舊在樓上上課

[14] 陳黎：〈望月〉，《廟前》，頁21。
[15] 陳黎：〈媽媽的相簿〉，《廟前》，頁23。

隔著黑色的鐵欄杆
忽然看到它紅色、白色的花朵
陽光下像久別
愛人的鈕扣
耀眼地同我述說

說青春就在我們的口袋
說去年的憂愁不必再灌溉
香甜的言語比嘴唇
還仔細
一片片貼近我的胸前
學生們沒有發現
你，也沒有聽見

今晨我走近那露濕的草坪
像一名羞怯、緊張的初戀者
對著訓導處的鏡子檢視我的襯衣
靜默的杜鵑盛開如昨夜的夢境
穿過黑色的鐵欄杆
我看到幾瓣掉地的花朵
和一顆跳出囚禁

的我[16]

全詩敘事線單純，「我」受到四、五棵早春杜鵑的吸引，翌日羞怯走向花前，此刻的「我」萌生跳出囚禁之感。張芬齡對此詩之

[16] 陳黎：〈早春杜鵑〉，《小丑畢費的戀歌》，頁112-114。

註為：「他彷彿看到久為現實所束縛的自己也隨著花開而羞怯、不自在地綻放自我。」[17]點出詩中的「我」受杜鵑花開的牽引而轉變心境。但若是「水／鏡」的夢想者，就會更在意詩中的兩個提示：「對鏡視我衣」、「我看到（中略）的我」。「我」的主動視覺行為，推力的源頭乃詩題的「早春杜鵑」。

寒假結束，重返封閉校園。「早春杜鵑」彷彿等在那邊的美好形象，引逗詩中的「我」。花開的位置，校園中的大家「都知道在訓導處門口」；不過，即使「我」和杜鵑隔著「黑色的鐵欄杆」，唯有「我」才聽得見杜鵑同「我」傾訴的香甜蜜語。此詩一到三節以感官的置換，告訴讀者：花的「視覺」為大家共有，花的「聽覺」僅存於「我」的夢想。

第三節到第四節切割昨與今的時間斷點，而夢想沒有斷裂，隨杜鵑的盛開遊走日夜與虛實。相對於夢想中早春杜鵑的主動親近，現實的「我」穿過「黑色的鐵欄杆」主動走近花，「像一名羞怯、緊張的初戀者／對著訓導處的鏡子檢視我的襯衣」。問題是，「像」字所引導的句子除了「初戀者」，是否包含下句的「檢視襯衣」？陳黎操作分行，模糊「我」照鏡子的虛實性。再者，詩中「訓導處的鏡子」只能看見外部的「我（的襯衣）」，並非「我」的容顏或全貌。筆者姑且保守理解為，對本詩的「我」而言，凝視自我面容非急切行動。

還需注意幾個意象的空間關係。耀眼香甜的「杜鵑」和能凝視自我的「鏡子」，都位在管束學生的「訓導處」[18]周邊，且外圍還隔著「黑色的鐵欄杆」作為屏障。再加之末三句「我看到（……）的我」，中略的部分並置「掉地的花朵」和「跳出囚禁／／的

[17] 張芬齡：〈註釋〉，收錄於陳黎：《小丑畢費的戀歌》，頁209。

[18] 訓導處之工作實務包含始業指導、社團活動、學生獎懲、日常生活教育、安全教育和處理偶發事件等學生事務。隨社會需求，「訓導處」之名已逐漸改為「學生事務處」。參見：鄭彩鳳：《學校行政：理論與實務》（高雄市：麗文文化，1998年），頁50-71。

我」，十分耐人尋味。即使杜鵑予「我」夢想，但花朵落地後便會枯萎化為塵泥，此時的「我」跳出囚禁，詩意點到為止。從詩中可推知的是早春杜鵑呼喚「我」向它靠近，不可知的則是什麼事物囚禁著「我」？或恐是「黑色的鐵欄杆」及其周遭環境推衍出規訓管戒之抽象概念。

第五節只有兩個字「的我」，以強調「我」的存在。「我」看見我的存有，但不是藉由「水／鏡」的形象來自我凝視。〈早春杜鵑〉由夢想的召喚起頭，但「我」最終巧妙閃避在夢想中看到自己的機會。竊以為，此詩或可視為陳黎弱化在水的夢想中自我凝視的其一例證。單憑一首詩就欲論證出陳黎閃避「水／鏡」的自我凝視顯然證據不足，且背後的原因為何也有待查證。因此，筆者將由陳黎在該詩中提供的重要線索——校園——循線追查其他跡象。

陳黎解嚴前涉及校園意象的詩作並不少，如〈教室〉、〈秋天的曬穀場〉、〈在學童當中〉、〈在學童對面〉、〈廚房裡的舞者——給母親〉、〈秘雕〉、〈大風歌〉、〈罰站——給中國少年〉等，其中〈在學童當中〉、〈在學童對面〉埋藏「水／鏡」的形象。兩詩觀察和描寫的對象都是學童，只是「我」立足點不同，宜互相參照而論之。前者的視線平行於學童，想象自己和他們一齊遊戲與學習；後者則高於學童，以曾為學童過來人及老師的身分，反思校園生活的一切。又，兩詩皆有的「池塘」意象，亦潛藏詩人對凝視自我的態度。

以下試摘錄前段〈在學童當中〉前段：

我在操場的中央
看陽光把樹蔭移進走廊
廊柱隨學童的奔跑急速後退
我伸手，抓住一片玻璃
讓兩邊風景在我的手中重疊

花冠在學童與學童間傳遞
我欽羨的加入嬉戲，落日
離我們好遠
在此際
在奔跑的學童當中

笑聲跟著靜止
興奮的蟋蟀暫回課本
去記誦冗長的島名州名
一個短髮拿畫筆的女孩她羞怯地說
荷葉綠了
我回頭——
十二樣水彩的音樂掉入池塘

那是輕觸以後的驚訝，經驗的
圓周，一圈圈擴大[19]

光影的移動暗示該走廊乃時光之廊，學童正向前奔向未來。若以學童為基準，與之相對的廊柱及兩側風景，猶如急速退後。這時「我」抓著「水／鏡」的形象一齊現身，手中的玻璃不是用來照見自己，而是重疊兩側快速變動的風景。意即，「我」藉「水／鏡」的形象看到時間遞嬗之速。

接著，空間轉移到課室，女同學說荷葉綠了，引「我」回頭探看。未見荷葉，反倒見「十二樣水彩的音樂掉入池塘」。此處是陳黎常用的移覺手法，每當主觀的情感介入客觀的感官，就將啟迪夢想。若將「十二樣水彩」和「音樂」理解為童年階段美好的事物，

[19] 陳黎：〈在學童當中〉，《動物搖籃曲》（臺北市：東林文學社，1980年），79-80頁。

「掉入池塘」則指涉過往的美好皆沉入水底，盪起一圈圈擴大的漣漪，如此經驗恐怕不只一次。

〈在學童對面〉以「池塘」意象，且更深化時間流逝和美好消逝的傷感。且看詩中第二節前半：

> 雨點接踵而來。我站在
> 走道中央，為最後一個學生
> 說解疑難
> 彷彿是同樣的黃昏留我發問
> 我也曾耐心如池塘
> 困惑一如現在
> 傾盆的天空把整冊單字倒進雨中[20]

「彷彿」之後帶出一組排比的譬喻句，「耐心如池塘，困惑如現在」，浮現水的夢想。「耐心」和「困惑」與「學生」和「老師」雙向指涉，意即，學生耐心地發問，老師亦耐心地解答；學生困惑現在之所學，老師現在困惑學生之困惑。對此，張芬齡的詮釋是：「實指學生學英文的經驗，又暗示老師在教導學生時自己隨著雨聲陷入了回想的漩渦，彷彿他自己就是初學英語的國中生。」[21]再細究「我也曾耐心如池塘」一句，「學生」與「老師」的身分透過「池塘」的「水／鏡」想象套疊為一，「我」凝視著過去的自己。然而，前一句的「彷彿」又再次弱化了「水／鏡」的夢想，使自我凝視變得沒那麼篤定，和〈早春杜鵑〉中「像一名羞怯、緊張的初戀者／對著訓導處的鏡子檢視我的襯衣」[22]的手法如出一轍。

---

[20] 陳黎：〈在學童對面〉，《動物搖籃曲》，84-85頁。

[21] 張芬齡：〈在時間對面——析陳黎、楊澤的兩首詩〉，收錄在王威智編：《在想像與現實間走索：陳黎作品評論集》，頁33。

[22] 陳黎：〈早春杜鵑〉，《小丑畢費的戀歌》，頁113。

在陳黎校園系列詩作之「水／鏡」的形象中，推知「我」在「水／鏡」前怯於凝視自我，在靜觀水時反被吞噬時光與美好。一般而言，論者關注詩中的時間性，以解釋陳黎欲「挽留純真童年」[23]的想望。筆者藉詩中「水／鏡」形象洩漏的蛛絲馬跡，打撈出陳黎掉入水中的訊息，即「重返校園」的空間意義。校園為提供「教育」的場所——教，上所施下所效也；[24]育，養子始作善也[25]——學童在這裡學習遵守社會的規範，同時也被侷限思想。

被管訓的夢魘在成人之後，依舊揮之不去，如〈大風歌〉中「清晨五點在惡夢中再度儆醒／仍有老師考你的試／仍有小鬼抓你的錯／仍有教官，輔導長，糾察隊砥礪你的品行／考核你的正直」[26]。再對照陳黎的散文〈孩子們的海〉，「閱讀校規變成最有意義的休閒活動，而所謂喜悅來自成績手冊上斷續蒐集到的有趣如『循規蹈矩』、『品學兼優』的戳印」[27]。即可證實，訓導處前的「水／鏡」非用來自我欣賞，而是檢查服儀合乎規定否。

青春有限，時間不可逆。當學童飛快奔出校園成為社會的一份子後，只能靠夢想重返童年。此時已無瑕面向鏡子自我凝視，從中映照的是美好時光的轉瞬即逝。綜上所論，「水／鏡」的形象讓我們領會陳黎詩中的警訊——我看見我，在重返校園，可惜這個空間不鼓勵自我凝視。

二、楊澤：迷走異鄉

楊澤於「水／鏡」內的身影，在前兩本詩集裡並不難尋，但著

---

[23] 張芬齡：〈在時間對面——析陳黎、楊澤的兩首詩〉，收錄在王威智編：《在想像與現實間走索：陳黎作品評論集》，頁35。

[24] 〔漢〕許慎：《說文解字》（臺北市：世界書局，1970年），頁99。

[25] 〔漢〕許慎：《說文解字》，頁491。

[26] 陳黎：〈大風歌〉，《小丑畢費的戀歌》，頁16。

[27] 陳黎：〈孩子們的海〉，《人間戀歌》（臺北市：圓神出版社，1989年）頁70。

重描寫鏡子或倒影中哀傷落寞的眼神，例如〈短歌〉、〈在格拉納達café（Castle in Spain）〉和〈在馬賽〉等皆是。本節將經由這些詩作，分析詩人營造陰鬱氛圍的意欲為何，進而檢視「水／鏡」的形象能否澄明自身。

首先以〈在馬賽〉一詩為例：

那是一九七七年快末了的時候……
在馬賽的街道上，因為夏日午後的急雨，我急急避入轉角的一間地下室café。滿室妖嬈開放的燈色、音樂與人臉，在我推門進去時，迅速的侵襲了我。我站在那裡——
那是一九七七年快結束的時候，我站在馬賽的街道上，地中海的陽光照滿我的臉龐。為了逃避亞洲的記憶，我已經繞過一個隔世的非洲，無所謂象牙與黃金的海岸，來到永生的地中海。那是一九七七年快結束的時候，站在馬賽的街道上，我發覺另一個異鄉人的眼神，始終緊跟著我，像——

那是一九七七年快末了的時候
我伏在桌上讀書終於疲倦睡去。
恍惚聽到推門的聲響，她
走到我的身前，俯身輕吻我的前額然後
再度離去，像一個夢……

像夏日午後的急雨，我匆匆避入的一間地下室café，妖嬈開放的燈色、音樂與人臉是一面遠遠的落地長鏡，我在其中找到我落寞的眼神……[28]

[28] 楊澤：〈在馬賽〉，《彷彿在君父的城邦》（臺北市：時報文化出版，1980年），頁100-101。此版本與1979年的初版有兩處的字詞稍微不同，但不影響詩意，本論引用的是第二版。

〈在馬賽〉描寫異鄉人「我」，在異國的街道上湧現強烈的「錯置感」。本詩強調四次時間「那是一九七七年……」，和三次地點「在馬賽的街道」——當詩人欲言又止時，就會確認時空以轉移話題。第一節，「我」為了「避雨」進入地下室的咖啡，而「侵襲」二字點出空間中的「燈色、音樂和人臉」與「我」格格不入。「我」呆愣於此，用延長符號將意識發散出去。第二節說明「我」來到馬賽的理由，是要「逃避亞洲的記憶」。但「異鄉人」如擺脫不掉的標籤，讓「我」不得其所。

值得注意的是，第三節的內容乍看之下是與這首詩毫無關係的夢境，有個女生趁「我」趴睡時偷吻了「我」便離去。實際上，第三節與此詩的關係，就如同詩人與馬賽的關係，兩者皆扞格不入。此乃肇因於「地方錯置」：「當某件事或某個人被判定為『不得其所』，他們就是有所逾越（transgression）」[29]，而「當人群、事物和言行舉止被視為『不得其所』時，會被形容為污染與骯髒。」[30]此時，楊澤透過「水／鏡」的形象確認自己的「外人」身分，即使再如何「逃避」，這個標籤依舊如影隨形，故而「落寞」之感蔓生。

不只前述的〈在馬賽〉，《彷彿在君父的城邦》中有一系列「在○○」（○○可為真實的地名或虛構的空間）的詩作，記錄詩人想象自己迷走異鄉的經過。顧蕙倩認為楊澤某些虛構的地名並非全然無意義，乃來自心靈上的離散，使詩人呈現「家鄉→異鄉→異鄉」的移動軌跡。[31]唐捐指出，詩人自溺於（想象）前朝傾覆的「遺少」氣質，使他不論身在何方都彷彿不在此處，又更加凸顯自身的怪異。[32]再看該系列中的〈在格拉納達café（Castle in Spain）〉，不僅有「空間錯置」的恐慌，亦敷陳「時間錯置」的焦灼。

---

[29] （英）Tim Cresswell著；徐苔玲、王志弘譯：《地方：記憶、想像與認同》（臺北市：群學，2006），頁164。

[30] Tim Cresswell：《地方：記憶、想像與認同》，頁164。

[31] 顧蕙倩：《臺灣現代詩的浪漫特質》，頁192、210。

[32] 唐捐：〈蕩子夢中殉國考〉，收錄於楊澤：《彷彿在君父的城邦》，無頁碼。

在格拉納達café，冬日的午后突然暗了下來
我在奧莉薇亞・紐頓・瓊微笑著的眼睛上
我用一把叛逆的小刀，茫然銳利的鋒面刻下我的執意與無聊
愛與被愛，他們躲在唱機裡繼續歌唱、吶喊、哭泣
而窗外的天色是一條潮濕潮濕的手帕
在我的眼裡逐漸凝聚黑雲的陰影

（關於一九七七年的愛情機器，我的狂想是我看見一酷似自己的男子被捲進一部運作中的龐大機器然後變成一件件印著英文字母 love 的T恤跑出來……）

在格拉納達café，極端的感傷與強大的自責
我甚至不敢對命運的過錯有任何的責難
雜亂而暴躁，我茫然地在同時代
許多年輕人的底下簽上我的名字。
在格拉納達café，我匍匐在咖啡杯的邊緣
偶然望見杯中流淚的自己的倒影……

（站在一九七七年的櫥窗前，我是全然年輕的，而世界已頹頹老去，如一遲暮之妓……很多的不滿，太多的憤懣，到後來變成祇是一些可笑的牢騷，微弱的聲音只有自己的喉嚨不清楚的聽見。假如我大聲呼喊，除了我的echo——啊誰會聽見……）[33]

陰濕而沉重的烏雲聚攏在「我」的眼裡，放眼望去消極且負面。對詩人而言，壞的不只是天氣，而是整個時代甚或命運。更痛

[33] 楊澤：〈在格拉納達café（Castle in Spain）〉，《彷彿在君父的城邦》，頁15-16。

苦的是，己身無法排除於同時代的群體之外，只得「我茫然地在同時代／許多年輕人的底下簽上我的名字」，試圖讓自己「融入」大眾。無能為力的情緒再一次召喚「水／鏡」的形象，在咖啡杯中凝視自己流淚的倒影。

括弧內的文字乃「我」的心聲，再度強調時間是「一九七七年」，而「我」自認不屬於此。第一個括號感傷所謂愛情，在這個雜亂而暴躁的時代下，竟變成量產的庸俗商品，詩人還「彷彿」淪為其中的一分子。第二個括號明指時間的錯置，使「我」的憤懣聽起來不過是牢騷，且除了自己外沒人聽見。其中，藉由「水／鏡」，即「一九七七年的櫥窗」，照見自身不容於該年代的特質，詩人彷彿一九七七年的納西瑟斯，在櫥窗前愛憐自己的青春而哀悼世界的遲暮。「假如我大聲呼喊，除了我的echo——啊誰會聽見……」中的echo是回聲之意，同時也是暗戀納西瑟斯的林中仙女哀可，但因太過聒噪被希拉懲罰只能覆述對方所說的話。[34]若再疊加神話的背景，將可詮釋為「我」的聲音只有自己、和愛慕自己的人才聽得見了。

由前兩詩可知，楊澤在迷走異鄉時，以「水／鏡」凝視自我錯置的處境並渲染錯置的情緒，與時代與場所格格不入的悲痛瀰漫於詩。被現處時空所摧殘的假想傷痕，亦借助「水／鏡」的形象而顯露於外，如〈短歌〉：

我也曾憂心悄悄。
儼然一愀然小丑。
君子與小人同代，
碩鼠與麟趾並論；
朗朗青天，浩浩大地，

---

[34] 菲利普‧弗里曼：《眾神喧嘩的年代》，頁164-167。

幾人能與天地合德？
我也曾憂心如焚，
像黑夜中的明鏡，
悄悄有了裂痕。[35]

聖人不復在的今日是黑暗的，所有的價值與倫理混雜敗落。即便「我」彷彿明鏡般雙眼澄澈，可惜看得愈清反而傷得愈深，憂慮也起不了任何作用。

「水／鏡」不僅映照且放大楊澤憂時傷世的情緒，亦作分化自我存在的空間，甚至是召喚自身的媒介。詩人藉分裂自我的思維方式以創作，在現代詩中並不罕見。李翠瑛在〈割裂的自我〉文中闡述，詩人將自己的肉體、精神或是靈魂分成數個部分，再與自我對話、辯證，反而更能釐清自身的本質與存在。[36]而楊澤的分身，比如〈給H.T.〉中：「我孿生的兄弟失散多年的兄弟，在鏡子的那邊流浪／他的眼，他的眼醒著一種安詳而哀傷的光」[37]詩中的孿生兄弟，有著和詩人相似的憂愁質地，且同處於迷走異鄉的流浪狀態。「水／鏡」的形象為楊澤與分身溝通、共享的空間，在〈給格弟菲〉一詩也可得到印證：

親愛的格弟菲：我花了長長的一個冬天無所事事
與瑪麗安在一起讀書以及作愛。
親愛的格弟菲，我們在鏡子上簽我們的
以及你的，名字

---

35 楊澤：〈短歌〉，《彷彿在君父的城邦》（臺北市：時報文化出版，1980年），頁71。此詩未見於初版，為二版新添之詩。

36 李翠瑛：〈割裂的自我〉，《雪的聲音：臺灣新詩理論》（臺北市：萬卷樓，2007年），頁6-34。

37 楊澤：〈給H.T.〉，《薔薇學派的誕生》，頁101。

這一切你知道全為了你[38]

李癸雲認為「我」簽上鏡子的名字，事實上只有「我」一個。乃因「我」就是「瑪麗安」，而「你（格弟菲）」是愛情的象徵。[39]三者利用鏡子為中介，得以齊聚一堂。

在此先岔出本段的論述文脈，介紹「瑪麗安」的身分及意義。對楊澤詩作有一定認識的讀者或許不陌生，瑪麗安身兼詩人的情人和母親等「愛的化身」，是「現代詩史上最忠實的傾聽者」[40]，故而楊澤詩中瑪麗安的研究及論述並不少見。[41]在這些研究當中，駱以軍指出：

> 瑪麗安不但是楊澤內裡詩化人格的分身投影，且這個陰性分身，在重疊融化於詩人較龐大而架構並不十分清晰的思維領域時，常會內縮凝擠成一個集詩人反智性、情緒化，甚至與整個富使命性質（歷史或文化的反省）的詩的進化相抗拒的化身。[42]

若再參酌巴什拉之言：「對於某些遐想而言，所有倒映在水裡

---

[38] 楊澤：〈給格弟菲〉，《薔薇學派的誕生》，頁131。

[39] 李癸雲：〈不存在的戀人——以陳黎、楊澤、羅智成詩為例〉，頁135。

[40] 林耀德：〈檣桅上的薔薇——我讀楊澤〉，《文藝月刊》第206期（1986年8月），頁60。

[41] 有關瑪麗安的研究及論述如下：李癸雲認為楊澤透過虛構一位不存在的戀人瑪麗安，將個人經歷轉化為普遍情感，並邀請讀者參與愛戀的投射。楊佳嫻則點出瑪麗安是楊澤的分身投影、心靈聲音和自戀之顯現。陳香穎在學位論文的第二章專論瑪麗安，探討瑪麗安是詩人肯定自我存在及認同自我身分的象徵。參見李癸雲：〈不存在的戀人——以陳黎、楊澤、羅智成詩為例〉，頁121-140。楊佳嫻：〈千敗劍客的美學——論楊澤詩〉，《新詩評論》第十八期（2014年3月），頁123-124。陳香穎：《與時間對話：楊澤詩作三大主題研究》，頁21。

[42] 駱以軍：〈飄移在小城街道裡的囈語——試評楊澤〈1976記事1〉，《現代詩》復刊第十五期（1990年6月），頁27。

的東西都有女性特徵。」[43]兩相疊加後，幾乎可以推測瑪麗安化身為楊澤的湖中女神，是詩人倒映在水裡的愛的夢想。因此，詩人的分身得以透過「水／鏡」的映照合而為一，「我祇為了重覆／告訴鏡子的那句話／（這將成為瑪麗安，鏡子和我三個人信守的祕密）」。[44]

由此延展，回到〈給格弟菲〉一詩：

在夜與黎明的邊界
格弟菲，我記起了——
我們的名字也一度是格弟菲……

在夜與黎明的邊界
格弟菲，我們一直是你一直是我們
我驕傲的僭用你的名字沒命的奔跑
格弟菲，祇要我們越過愛與死的
虛線祇要我們一起追隨太陽
從鏡子裏奔湧而出——
則我們終於擁有了你
則我們也終於擁有了我們自己[45]

詩中的「我們的名字也一度是格弟菲……」、「格弟菲，我們一直是你一直是我們」、「則我們終於擁有了你／則我們也終於擁有了我們自己」在在驗證楊澤將自我分化於詩中虛構的人物，並以「水／鏡」的形象執行分化或合體的儀式，最終召喚對愛的信仰，

---

[43] 加斯東・巴什拉：《水與夢：論物質的想象》，頁61。
[44] 楊澤：〈告別1〉，《彷彿在君父的城邦》，頁93。此版本與1979年的初版有兩處的字詞稍微不同，初版為「我祇為了重覆／重覆我告訴鏡子的那句話」，本論引的是第二版。
[45] 楊澤：〈給格弟菲〉，《薔薇學派的誕生》，頁134。

正如本節之引文所言：「靜水讓我們看到我們自身的複製品。」[46]

當詩人離開分身（瑪麗安）時，常處於敏感且缺愛的迷走異鄉之狀態：「我黯然離開，到達K城／在陌生人的眾人中意外聽見你的名字——／倏然心驚，我急急的趕回原地找你」、[47]「我依靠在岩塊的巨影下，多麼像一名遠方來的孤獨旅行者」，[48]使詩人無論身在何處都與所處的時空格格不入，難以安頓其心靈。「水／鏡」的形象在詩中見證了這一切——我看見我，在迷走異鄉，因為非愛之處皆是他方。

第二節　我在，我看見：靜觀宇宙

土地的真正的眼睛是水。在我們的雙眼裡，正是水在幻想。[49]

當我們臨水顧盼，確認自身存在的模樣。此刻，世界也藉由泉水欣賞自己。在水的夢想中，不只自我凝視，亦可靜觀整個宇宙。

前一節引簡政珍〈詩人的凝視〉，言及「自我凝視」來自「凝視他人」，該文還寫道：「若詩人能凝視**周遭的現實**和**內心的想像**，詩的題材就不容易枯竭。」[50]如不執意辨明文中「凝視」與「靜觀」的定義，本節之「靜觀宇宙」與其「凝視說」有相互呼應之處——「周遭的現實」對應到「宇宙」，「內心的想像」則是「夢想」。將該句置換些許字詞，改寫為「若詩人能凝視**宇宙**和**夢想**，詩的題材就不容易枯竭。」筆者認為，兩者的差異在於「視覺的主體」。進一步提問，是「水」在靜觀宇宙，抑或「人」在靜觀？

巴什拉恐怕會回答我們：是「人」以「水的目光」在靜觀宇

---

[46] 加斯東・巴什拉：《水與夢：論物質的想象》，頁43。
[47] 楊澤：〈1976記事1〉，《薔薇學派的誕生》，頁112。
[48] 楊澤：〈1976記事2〉，《薔薇學派的誕生》，頁114。
[49] 加斯東・巴什拉：《水與夢：論物質的想象》，頁55。
[50] 簡政珍：〈詩人的凝視〉，《詩的瞬間狂喜》，頁114。粗體為筆者所加。

宙。他曾引用保羅・克洛岱爾（Paul Claudel, 1868-1955）的詩句，表述自然界中水的靜觀：「水便是土地的眼光，是它觀察時間的工具……。」[51]由於世界渴望看見自己，宇宙的自戀和唯美主義強制我們靜觀自然，水在其中起了視覺化的作用。當我們只在意自戀的病態特質，視野將被侷限，無法從個體擴大至宇宙的夢想。

再回到簡政珍的「凝視論」，若在其中增添「水的目光」，便能匯集靜觀和夢想於雙眼裡，賦予「凝視」主動的意志，詩的形象也因此源源不絕。是以，跟隨自戀的積極意義，本節將由「自我凝視」加廣為「靜觀宇宙」，釐清詩人（欲）看見何物並分析其意涵。

一、陳黎：街市的光影

前一節釐清陳黎解嚴前詩作鮮少在「水／鏡」的形象前自我凝視，肇因學童時期在校園教育中所受的規訓而致。水的夢想之於詩中的「我」，是時間與美好的消融。巴什拉說：「在深水面前，你選擇自己的視野；……你可模棱兩可地看或不去看。」[52]詩人自由選擇夢想為何非關優劣，因為這牽涉到「我們的知識和信仰會影響我們觀看事物的方式。」[53]本節，筆者仍舊依循「水／鏡」形象的線索，持續追蹤陳黎的夢想之鏡所照映之景。

陳黎在解嚴前有數首描寫街市景象之詩，如〈下午的時候，我在〉。試節錄前半：

下午的時候，我在
大街

---

[51] 加斯東・巴什拉：《水與夢：論物質的想象》，頁55-56。
[52] 加斯東・巴什拉：《水與夢：論物質的想象》，頁89。
[53] （英）約翰・柏格（John Berger）著；吳莉君譯：《觀看的方式》（臺北市：麥田出版，2005年），頁11。

看天空洗他的許多眼睛

傘，樹，男孩，公共汽車
滑過一面水汪汪的鏡子，啊，我們的眼睛
聽著聽著
色彩的聲音[54]

首節交代時間「下午」、人物「我」、地點「在／大街」和事件「看」，從而判斷是由瞬間的視覺經驗追討「有『我』的當下存在」[55]。由於分行的效果，「看」的主語逸出「我」的邊界來到「大街」，拓寬詩的空間。故而，「看天空洗他的眼睛」可詮釋為：「我」（或大街）看天空下雨，天空亦在觀察「我」（或大街）。陳黎透過靜觀，搭起「我」、「大街」和「天空」的對話橋樑，此印證約翰・伯格之言：「如果我們相信自己可以看到那邊的山丘，我們便會假設從山丘那邊也可以看到我們。這種視覺交流比對話更為原始自然。」[56]根據巴什拉的研究：「在自然本身，視察力似是主動的。在被靜觀的自然與靜觀的自然之間，其關係是狹窄而互相的。」主客置換的夢想型態源自宇宙於靜觀的主動性。[57]

第二節「滑過一面水汪汪的鏡子」點出「天空的眼睛」是雨後的積水，雨後的積水猶如「水汪汪的鏡子」。倘若同意前段的推論，這面「鏡子」不只是「天空的眼睛」，亦是「我」和「大街」之雙眸。「在我們的雙眼裡，正是水在幻想。」[58]此時，夢想藉由「水／鏡」的形象現身，映出「傘，樹，男孩，公共汽車」等局部

54　陳黎：〈下午的時候，我在〉，《廟前》，頁77。
55　賴芳伶：〈追尋生命與詩意的巔峰——試論陳黎〉，收錄於王威智編：《在想像與現實間走索：陳黎作品評論集》，頁251。
56　約翰・柏格：《觀看的方式》，頁11。
57　加斯東・巴什拉：《水與夢：論物質的想象》，頁50。
58　加斯東・巴什拉：《水與夢：論物質的想象》，頁55。

的街市即景。而後公車行經積水，濺起的水花轉視覺為聽覺。誠如鄭智仁所論：「透過視覺經驗上的並置，由傘、樹、男孩到公共汽車的畫面流動，最後車子滑過水汪汪的鏡子，將感官瞬間由視覺轉換到聽覺，而讓色彩的聲音迴盪。」[59]我們若要提取陳黎的夢想，可關注詩中感官瞬間的改變。

從〈下午的時候，我在〉詩中推知陳黎用「水／鏡」靜觀街頭的空間流動。可供靜觀的不止空間，時間亦能，〈街鏡〉一詩靜觀的即是巷尾的時間：

> 我不願說所有的鏡裡都有詩
> 但你很快地照見自己；
> 蒼白而傴僂的隔壁阿婆啊
> 我不能不同時看見在街頭嬉戲的你年稚的孫兒
> 當你悄悄地站在半掩的門後，傾聽
> 對面喪家喧雜的誦唱
> 熟悉且驚怯
>
> 一如少女時代我們一度為愛失神[60]

街鏡照見「蒼白而傴僂的隔壁阿婆」，從中交錯折射幼童、少女、阿婆、喪家的生命階段。張芬齡和鄭智仁皆指出詩中的時間性：「以街為鏡，我們可輕易地在別人身上重溫自己的過去，遇見自己的未來。」[61]、「以街喻鏡，街道可以反射出年華的祕密。」[62]陳黎解嚴前詩中常將時間流逝依附於「水／鏡」的夢想，

---

[59] 鄭智仁：《苦惱與自由的平均律——陳黎新詩美學研究》，頁119-120。
[60] 陳黎：〈街鏡〉，《小丑畢費的戀歌》，頁70。
[61] 張芬齡：〈註釋〉，收錄於陳黎：《小丑畢費的戀歌》，頁196。
[62] 鄭智仁：《苦惱與自由的平均律——陳黎新詩美學研究》，頁91。

與〈在學童當中〉玻璃映照兩側快速變動的景象，為相同的表現手法。

開頭的「不願」二字，迂迴「鏡裡都有詩」的說法，即使有所遲疑仍無法撼動「鏡」和「詩」可用來「照見自己」的作用。根據上一節的推判，這種迂迴感或許來自「不鼓勵自我凝視」的教育經驗。然而這只是陳黎的主觀感受，無法反駁攬鏡自照的客觀認知。詩題「街鏡」再加上第一句的「鏡裡都有詩」，則可嫁接為「街詩」或「街裡都有詩」。意即，在「街－鏡－詩」的三重性中，「鏡」可視為「街」與「詩」的中介物質，筆者認為此處的想象脈絡源自水的元素夢想。再者，詩中的「你」可指涉阿婆、讀者、詩人自身或想傾訴的任何對象。詩末，「我們」納進所有可能被靜觀的對象，即在「街鏡」中從自我凝視擴大到靜觀宇宙。

賴芳伶說：「陳黎不會錯過生活任何瞬間的體悟。」[63]瞬間性的體悟來自靜觀宇宙，靜觀宇宙需藉由水的目光。我們從前文推知，對陳黎而言，在水的夢想中，街市就是他的宇宙；然水的目光所靜觀的未必都是波光粼粼，也有暗影幽幽。常被論及的〈都城記事〉：

> 所以巴士上看過去天空是慢慢拉開的連續劇拴住這家那家的玻璃櫥窗俗麗之外劇情冗長所以車過關帝廟信女善男都擁擠如昔所以有鳥也是為奪標而奪標的賽鴿[64]

和〈下午的時候，我在〉都速寫街市一隅，但相較之下〈都城記事〉則以冗長的字句模擬都市生活俗濫且勢利的一面。

筆者發現，陳黎在靜觀宇宙的幽闇時，最常用的「水／鏡」形

---

[63] 賴芳伶：〈追尋生命與詩意的巔峰——試論陳黎〉，收錄於王威智編：《在想像與現實間走索：陳黎作品評論集》，頁263。

[64] 陳黎：〈都城記事〉，《廟前》，頁67。

象非池塘、非雨後積水，而比較接近高掛電線桿的巷口監視器，孔洞般的細小鏡頭還可高畫質拉近。且看〈我怎樣替花花公子拍照〉中A節：

> 彼時月明如鏡。一閃一閃，一只驚人的照妖鏡照映整個沈睡的黑暗。我眼眶裏的玻璃珠，轉動，轉動，如兩隻望遠顯微的鏡頭，向每一處陰私刺探
> 凸出，凸出。月是鎂光燈。我的腦袋是盤旋不斷的膠捲。高高，在晨起慵懶，午后頹喪以及晚來底污腥之上。高高，我替花花公子拍照[65]

詩中的「照妖鏡」高掛如月，且主動伸向隱匿的暗處，讓世間的魑魅魍魎紛紛現出原形。如此視角所靜觀的當然非美麗的胴體，而是街市的污腥。劉正忠指出，在中國古典的詩歌審美下，穢物書寫不易發展；但在現代詩歌中，引進波特萊爾（Baudelaire, 1821-1687）的「惡之華模式」後，負面事物皆可入詩。[66]

陳黎高踞道德的制高點，透過監視器的錄像「偷窺」[67]世間的慾望、妖異，及「小人（或小人物）自以為老大的嘴臉」[68]。而詩中諸如「如何我們的花花少爺們，在子夜，透過催淚槍用滋養的尿

---

[65] 陳黎：〈我怎樣替花花公子拍照〉，《廟前》，頁127。

[66] 劉正忠：〈違犯・錯置・污染——臺灣當代詩的屎尿書寫〉，《臺大文史哲學報》第六十九期（2008年11月），頁151。

[67] 陳黎曾在散文中自比為「偷窺大師」，樂於躲在祕密之處，用想象力鑿一個縫，窺探他者。文中寫道：「只有在偷窺的世界，人才能痛快而不亂倫常地滿足並且潔淨自身的慾望。」參見：陳黎：〈偷窺大師〉，《陳黎散文選一九八三～二〇〇八》（臺北市：九歌，2008年），頁186。

[68] 鄭慧如認為陳黎書寫這些小人（或小人物）的群像，正好回應一九七〇年代「現實」主義的時代潮流，比如深具嘲諷意味的〈古今英雄傳〉、〈K會長〉、〈校長說〉、〈王議員〉、〈陳爐主〉等等。參見：鄭慧如：《臺灣現代詩史》，頁556-557。

水擊射罪惡的花朵」[69]、「爺兒們的唾液跟著穢水流到溝仔尾」[70]等黏膩體液的描寫，亦流淌於他所靜觀的宇宙中。——可以這麼說，陳黎以自然的水鏡靜觀瞬間之美，以科技化的監視器鎖定人性之穢，街市的光影全映入水眸。

二、楊澤：時代的淚痕

依據上一節的論述可知，在楊澤解嚴前的詩作，凝視「水／鏡」中愁容滿面的自我為大宗。然〈蘭潭九月廿一日〉一詩，只用不到四十個字元，便寫下豐盈靜觀宇宙與天地共生的恬靜之美：

> 深廣的潭影把我的方寸給霍然
> 空了出來：
>
> 靜靜躺著
> 在天空下
> 陽光的羽翼
> 翩舞著
> 波心[71]

楊澤是臨水沉思的詩人，且曾陶醉於「水／鏡」的形象中靜觀宇宙，並在靜觀中產生夢想。首先，將自我與潭水合而為一，體會倒影與水的深度被靜觀的夢想。於是邀請宇宙加入，陽光與我的方寸共舞，頗有「天光雲影共徘徊」的美感。可惜的是，此詩在2017年新版《薔薇學派的誕生》已不見蹤跡，亦缺乏相關討論。

---

[69] 陳黎：〈我怎樣替花花公子拍照〉，《廟前》，頁128。
[70] 陳黎：〈我怎樣替花花公子拍照〉，《廟前》，頁129。
[71] 楊澤：〈蘭潭九月廿一日〉，《薔薇學派的誕生》，頁81。

日光下紛飛「陽光的羽翼」，撩動著波心。到了夜晚，隨參與者的變異，蕩漾不同於白天的魔魅氣氛，且看〈賦別2〉：

> 但文學院的夜晚無需月色導遊
> 在暗中的蓮花池下
> 無聲自轉的玉盤啊
> 請代我召回那些散去的人[72]

巴什拉說：「浮動的巨大倒影產生出一種拉長的正在逝去的整個世界的形象。」[73]詩中「無聲自轉的玉盤」乃「浮動的巨大倒影」。楊澤請水中月去「召回那些散去的人」，即用「幻影」去呼喚「不在的人」，用「逝去」召回「逝去」，如葦苕繫巢般的無理。筆者於前一章的論述證明，「水／鏡」的形象能照見且召集楊澤的分身。故而，「散去的人」可指涉自我、詩社諸友，甚至擴及宇宙的生靈們，都在水月的夢想中團聚。

前引二詩的光源有所不同，但都被「水／鏡」的夢想所把握，倒影與實體相互平衡。不過，如此實則為楊澤解嚴前詩作中的少數。若將靜觀的視野拉廣，將會發現這面「水／鏡」上逐漸裂出細微的疤痕，比如〈草原記事〉：

> 由於那是一片純粹的草原
> 我們彷彿看見，月光坐在鄰人的屋頂
> 仙人掌的影子有起而歌的慾望
> 我們彷彿看見，整座困頓的城市
> 跌坐在臨岸運河的霓虹倒影

---

[72] 楊澤：〈賦別2〉，《彷彿在君父的城邦》，頁62。1979年的初版並無收錄此詩，為1980年的二版所添加。

[73] 加斯東・巴什拉：《水與夢：論物質的想象》，頁150。

> 夜黑的叢林裏，建築物的背影
> 斷續掃射一股股的車燈[74]

詩中寫草原如月亮升起，在那一片草原中，楊澤不斷敘述「我們彷彿看見」的種種景象，包含孩子們的嬉戲、老人議論喪禮的細節及城市的幻影。其中，「我們彷彿看見，整座困頓的城市／跌坐在臨岸運河的霓虹倒影」，使用「困頓」和「跌坐」之詞彙，加重城市的無力感而顯影在黑夜的運河中。由於水具有吸收其他物質的特性，當夜進入水後，「夜使湖泊失去光澤，夜會浸潤池塘」，[75]恐懼和荒涼的情緒隨著夜深而至。楊澤以「水／鏡」的形象，靜觀入夜後的城市漶漫如魅影，帶有詩人本格的憂鬱氣質。

繼續觀察其他詩作中「水／鏡」的形象，以追蹤此般難以名狀的憂鬱之源為何？再看到〈我看見我們這一代最好的心智〉，詩題「這一代」強調時間性，書寫的對象是與詩人同世代的青年。

> 我看見我們這一代最好的心智，在清醒與瘋狂間輕易的迷失，由於再也無法向眾人具體的證明一件事。我看見，他們揮舞著双手，焦急的手勢像一群痛苦的喑啞說著一種無人能懂的話語。「讓我們愛她，為她受苦，為她死！」我夢見他們在心裡狂喊，凝然的双眼因為一種絕望的愛情而閃著淚光。

> 我看見我們這一代最好的心智，在各種精微的科學與瘋狂的理性間迷失，由於由於再也無法向眾人具體的證明一項單純的命題。我看見，他們站在大地上的雙腳因為無法肯定大地的意義，而發抖顫動、痛苦不已。Dulce et decorum est pro patria mori。我夢見很多很多共同流淚的鏡子對我一個人

---

[74] 楊澤：〈草原記事〉，《薔薇學派的誕生》，頁27。
[75] 加斯東・巴什拉：《水與夢：論物質的想象》，頁173。

說：「愛國是一件孤獨的事，孩子，如同詩……」[76]

詩中的「他們」其實都包含「我」的自況，在清醒、瘋狂、科學與理性間「迷失」，乃因「無法向眾人『證明』一件事／一項單純的命題」。至於那一件事或一項單純的命題為何？詩中雖未明言，但若上溯焦慮和苦痛的源頭便不言自明。第二節提到「他們」因「無法肯定大地的意義」而痛苦不堪，這是「這一代」共同面對的課題，接著引古羅馬詩人賀拉斯（Horatius, 65B.C. - 8B.C.）的詩句「Dulce et decorum est pro patria mori」（譯作「為祖國而死是甜蜜的，是合適的」）。我們不難發現，詩人想證明的是「祖國」與「大地」所盤結的問題。

據此，陳允元曾說：「楊澤的中國情懷似乎並不涉及『中國結』與『臺灣結』之間的的辯證。」[77]句中的「似乎並不涉及」確實掌握楊澤對此問題欲說還休的態度，而實際上是涉入且在其中迷失的。夏婉雲對蘇紹連詩作的觀察，頗能回應楊澤的問題：「對戰後一代出生的知識分子而言，『文化認同』與『土地認同』造成『無所歸屬』的『不確定性』，一直是臺灣島嶼上一九四九年前後出生的文化人一生共同的精神魔咒或無法迴避的政治難題。」[78]蘇紹連略長楊澤五歲，均屬一九四九年後的「這一代」，皆不得不正視由「中國文化／臺灣土地」的分裂造成的認同錯亂。

回到〈我看見我們這一代最好的心智〉最末，「我夢見很多很多共同流淚的鏡子對我一個人說」，對於祖國與土地認同的糾結乃楊澤「這一代」的共同的命運，在詩中藉「水／鏡」而閃現淚光，

[76] 楊澤：〈我看見我們這一代最好的心智〉，《彷彿在君父的城邦》（初版），頁57-58。1980年的二版未收錄此詩。

[77] 陳允元：〈徬徨者與信仰者——論七、八〇年代之交的楊澤詩及其時代意義〉，頁67。

[78] 夏婉雲：《臺灣詩人的囚與逃：以商禽、蘇紹連、唐捐為例》（臺北市：爾雅，2015年），頁166。

此亦為靜觀宇宙之所能見。鏡中所見之焦慮與愛國的孤獨，是楊澤「無法傳達、亦沒有任何回應的個人信仰」，[79]如〈在格拉納達café（Castle in Spain）〉中「假如我大聲呼喊，除了我的echo——啊誰會聽見……」[80]所述，成為只有自己才能聽見的回音，而那聲回音正是「詩」。

楊澤詩中的「水／鏡」照見整個時代及同一世代之人的迷失和消沉，〈這是犬儒主義的春天〉便譏諷當時普遍的犬儒心態。犬儒主義（Cynicism）原為古希臘的哲學流派，在早期強調抑制欲望，擺脫需求及肉體上的苦行，而後緩和為具有伸縮性和易於適應一切生活境遇的品行。[81]現代犬儒主義已轉為負面且消極的意涵，意指「遇事不說話冷言旁觀」或「按強權意志說話行事」的行為模式，面對問題時表現出冷漠嘲諷的看客心態。[82]茲摘錄該詩後半如下：

> （這是可能的，在中國：我認識的一個詩人把他剩下的人格賣給一個小吏的職位……）
>
> 這是犬儒主義的春天——且不乏
> 牛頭馬面，狗嘴象牙的趣味
> 我忙著在每本書中塗去令人臉紅的格言
> 忙著用繃帶貼住每面鏡子受傷的眼，轉身
> 卻聽到一種疑似犬儒的聲音說：
> 「兩點之間並不只有直線，孩子
> 為了理想，我們忍耐、退讓

---

[79] 陳允元：〈徬徨者與信仰者——論七、八〇年代之交的楊澤詩及其時代意義〉，頁70。

[80] 楊澤：〈在格拉納達café（Castle in Spain）〉，《彷彿在君父的城邦》，頁16。

[81] E・策勒爾：《古希臘哲學史綱》，頁244。

[82] 韓美群：〈現代犬儒主義思想及其負面影響〉，《阿壩師範高等專科學校學報》第23卷第2期（2006年6月），頁21-22。

退讓，迂迴前進……

（在剛果河邊，一輛雪橇停在那裏——不為什麼的停在那裏……）[83]

楊澤將此詩題為〈這是犬儒主義的春天〉，「春天」代表當下所處的時代很適合犬儒生存。詩中，犬儒們忙著「牛頭馬面，狗嘴象牙的趣味」，隱含詩人痛心如此行為乃與動物無別，令筆者想到《孟子》中「人之所以異於禽獸者幾希，庶民去之，君子存之。」[84]的人獸之辯。詩人顯然希望自己仍保有人類的價值，並試圖修補遭受犬儒破壞的澄澈「水／鏡」，「忙著用繃帶貼住每面鏡子受傷的眼」。然而，犬儒主義者為了理想可以迂迴前進（比如把人格賣給一個小吏的職位？），詩人的自覺及行為對他們來說無異於未經世事的「孩子」。詩之末，「在剛果河邊，一輛雪橇停在那裏」寫出詭異的現象，雪橇於熱帶的剛果河根本不合時宜且無用武之地。即使詩人意識諸多「祖國」與「大地」的問題，就算發問，犬儒主義也只會回答：「不為什麼」。

該詩寫到「每面鏡子受傷的眼」再對照上一節提及的〈短歌〉：「我也曾憂心如焚，／像黑夜中的明鏡，／悄悄有了裂痕。」[85]從自我到群體的破裂，想說又無人聆聽的焦慮，均透過「水／鏡」的夢想，具象為一條又一條顯而易見的「裂／淚痕」。由此觀之，楊澤由「水／鏡」靜觀宇宙，照見同代人困惑於國族與土地的認同，以詩銘刻為時代的淚痕。

---

[83] 楊澤：〈這是犬儒主義的春天〉，《彷彿在君父的城邦》，頁118-119。
[84] 〔先秦〕孟軻著；鍾芒主編：《孟子》（香港：中華書局，2013年），頁137。
[85] 楊澤：〈短歌〉，《彷彿在君父的城邦》，頁71。此詩為二版新添之詩。

第三節　看見我，我在：展現意志

> 我想顯現自己，因而我應當倍加修飾自己。
> 這樣，生活變得多彩，生活中充滿形象。[86]

當我們臨水顧盼，水映照出自我的面容，讓人得以看見自我、認識自我、打扮自我、喜愛自我，甚或嫌惡自我。精神分析學派由此敷衍出「自戀情結」，例如佛洛伊德把自戀定義為「將欲力投注於自我（ego）」。而拉岡（Lacan, 1901-1981）使之連結納西瑟斯神話（narcissism），提出鏡像理論（specular image），認為主體對鏡中自我的迷戀將觸發情慾與侵略性，可能會推動主體走向自我毀滅。[87]就巴什拉這位耽溺夢想的哲學家而言，精神分析學派無視自我凝視的積極性。納西瑟斯情結應昭示理想昇華的自戀，而非病態的自戀。

精神分析學派影響文學批評至深，以致「水／鏡」所照鑑的形象過於消極。李瑞騰在〈說鏡〉文末略帶悲痛的反思鏡子的意象：

> 如果詩可作為人類的一面鏡，就讓它去鑑照吧，只是我們能從這面鏡中看出什麼呢？縱使看出人類所面臨的困境，難道我們只能偷偷地流淚或者憤忿的擊破鏡面嗎？[88]

水的夢想確實有其沉重之處，由於水不只能映照外界，也能吸收外部的陰影。水的命運牽動倒影不斷向下流逝，生命的漫長苦痛

---

[86] 加斯東・巴什拉：《水與夢：論物質的想象》，頁41。

[87] （英）狄倫・伊凡斯（Dylan Evans）著；劉紀蕙等譯：《拉岡精神分析詞彙》（臺北市：巨流，2009年），頁202。

[88] 李瑞騰：〈說鏡〉，《新詩學》，頁108。

醞釀出奧菲莉婭情結。然筆者以為，前行研究低估夢想的多樣性，過於強調苦難的「水／鏡」，輕忽快活的「水／鏡」。

「人在照鏡子時，便在準備、打扮、美化這臉龐，這神態」[89]巴什拉之言點出自我凝視時的展演性，而展演性是主動的意志，「那張臉可以將它喜歡的東西提供給自己。臉調整它自己。」[90]故而，本節在分析陳黎和楊澤詩之時，試圖鬆動精神分析學派環繞慾望的解釋，重新掌握「水／鏡」形象的活躍。在「水／鏡」的形象前，詩人接納自我且展現意志——看見我，「我就是我愛自己的那樣子」[91]。

一、陳黎：淬煉詩藝

觀察陳黎解嚴前涉及「水／鏡」形象的詩作，除了前述「校園」和「街景」的系列以外，還有部分作品的「水／鏡」被置於「層出不窮的炫目流轉的意象群」[92]中，此皆創作於《動物搖籃曲》時期。張芬齡認為陳黎在此時期朝象徵主義靠攏，改尖銳的嘲諷為意象的經營，呈現接近超現實的表現。[93]如若同意「鏡裡都有詩」[94]的說法，鏡中詩便能視為詩人對鏡所映照出的模樣。筆者以為陳黎某些浪漫象徵的意象裝飾，反倒能彰顯詩語言的主動性，證明他展現、淬煉詩藝的意志。

先以作於1976年的〈菓園的邀訪〉為例，此詩隱晦描摹尋覓靈

---

89 加斯東・巴什拉：《水與夢：論物質的想象》，頁37。

90 （英）約翰・柏格（Berger, J.）著；何佩樺譯：《抵抗的群體》（桂林：廣西師範大學出版社，2008年），頁103。

91 加斯東・巴什拉：《水與夢：論物質的想象》，頁41。

92 賴芳伶：〈追尋生命與詩意的巔峰——試論陳黎〉，收錄於王威智編：《在想像與現實間走索：陳黎作品評論集》，頁253。

93 張芬齡：〈地上的戀歌——陳黎詩集《動物搖籃曲》試論〉，收錄於王威智編：《在想像與現實間走索——陳黎作品評論集》，頁43。

94 陳黎：〈街鏡〉，《小丑畢費的戀歌》，頁70。

感的心境與創作之難處：

> 你記得寺院旁邊的水嗎？那般清淨地同碑石談論隔宿的氣溫。走過的小徑把七朵鮮黃的野菊遺落在整齊如草地的你的心上，寂寞像他黑臉的僕人坐在階首，用花香引誘你接近他神祕的菓園
>
> 你的確喜歡那些佚名的詩句，如同愛你自己一般地你背誦他們。每個禮拜日早晨，鐘聲使你思索藝術的本質，並且強迫選擇一個最偉大的主題……
>
> 啊是否天空是最終極的存在，鏡子一般詭譎地捕抓每顆果實的靈感，像時間對你立足的星體，並且在每次雨後把象徵遞還給樹？而你的確喜歡那些沙沙的綢衣聲，如果剛好你欠身，拾起一枚墜落的果子[95]

第一節先鋪述寧靜沉穩的寺外之景，其後「寂寞」守在臺階，引誘「你」接近他的「菓園」。「菓園」在此詩的象徵意義，要到詩中第三節才能揭曉。「鏡子一般詭譎地捕抓每顆果實的靈感」，串接「鏡子－果實－靈感」三者的關係，從而得知「果實」暗指「靈感」，那麼「菓園」就是「靈感之源」。再回到第一節，「神祕的菓園」從屬於寂寞，即揭櫫寂寞是靈感之源的隱喻。

第二節，「你的確喜歡那些佚名的詩句，如同愛你自己一般地你背誦他們」用譬喻將「佚名的詩句」和「自己」劃上等號，兩者都是「你」所喜愛的。下一句，針對「藝術的本質」，只能「強迫選擇」「最偉大的主題」，創作命題之所以偉大，可能牽涉主流道

---

[95] 陳黎：〈菓園的邀訪〉，《動物搖籃曲》，頁25-26。

德或不朽的題材。統合兩句的詩意，浮現創作者於藝術本質的疑惑：在佚名詩句或偉大主題之間該如何抉擇？但詩中也告訴讀者「偉大的主題」是被強迫選擇的。鄭慧如發現陳黎描寫小人物之作有「貼近時尚的趨勢」[96]，將之對照詩中的困惑，可理解為對剛起步的創作者，擇取主流與非主流題材確實不易。

末節，在藝術本質的沉思中召喚「水／鏡」的形象，且伴隨「天空」的元素，以思索觀看的角度。相對人類生活的地面，天空位於絕對的制高點。作者不解是否要如天空般高，才能俯瞰、捕抓由地面投射出的靈感。又，樹供給果子養分，使之成熟。詩中設想「你」在摘採靈感後，歸還象徵於源頭。最後寫「沙沙的綢衣聲」，相較於偉大的主題，再次確認詩人喜愛都是私密的獨有的事物，反而能在此意外拾獲靈感。

〈菓園的邀訪〉用繁複的意象比附尋靈感之苦思，在此，「水／鏡」的形象有助於捕捉靈感。同年之作〈不插花的藝術〉，一樣用「你」為敘述對象，可指陳黎的自我獨白，也可詮釋為向所有苦於靈感難尋的創作者尋求共鳴。

> 你便寂寞做失寵的嬪妃深入冷宮
> 如何純粹而不帶泥味的土壤
> 具體由於憂鬱，由於時間一般易塑的心境
> 與奮不是無血如你的顏料
> 你的啞然是逐漸的舞姿一列
> 用不動的形狀傳遞聲音[97]

〈不插花的藝術〉，全詩語法拗曲，意象間大幅度跳躍。第一

[96] 「時尚」指的是一九七〇年代末期，文壇盛行「鄉土寫實」的潮流。參見：鄭慧如：《臺灣現代詩史》，頁556-557。
[97] 陳黎：〈不插花的藝術〉，《動物搖籃曲》，頁47。

節中拼接「失寵的嬪妃」、「不帶泥味的土壤」、「顏料」、「舞姿一列」等不太相關的意象，先不論中國傳統詩學中秋扇見捐的文化符碼，從「寂寞」、「憂鬱」、「啞然」的敘述大致感受「你」的狀態。「你便寂寞做失寵的嬪妃深入冷宮」呼應〈菓園的邀訪〉中「寂寞像他黑臉的僕人坐在階首，用花香引誘你接近他神祕的菓園」[98]，後者的「寂寞」象徵「靈感之園」，前者的「寂寞」已然過時過氣，要淬煉得更為純粹。

第二節出現「水／鏡」的形象，摘錄如下：

> 抽掉一切焦急的光。靜止的
> 希臘與中國花瓶
> 你是抽象透明的絕緣體，為冷感而冷感
> 無睹於生電摩擦諸般花腔的熱情
> 冰雪實在是最好的終局，凝結
> 如不見漣漪的池塘，一座乾淨的銅鏡
> 反映，且囚禁，自戀的容顏[99]

若抽去對於寂寞的焦慮，「你」就變成「抽象透明的絕緣體，為冷感而冷感」，是意念先行的無感於熱。以致「你」最後凝結如沒有波動的池塘，如鏡般冰封「自戀的容顏」。若與〈菓園的邀訪〉合而觀之，可理解為：在無感於寂寞的狀態下，被囚入冰冷的「水／鏡」中，外界的事物都隔絕在己心之外。

〈不插花的藝術〉前有〈插花的藝術〉為系列作。鄭志仁將之納入「邊緣客體的疏離感」而評論，因此〈不插花的藝術〉彰顯被邊緣化客體的冷淡孤寂，〈插花的藝術〉是悲憫邊緣化客體，以

---

[98] 陳黎：〈菓園的邀訪〉，《動物搖籃曲》，頁25。
[99] 陳黎：〈不插花的藝術〉，《動物搖籃曲》，頁47-48。

「插花藝術」隱喻「礦工的處境」。[100]然而，依循「水／鏡」形象的脈絡，筆者以為這一系列作品是年輕詩人對於藝術創作的思辨。淬鍊詩藝猶如插花的過程，指涉雕琢與自然的辯證、等待靈感降臨的焦灼，以及對所感的表現技巧等疑難雜症。

〈插花的藝術〉分為「花瓶」、「礦工」兩個部分。「花瓶」中「如果不走出玻璃般虛無的燈光／承受太陽的愛撫」[101]是為警句，奉勸詩人不要過於雕琢形式而疏忽真實自然，被封入「水／鏡」只能一再反芻寂寞與虛無。再看到「礦工」如何描述作品誕生的過程：

> 如何稱說插花的藝術
> 黑色實在是生命，生命的全部
> 憤怒的根莖。憂鬱的葉
> 手臂是最應該挖掘的煤礦
> 只有刺進裏面的玫瑰是紅的
> 像因火而開花的炸藥
> 流血：
>
> 死在深邃的礦坑[102]

「黑色」所指混沌的生命形態，醞釀「憤怒」與「憂鬱」，而在插花（創作）的過程中引燃炸彈而墜入深淵。再回頭看〈不插花的藝術〉第三節中「啊，月一般自在的清水世界／戴安娜是無關乎果樹你膜拜的名字」[103]即使不創作，在自溺的心中仍有一位月之女

[100] 鄭智仁：《苦惱與自由的平均律——陳黎新詩美學研究》，頁88-89。
[101] 陳黎：〈插花的藝術〉，《動物搖籃曲》，頁45。
[102] 陳黎：〈插花的藝術〉，《動物搖籃曲》，頁46。
[103] 陳黎：〈不插花的藝術〉，《動物搖籃曲》，頁48。

神，非關靈感，而關乎信念。

「水／鏡」的形象之於藝術創作，可幫助摘採靈感，或重新改造情緒，如〈露天劇場〉：「色厲內荏的夜真壞／扭曲我們的情感，隱逸我們的啜泣／鏡子一樣沒收我們內心的衝突。」[104]陳黎隨著「水／鏡」形象展現的種種藝術折射與靈感的淬煉，或許可以用〈冥王星書坊〉作結：

啊，我不能分辨真實跟它們的映像
那些閃爍的是鏡子、鏡子，或者是鏡子裏面的鏡子鏡子？
掉地的字母任意成隊
曲折而上的階梯曲折而上[105]

由黑暗、苦痛、憂鬱、寂寞，甚至死亡等狀態中苦思靈感，與文字纏繞於真實與虛構間，到最後已無法分辨鏡子內外的虛實。但我們可以知道的是，詩人藉由「水／鏡」的形象展現淬煉詩藝的意志，欲乘「時間的太空船」前往更浩瀚的「語字銀行」。

漂浮漫遊，跟著時間的太空船登陸他的寶典
啊，我如何想像更純粹、更浩瀚的語字銀行[106]

首節論及陳黎自我凝視時閃躲的態度，與本節建立在自戀上而展現自我的論點似有其矛盾之處。然筆者以為，若循陳黎創作中「水／鏡」形象的文脈，便能領會當時年屆22歲的年輕詩人，想展現「詩我」大於凝視「自我」的意圖。

---

[104] 陳黎：〈露天劇場〉，《動物搖籃曲》，頁64。
[105] 陳黎：〈冥王星書坊〉，《動物搖籃曲》，頁28。
[106] 陳黎：〈冥王星書坊〉，《動物搖籃曲》，頁29。

二、楊澤：奔出命運

在楊澤解嚴前詩作中，「水／鏡」的形象可凝視自我錯置於時空的處境，也可靜觀同代人的認同困境。當楊澤面臨時代的難題，常以自溺式的呼喊和自憐式的凝視排解愁緒，這些聲音和目光附著在奔出命運的期望。本節承續前兩節的研究，環繞〈水荷〉、〈在床鏡〉和〈玻璃房子與巨鏡〉這三首詩，分析楊澤詩中透過「水／鏡」的形象所折射出的幽微光芒。

〈水荷〉全詩如下：

十一點五〇（無人看見的一剎）
一水池的夏晨風荷開始偷偷的垂下了她們
展示許久的美麗手勢，且漸漸
漸漸抱緊自己一身止不住的興奮和睏意
抱緊自己一顆小小的脆弱的心睡去

在夢中
她們夢見自己的倒影
被植在一座更廣大完美的水池裏
她們夢見
一夢樣溫柔的女子
飄然走來，專注的
夢樣的眼神裏他們發現了
自己及自己的來源[107]

[107] 楊澤：〈水荷〉，《薔薇學派的誕生》，頁37-38。

詩中的現實與夢境指涉水面上下的空間，活在兩個空間維度的水生植物，能由水面上的實體進入水面下的倒影。善於夢想水的詩人敏銳地掌握，溝通這兩個維度的魔幻時刻是「無人看見的一剎」——在逸出他人凝視之外的瞬間，水荷們便能偷偷、漸漸地順著「睏意」的斜坡沉入夢想，舒緩平常僵持的美麗姿態，抱緊情緒與本心，前往植有自己倒影的另一個維度。由於前述如儀式般的前置作業，使這些水生植物們順利進入比現實更寬廣更美好的世界，「被植在一座更廣大完美的水池裏」。「她們夢見」，或可理解為在水下世界又再次做夢，再次沉入夢想中的夢想……。最終，從迎面走來一位夢樣女子的眸中發現「自己和自己的來源」，此乃自我及想象的核心。經由「水／鏡」的夢想，水荷們在追溯自身的源頭時體會美的意識，而「無人看見的一剎」才是自我沉浸夢想之時。

不過孤獨且憂鬱的年輕詩人，與那些水生植物們正相反——相較於在「無人看見的一剎」連結「水／鏡」的夢想，詩人渴望眾人能從「水／鏡」中看到積極展示、修飾的自己。〈在床鏡〉便表述渴望被愛的想望，全詩抄錄如下：

> 在床鏡，向日葵與心形墜子間
> 伊的裸體是一個年輕、陌生而美麗的持異論者
> 髣髴在說；
> 「我要被愛
> 「我是唯一的……」[108]

首句敷陳三項物品，為「床鏡」、「向日葵」和「心型墜子」，可惜後文未提供更多提示，使此處詩意不太好理解。接著，詩人以旁觀者的角度描述「伊」，即使在「床鏡」的折射下試圖與

---

[108] 楊澤：〈在床鏡〉，《薔薇學派的誕生》，頁103。

自我拉開距離，但讀者都清楚「伊」是處在另一個維度的「我」，意即「我」在鏡中的影像。鏡中的「我」欲展現「年輕、陌生而美麗的持異論者」的胴體，弔詭的是，「持異論者」非為視覺所能見。上節提到，詩人總苦於自己的聲音無法傳遞出去，於是特意寫下不能見之處，以爭取更多發聲的機會。即使聲音細微，仍不放棄借助任何的元素想象奮力表現自我，傳達自己的獨特：〈在床鏡〉是「水／鏡」的形象，另一首〈煙〉則藉火焚燒時的煙霧擴散「請讀我——請努力讀我」[109]的渴望。綰合上一節的論述，詩人從「水／鏡」中看到自我對國族與土地的困惑面容，並冀望由「水／鏡」將此傳達出去——愛「我」的同時也要聆聽「我」的聲音，

然而，在詩人所處的時代中，發聲並不容易，聽見他人的聲音乃至同理對方的所思所感更不容易。倘若每個人都如〈在床鏡〉般大聲疾呼，是否有互相理解的機會？〈玻璃房子與巨鏡〉即寫下此般無奈：

> 普遍的失望：在我的時代，人們甚至對所愛的人充滿了抱怨。我看見，父親，母親，兒子與情人同住在一個城市，對陽光、季節、快樂與痛苦卻沒有一致的感受。我看見，他們被囚在心靈的玻璃房子裡，徒然的沈思愛與自由。我清楚的看見——所有的年代，橫阻在國王與王后，統治者與被統治者，戀人與戀人，天空與天空的觀看者間的一面巨鏡，目睹了這一切，訕笑了這一切——那是，啊，我們的命運。[110]

第一節提出「普遍的失望」，來自詩人於時代之所見：一、即使是關係親密的人，對於事物的感受並無一致性。二、前述的現象肇因於同代人的心靈被囚於「玻璃房子」，其雖能看見外在事物，

[109] 楊澤：〈煙〉，《薔薇學派的誕生》，頁68。
[110] 楊澤：〈玻璃房子與巨鏡〉，《彷彿在君父的城邦》初版，頁77。二版未收錄此詩。

但卻無法與外界互動，指涉自我封閉心靈。諷刺的是，「愛與自由」的命題能靠一己之力，意即不須藉由與他人交流思想，就得以沉思出個所以然？三、所有的人際關係都隔著一面巨鏡，讓人們在各種關係只看得見自己。詩人認為，會有這樣的處境都是「命運」所致。

> 那是我們的命運，我們看見的卻衹是一己的憤懣與悲愁。我們甚至看不見自己。看不見陽光、天空。叫不出所愛的人的名字，那是我們的命運，我們無限的後退，絕望的夢見自己被囚在玻璃屋子裡，憂懼不寐，對外界的每件事物充滿疑畏……[111]

第二節進一步敘述人類命運的苦痛。看得見的是自我的負面情緒，看不見的是自己或世間的美好之物，比如陽光、天空和愛情——此處悲觀的表述，人類的負面情緒，甚至大到遮蔽自我的雙眼。當視覺的感官鈍化，通常會開啟其他感官的靈活度。但對楊澤而言，在如此時代連聽覺也被情緒佔據，君不見其詩作〈盛夏聞蟬〉：「我聽見他們有如末世的先知用世代的鄉音反覆在說：／情緒、情緒、情緒，我們短短的一生都衹是情緒啊……」[112]

> 那是我們的命運，我們共同的命運，衹要我們走出跑出重重透明的無助，衹要我們跑出重重透明的無助，衹要我們奔向那面巨鏡，奔向鏡中的自己像孩子在急風中奔向奔出眼淚的童年——一朝我們將穿越巨鏡在彼此的心中醒來。一朝我們的眼裡將不再有玻璃房子與巨鏡的幻象；我們將在彼此的眼

[111] 楊澤：〈玻璃房子與巨鏡〉，《彷彿在君父的城邦》初版，頁77。二版未收錄此詩。
[112] 楊澤：〈盛夏聞蟬〉，《薔薇學派的誕生》，頁47。

裡重新發現靈魂的定義……[113]

在第三節，楊澤試圖提出奔出命運的可行辦法。雖然「水／鏡」在此詩象徵囚禁與封閉，但詩人仍相信，只要穿越那面隔絕在人與人之間的鏡子，就能奔出命運，「將在彼此的眼裡重新發現靈魂的定義」。當不再被負面情緒或自己的幻影所困，便能試著理解、閱讀他人的靈魂。從另一個角度觀之，此乃靜觀「水／鏡」的積極意義——從自憐、自愛、自溺的命運中奔出，邀請他人一同夢想。

第四節　小結

詩人如何建構自身，為多數詩論的著眼點。本研究援引巴什拉的詩學觀點——夢想者的存在是由他所激發的形象構成的——以元素的夢想為切入角度，而在四種元素中，只有水的夢想最適合映照自我的存在。因此，本章檢索陳黎、楊澤解嚴前詩中「水／鏡」的形象，分為「自我凝視」、「靜觀宇宙」、「展現自我」三個面向來照見詩人自身，以祈有別於以往執著於寫實主義或浪漫主義的論述脈絡，開拓新的視野。筆者依據前文的論述，歸納以下觀點：

一、就陳黎解嚴前的詩作而言，「看他人」多於「看自己」，「看自己」時不是檢視自己有否合乎規矩，就是表露苦研詩藝的企圖心，以上皆非自我的全貌。陳黎確認自我存在的方式，乃從靜觀宇宙時觀察人我的距離，進而定位自身的價值判多，且多處於道德制高點。會有如此現象，筆者研判來自學童時期「被訓導」的壓抑，因此當詩中出現「水／鏡」時便迂迴拗折詩意。不過在1999年出版的詩集《貓對鏡》以鏡子為夢想的核心，凝視的角度相較於解嚴前

---

[113] 楊澤：〈玻璃房子與巨鏡〉，《彷彿在君父的城邦》初版，頁77-78。二版未收錄此詩。

更為開闊。或許要到解嚴後，陳黎才勇於亮出創作之鏡的全貌。

二、楊澤藉「水／鏡」靜觀同世代之人的迷失與消沈，不能苟同當時的時代價值，卻又無能為力。在意識自己心靈離散的處境之後，只能依靠迷走異鄉去喚回散落在各處的自我，並且尋找精神信仰—愛。可惜在漫遊的過程，路途中的「水／鏡」一再照見詩人的格格不入，且無人傾聽他的憂懼（除了自我的分身瑪麗安）。或許命運如此，詩人仍相信只要穿越「水／鏡」的限制，就能奔出時代的命運。

此外，楊澤在解嚴前出版的《彷彿在君父的城邦》有79年和80年兩個版本，前後版有若干刪補之處。其中，本章論及的〈我看見我們這一代最好的心智〉和〈玻璃房子與巨鏡〉在二版已被刪去，這兩首詩極度渲染情緒乃至近乎控訴所處時空之缺陷。然追蹤「水／鏡」的形象，發現詩中所要傳達的思想或夢想，與〈這是犬儒主義的春天〉、〈短歌〉等詩作相重疊。筆者推測，詩人認為後者的表現優於前者不假修飾的情緒。由此見得，即便被劃分為浪漫抒情的楊澤，情感之調度仍是年輕的詩人正戮力於練習與斟酌的。

三、「水／鏡」的形象所照見出的事物取決於視覺的主動意志，而「注意力本身就是一副放大世界的鏡片」[114]。兩人所照見的影像，有閃避的壓抑、有缺愛的焦灼、有安寧的靜觀、有卑褻的世情，亦有展現的意志，可見他們解嚴前的詩作不單單侷限於納西瑟斯的自戀情結，更發揮「水／鏡」的多元性。由「水／鏡」所現形之景，反映當時政治上的封閉和都市化的陣痛，以致兩人詩中反覆傳達自我侷限及對時代的諸多不滿。當社會的主流價值與詩人的自我認知產生衝突時，陳黎選擇身居制高點窺視他人，而楊澤傾向陷入自溺中發洩情緒，以上皆在「水／鏡」的夢想中一覽無遺。

綜合以上，我們的確可以從「水／鏡」的夢想中把握詩人的存

---

[114] 加斯東・巴舍拉：《空間詩學》，頁249。

在。身處變動且價值混雜的時代，正值二十出頭的年輕詩人要在詩中釐清自我存在實為不易。陳黎不欲正視自我的閃躲，及楊澤渲染自身不合時宜的情緒，皆可視為當時青年的縮影。幸好，水的夢想有助於他們靜觀世界，不論是街市的光影或是時代的淚痕。即使現實未盡人意，在詩中卻可淬鍊、展現自我的意志，蓄積奔出命運的勇氣。

第肆章　我存在故我抵抗：夢魘與鬥爭

我們感到溫暖，是因為外面的寒冷。

當矛盾的事物匯聚起來的時候，萬事萬物都顯得生氣蓬勃。[1]

前一章以水的凝視為主軸，論證夢想者存在於他所激發的形象中。當詩人臨水顧盼，不只靜觀自身，連周遭的現實也一併被照見。夢想的波心蕩漾著街市的光影和時代的淚痕——陳黎著眼於空間，楊澤關注時間——在時空交匯處折射出存在於人世間的困境。

此在的困境擠壓詩人的精神，便有另一股力量與之抗衡。李魁賢在《詩的反抗》中，如此定義這股力量：「『反抗』即對抗外界存在的壓力，是精神體質的表現，自主發聲的意志。」[2]他首先指認臺灣的執政者為殖民者心態，故而所謂的困境乃肇因於社會的不公不義（大部分來自官方），詩人若是「在野發言人」[3]，則須直視社會現實，為人民發出反抗的呼聲。

「反抗」一詞，在其歷史脈絡下的政治意義，指向推翻專政的壓迫。卡繆（Albert Camus, 1913-1960）以受壓搾的奴隸為喻，當奴隸意識到自己再也無法聽令於主人的命令時，這個拒絕的行動便是反抗。他說：「反抗乍看之下是負面的，因為它不創造任何東西，但其實深層來說是積極的，因為它揭示了身上自始至終要捍衛的東西。」[4]所要捍衛的事物，便是生而為人的自我認同。

1　加斯東・巴舍拉：《空間詩學》，頁108。

2　李魁賢：〈臺灣詩人的反抗精神〉，《詩的反抗》（臺北縣：新地文學出版社，1992年），頁147。

3　李魁賢：〈臺灣詩人的反抗精神〉，《詩的反抗》，頁143。

4　（法）阿爾貝・卡繆（Albert Camus）著；嚴慧瑩譯：《反抗者》（臺北市：大塊文

克里斯蒂娃（Julia Kristeva, 1941-）認為反抗是「對既存規範、價值觀和權力形式的一種質疑」，[5]也是一種「否定性」的表達方式。在質疑之前，我們必須「回歸感性的內心世界」[6]，追問自身的存在並重新尋找自我。

> 回到內心世界並非新的自我封閉。……眼下，精神生命懂得，想要獲救，就必須給予自己以反抗的時間和空間：決裂，追憶，從頭再來。[7]

以上三家的論述雖有其偏重之面向，仍皆指出反抗的根源奠基於自我的覺醒，此後才有說「不」的可能。

本研究的脈絡，相較於李魁賢式的站在執政者的對立面，更接近克里斯蒂娃「回歸自身」再「重新言說」的進程。是以，本章標題之所以不言「反抗」而言「抵抗」，乃上溯字源而論——反者，覆也，[8]指向推翻與顛覆；抵者，擠也，[9]為排而相拒之力。竊以為，詩在實質上並無法撼動專制政權，一本詩集恐怕擋不了一頓警棍；詩乃形而上的抗力，可貴的是能對當下提出質疑或否定。誠如本章開頭引言：「我們感到溫暖，是因為外面的寒冷。」相反地，我們感到寒冷，是因為房內昏黃的燈火；我們感到被剝奪，是因為有人富得流油。當內外的矛盾相衝突時，自然會產生抵抗的動能，詩人將之轉化為詩的語言，便是夢想。

巴什拉一再強調，想象有其四種本源的依歸，以喜悅為例：

化，2014年），頁20。

[5] （法）克里斯特娃（Julia Kristeva）著；黃晞耘譯：《反抗的未來》（桂林：廣西師範大學出版社，2007年），頁3。

[6] 克里斯特娃：《反抗的未來》，頁6。

[7] 克里斯特娃：《反抗的未來》，前言。

[8] 〔漢〕許慎：《說文解字》，頁90。

[9] 〔漢〕許慎：《說文解字》，頁401。

「大地的喜悅是豐足和重力，水的喜悅是溫柔和安息，火的喜悅是愛與慾求，空氣的喜悅是自由」。[10]以此類推，外部的壓力及與之相抵的抗力，皆來自四種不同類型的根源。好比尼采，被巴什拉譽為大氣的人類，藉逆風登高以鍛鍊自身意志。此時，為了彰顯抵抗的意志，夢者必須深化世間萬物的敵對係數，才能使鬥爭富有活力。

> 世界既是我們時代的鏡子，也是我們力量的反應。如果說世界是我的意志，那麼它也是我的對手。意志越強大，對手也越強大。[11]

繼存在的探究後，本章欲進一步釐清詩人「抵抗什麼」及「如何抵抗」。且看詩少年們如何將抵抗困境的意志，化為纏繞於「夢魘」與「鬥爭」的夢想。第一節先請陳黎出場，以敘事長詩〈后羿之歌〉和〈最後的王木七〉，展示夢魘與抵抗四種價值。第二節由楊澤示範水的流亡之旅及火的圍城之劫，在兩種本源的鬥爭與結合中，尋找相互輝映的奇遇。冀望以抵抗之力，澄明詩人們不甘與俗世妥協的夢想。

第一節　陳黎：夢魘的四價說

> 我們守在濕黑的巖層，靜待／陽光的開採[12]

陳黎解嚴前的詩作常觸及小人物討生活之不易，諸如：〈阿土〉寫辛勤耕作的農民卻只能靠天賞飯的不安[13]，〈Ave Maria——

---

[10] ガストン・バシュラール著：《空と夢：運動の想像力にかんする試論》，頁198。
[11] 加斯東・巴什拉：《水與夢：論物質的想象》，頁265。
[12] 陳黎：〈最後的王木七〉，《小丑畢費的戀曲》，頁167。
[13] 陳黎：〈阿土〉，《廟前》，91頁。

聞法國妓女靜坐教堂被逐〉關懷被社會賤斥的性工作者們[14]，〈影武者〉描述生活重複單調又無可奈何的上班族騎士們[15]等等。

再仔細觀察這些作品，可發現陳黎為了增強苦難的張力，習慣以對比的技法，將之建立在相對剝奪感的衝突上。如〈廟前〉：「我們的汗濕不停。一輛小包車恰好從龍身中央輾過。出車之後，我看到那些戴太陽眼鏡的婦人手裏都提著水果」[16]由汗水間隔兩種資產階級的人，一邊是「汗濕不停」的我們，另一邊是「戴太陽眼鏡提水果」的婦人，而「婦人」正諧音「富人」。再看〈春天在一個熱帶的漁鎮〉：「這是新近落成的鎮公所大廈／瘋狗病與汗臭請自止步」[17]嶄新的建築內無需憂慮熱帶的濕熱。如此手法另筆者想起新加坡藝術家何瑞安（Ho Rui An, 1990-）的表演演講的作品〈太陽：熔化瓦解〉（*Solar: A Meltdown*）[18]，用太陽能驅動的英國維多莉亞女王的公仔，拼接印度工人揮灑汗水操作大型拉布風扇，在影片中彷彿可以嗅到殖民地的汗水的氣味。

陳黎的短詩用感官的反差，精準擷取人間苦難的片段。對此，鄭慧如的評價為下：

> 在歷史議題、社會新聞、地方想像、傳說演繹、家族書寫這幾方面，陳黎有一百行以上的長篇詩作五首；但是這幾首詩敷陳其事，在詩的框架放入故事的肌理，張力和回味都不如其短作。[19]

---

[14] 陳黎：〈Ave Maria——聞法國妓女靜坐教堂被逐〉，《廟前》，頁97-99。

[15] 陳黎：〈影武者〉，《小丑畢費的戀曲》，頁125-126。

[16] 陳黎：〈廟前〉，《廟前》，121頁。

[17] 陳黎：〈春天在一個熱帶的漁鎮〉，《動物搖籃曲》，114頁。

[18] 該作品為高雄美術館於2019.05.04-2019.09.01所展出的〈太陽雨：1980年代至今的東南亞當代藝術〉中的參展之作。關於作品的詳細介紹參見何瑞安的個人網站：http://horuian.com/solar-a-meltdown/，2020.12.08查閱。

[19] 鄭慧如：《臺灣現代詩史》，頁556。

這五首長篇詩作中，其中〈后羿之歌〉和〈最後的王木七〉為解嚴之前所作，前者以中國神話人物鋪述人間的苦難，後者取材自1980年在瑞芳的礦場災變。誠如前文所述——世界既是我們時代的鏡子，也是我們力量的反應——筆者認為，相較於短詩的片刻性，敘事長詩有足夠的篇幅鋪陳夢魘，因此更能體現鬥爭的精神與抵抗的意志。

不過，這兩首長詩正巧是簡政珍批判的對象，指出其詩質薄弱之缺陷：

> 在臺灣現代的敘事詩裡，純然以故事性或是「敘事」性為主的長詩，大部分流於說明性，以及散文化。這些詩在八〇年代之前，是重要文學獎的指標，但若是將這些作品放在該詩人所有詩作的整體成就裡檢驗，是詩美學最脆弱的一環。白靈的〈黑洞〉、〈大黃河〉，陳黎的〈后羿之歌〉、〈最後的王木七〉，渡也《最後的長城》裡所有的長詩等，都是敘事的重點大於回味的想像，詩質非常薄弱。[20]

在簡政珍的審美標準中，長詩應以豐富的意象支撐，而非為了「說故事」稀釋詩質，使之趨近散文。換言之，比起抽象性的說理，要用視覺的意象推動敘述。然而，辯證詩的敘事性合宜與否，牽涉到詩這類文體的功能論，已偏離本論的論述軸心。

本節無意爭辯詩質的疏密，只欲持續追蹤元素夢想的足跡。下文將提取陳黎的〈后羿之歌〉和〈最後的王木七〉兩詩中的元素，討論四種價值的夢魘以及與其相制衡的抵抗性。

---

[20] 簡政珍：《臺灣現代詩美學》（臺北市：揚智文化，2004年），頁331。

一、虛中有實：〈后羿之歌〉

〈后羿之歌〉全詩分為四大節，各有標題，依序是「1 太陽」、「2 英雄」、「3 月亮」、「4 尾聲」。首節，因十個太陽（火鳥）的橫行，引發中國的旱災。不論人民如何向天祈雨，神明彷若充耳不聞，沉浸在天國酒酣耳熱的慶典中。第二大節，第一神射手后羿出場，帶著妻子嫦娥降臨燠熱的人間，連發九箭射下作亂的火鳥。第三大節，后羿與嫦娥生活在如獲新生的土地，相對於享受大地上四季流轉的后羿，嫦娥無法忍受塵世間的疾病、飢荒與衰老，於是吞下靈藥重返天宮。尾聲著重描寫失去所愛的后羿，孤獨地在中國的土地逐漸生根。

由於詩作較長無法全部摘錄，本論將情節整理如上。可知內容大抵依循《淮南子》中「后羿射日」及「嫦娥奔月」的敘述，以傳統的神話為主線，再編入較細膩的情感想象。張芬齡評論：「全詩不只是將傳說作戲劇性的敘述，陳黎企圖從人的觀點去塑造並詮釋神話中的人物。」[21]從中，筆者好奇且欲提問之處為，詩人如何介入既定的神話框架？元素的想象在此起了何種作用？筆者以為，切入點為第一和第三節的標題「太陽」及「月亮」，此象徵中國哲學的陰陽兩極，亦是西方鍊金術中代表雄雌的圖像。

在鍊金術中，陰陽的結合有其複雜的脈絡。巴什拉將鍊金術的語言視為夢想的語言，而夢想有陰陽兩極，分別對應「阿尼瑪」（Anima）和「阿尼姆斯」（Animus）這兩個借用於榮格的詞彙——陽性的「阿尼姆斯」屬於謀劃與焦慮，陰性的「阿尼瑪」則是安寧與休憩的特徵。[22]他認為夢想者的心靈具備「阿尼瑪」及「阿

---

[21] 張芬齡：〈地上的戀歌——陳黎詩集《動物搖籃曲》試論〉，收錄於王威智編：《在想像與現實間走索——陳黎作品評論集》，頁56。

[22] 巴什拉：《夢想的詩學》，頁80-83。

尼姆斯」的雙重性，兩者時而衝突，但最終應趨於平衡。若再疊加早期的元素詩論，陽性的「阿尼姆斯」偏向火的形象，而陰性的「阿尼瑪」較接近水的形象。

理解「太陽」與「月亮」所隱含的屬性後，筆者試圖逸出敘事的軸線，關注元素的衝突與制衡，以下分為「太陽的惡戲」與「月亮的引力」這兩大部分論之：

（一）太陽的惡戲：火烈的郊原

陳黎在此詩中將「太陽」的能量推衍至極端，意即放縱火的想象凌駕於其他元素之上，逐步建構火烈的郊原。試看第一大節字字帶火的開場：

那是比白日更真實的夢魘嗎？
毒惡的旱災流行於中國的土地
草不餐雨露
獸逐人為食
猰貐，鑿齒，封豨，修蛇
自焦裂的森林、沸騰的江湖群奔而出
恐懼如暴雷捶擊
火光的洪水氾濫過山垣、田籬
礫石流金
熾熱地浸溺一切渴望，渴望的禾苗

黑臉的丈夫在曠野中站立成枯樹
年輕的母親們空掏著淚水哺乳
雲遺棄了天空
夜癱瘓了手腳

一千年的正午在頭上燃燒[23]

首節挪用《淮南子》「逮至堯之時，十日竝出，焦禾稼，殺草木，而民無所食。」[24]並抓緊「焦」字，提煉、純化火的物質化想象。全詩奠基在「虛構的神話」，開頭卻單刀直入表明這是「真實的夢魘」，夢魘乃肇因於「毒惡的旱災」——火的物質性使該詩形成「虛中有實」的境地。

「毒惡的旱災流行於中國的土地」，顯示過多的火能量將帶給土地負面的影響，使森林焦裂、人類彷彿曝曬成黑炭。唯一能制衡火的水無力解救這一切，反受其害而蒸發殆盡。前文提及，陳黎擅長操作感官的反差強化苦難，此詩亦添加水的屬性於火中，助長乾旱的擴散，如「沸騰的江湖群奔而出」、「火光的洪水氾濫過山垣、田籬」和「熾熱地浸溺一切渴望，渴望的禾苗」等句。不過張芬齡早在1980年的文章已發現這一系列以水比附火的寫作手法，評之：「這種近乎矛盾修飾的語法透過水、旱並列所造成的強烈對比來產生張力。」[25]本論雖拾張牙慧，然試圖替元素能量的流動找出想象的依歸——與其說是「水火並列」，不如理解為火的能量高漲而牽動水的元素，使之沸騰。

細觀陳黎解嚴前的詩作，火促使其他的元素加裝破壞性，此般想象並不罕見。舉例而言：〈廟前〉中「我們的乾渴，跟著潑出廟外的一盆水在正午發燒的水泥地上憤怒的舞爪張牙。」[26]水泥地因

[23] 陳黎：〈后羿之歌〉，《動物搖籃曲》，頁165-166。

[24] 「后羿射日」的典故眾多，較貼近陳黎之詩的為《淮南子・本經訓》。原典摘錄如下：「逮至堯之時，十日竝出，焦禾稼，殺草木，而民無所食。猰貐、鑿齒、九嬰、大風、封豨、修蛇皆為民害。堯乃使羿誅鑿齒於疇華之野，殺九嬰於凶水之上，繳大風於青丘之澤，上射十日，而下殺猰貐，斷修蛇於洞庭，禽封豨于桑林，萬民皆喜，置堯以為天子。」參見：〔漢〕劉向編；陳麗貴校注：《新編淮南子》（臺北市：編譯館，2002年），頁535。

[25] 張芬齡：〈地上的戀歌——陳黎詩集《動物搖籃曲》試論〉，收錄於王威智編：《在想像與現實間走索——陳黎作品評論集》，頁57。

[26] 陳黎：〈廟前〉，《廟前》，121頁。

熾熱豔陽而發燒，挑起水觸地後蒸發的憤怒情緒。再看〈午后〉的「腳底的柏油，跟著流出汗來磨亮的白鐵片運轉，」[27]雖未言火，高溫卻躍出紙上。正如俗諺——日頭赤焱焱，隨人顧性命——由火而現的赤裸人性，〈后羿之歌〉的第一大節可說是陳黎解嚴前想象火元素的集大成之作，並沿著敘事的骨架燃燒成人間煉獄。

火的元素，相較於陳黎的苦難想象，巴什拉多強調溫暖及照明的正面價值。筆者推測，位處溫帶氣候區的法國需要火來抵禦寒冬，家家戶戶設有暖爐與燭火，在壁爐前冥想乃幸福的根源；但在亞熱帶的臺灣，燠熱的天氣讓人虛脫中暑，有錢、有權者才享有清涼的權利，驗證「隨人顧性命」的殘酷現實。陳黎此例，證明巴什拉元素詩論有其限制性，至少會因地域而改變想象側重的面向，該如何拿捏便考驗論者詮釋及轉化之功力。

再回到〈后羿之歌〉，燃燒的日頭使人間秩序亂了套。根據詩中的敘述，夢魘的始作俑者是「在上的神祇」。觀察「在上位者」的行為：「雲遺棄了天空」[28]、「酒酣耳熱的神祇嬉笑鬧過天國的宮殿／俯看人與光的競賽」[29]、「快來看十隻日頭的舞蹈／那被天帝所生，被羲和所育的／十隻太陽」[30]、「啊在每一面中國的鏡子裡／神祇們恣意地炫耀他們的慶典」[31]，我們將發現先前未論及的空氣元素，在火的夢魘扮演煽風點火的負面形象。種種跡象都顯示「在上位者」的不負責任與冷眼旁觀，甚至以塵世的苦難為樂。

在第一大節，詩人藉「虛構」的神話控訴「真實」的社會。理想社會的共識是，百姓遭逢困難時尋求「在上位者」的幫助，因此人民推派女神巫向天祈雨：

---

[27] 陳黎：〈午后〉，《廟前》，133頁。
[28] 陳黎：〈后羿之歌〉，《動物搖籃曲》，頁166。
[29] 陳黎：〈后羿之歌〉，《動物搖籃曲》，頁166-167。
[30] 陳黎：〈后羿之歌〉，《動物搖籃曲》，頁167。
[31] 陳黎：〈后羿之歌〉，《動物搖籃曲》，頁168-169。

疲倦的人民守著岩洞、樹穴等候奇蹟
十日，十日！
無能抗拒的死亡的邀舞
昏熱的女神巫痙攣，尖叫
披戴著全中國苦難的鐲戒衣裳
痛苦地曝死於精光光的太陽……[32]

首節之末諷刺現實的荒唐，向上天祈求降水猶如等待奇蹟，因為祂只會給出更多的火，以及絕望。

現實的苦難或許求助無門，但在夢想中必有抵抗惡勢力的英雄降臨，於是后羿於第二大節先聲奪人的粉墨登場：

一個聲音，在今夜，銅亮地響著
像破土而出的奔泉，它激動地述說
穿透一切喧鬧的鏡面：
「沃土、人民、奄奄待斃的大地……
大公無私的天帝，親愛的妻啊
讓那些做怪的敗類受到懲罰吧！」

他是后羿，嫦娥的丈夫
天上第一神射手
他是后羿，正直的箭矢
四方引頸的大糾察[33]

詩中描述后羿的聲音「像破土而出的奔泉」，鼓舞了土與水的士氣，向縱容火鳥橫行的神祇們示警。祂身為「上位者」卻願意挺

[32] 陳黎：〈后羿之歌〉，《動物搖籃曲》，頁171。
[33] 陳黎：〈后羿之歌〉，《動物搖籃曲》，頁172-173。

身而出，首先關懷的是土地，再來是居住在地面的人民。腳踩火烈的郊原，手挽彤紅的巨弓，射出象徵自由意志的箭矢：「一團火球在天空中無聲爆裂／跟著紛亂墮落的金黃羽毛／震天的喝采在人群中巨大地響開」[34]。當苦難的火被后羿消滅，水的能量便齊聲歌唱：「英雄后羿他站在狂喜聲浪的頂端／他彤紅的巨弓是一隻斑斕的戰船／跟著千萬隻推波助瀾的手耀航於／天空的大海……」[35]，「狂聲喜浪」、「戰船」、「推波助瀾」等海洋意象終於不再被火的元素所操控。

第二大節不斷歡呼「英雄后羿」的事蹟，隨著火的降溫，人間秩序因元素調和重回常軌。西方亦有烈火英雄的盜火神話，普羅米修斯替百姓取得被宙斯奪取的火種，人類才得以恢復光明而發展文明。當然兩者在火能量的調度上有所差異——西方將火種視為推動進步的源頭，中國則著墨太陽橫行的夢魘——不過東西神話比較學所牽涉的問題已超出本研究所能負荷的範疇。粗淺觀察中西文化的交匯點，發現中西烈火英雄的想象，皆乘載抵抗與超越的意志。筆者以為，陳黎〈后羿之歌〉的啟發之處為，或許我們可以期待，如巴什拉的普羅米修斯情結般，發展以抵抗為精神象徵的后羿詩學之可能。

（二）月亮的引力：天上的宮殿

在后羿解救人民於水火之中後，第二大節的尾聲暗示他走入人間：

英雄后羿——
他淹沒在喧囂的人海
彷彿一個在節日遊行裏迷失的小孩

34 陳黎：〈后羿之歌〉，《動物搖籃曲》，頁177。
35 陳黎：〈后羿之歌〉，《動物搖籃曲》，頁178。

咫尺遙遠地呼喊他的母親[36]

「淹沒在人海」與「迷失而尋母」顯示英雄逐漸融入眾人，甚或無異於常人，經歷每個人類小孩都有可能會遭遇到的困難。與之相對的是妻子嫦娥的反應：

在中國的陸上
對著一彎初升的新月
女神嫦娥她驚懼地問喊——
「啊我們，我們已經失去了樂園？」[37]

嫦娥離開天上的宮殿，隨丈夫后羿一同來到「中國的陸地」，卻向上天問喊是否「失去了樂園」？此句帶出天地的辯證——所謂樂園，乃立基於地，抑或懸浮於空？於是在「后羿射日」後，於第三、四大節將發展「嫦娥奔月」的敘事。

接續「失去了樂園」的叩問，第三大節的開頭以「是否」、「為什麼」的疑問句式，邀請讀者想象何為「新世界」或「樂土」：

是否有一個新麗的世界，在泥土背面
金亮地呼喚——
當白日淌著汗水辛苦地耕耘
而黑夜自嚙它的脊背？
是否有另一個遙遠的樂土
水晶的街衢，寶石的車輛？
或者那居然是可怕死亡的製衣廠
惡鬼，幽靈所囚住的牢獄

---

[36] 陳黎：〈后羿之歌〉，《動物搖籃曲》，頁180。
[37] 陳黎：〈后羿之歌〉，《動物搖籃曲》，頁181。

慾望，噩夢所生自的溝渠……
啊為什麼，每日，當我們行過波浪的麥田
總有一些熟悉的聲音跟隨沒香掉落我們的額頭？
為什麼每夜——在我們睡眠的宮殿
總有許許多多懸空的腳趾圍過來叩門？[38]

不論從「新麗的世界」到「遙遠的樂土」，皆有正反兩面（白日／黑夜、水晶寶石／幽靈噩夢）。「樂土」二字，是詩人有意引導讀者，在想象新世界時連結土地，扭轉前兩大節強調土地的苦難性。接著，由「為什麼」為領頭辭，帶出兩個垂直的動態辯證——在地上的麥田有熟悉的沒香掉落，在夜裡的睡眠有懸空的腳趾打擾——當后羿被重力吸引，逐漸適應地面的生活；然過去居住天宮的記憶，又不時前來引逗。

嫦娥無法適應陸地，總惦記且遙望著昔日的美好，因此說服丈夫后羿一同飲下西王母的不死藥，以重回月宮。深信土地的后羿說服嫦娥，地球才是比天上的宮殿更恆久的樂園：

「……而我們將會有一萬匹黑亮的牡馬
在廣大無垠的中國草原
我們將會有一萬隻紫茵的鷓鴣，一萬株
暗紅的罌粟
廣大的人民將是我們節慶的賓客
一大片琥珀黃的秋麥在床頭做我們的賀禮
春天的早晨，當我們在那可唾棄的天上
俯看這眼前的地球
我們不是曾經為它那無可名狀的湖泊山林

[38] 陳黎：〈后羿之歌〉，《動物搖籃曲》，頁182-183。

為它那無可名狀的戰慄的綠歡喜雀躍嗎？
那大雪冰封的冬日，當飲著老酒
我們釀凍新歲的佳醪一面為
初學射的孩子講述箭的故事
那繁星泳游的夏夜，當年老的祖母年輕的孫女
繡完她們的羅帕，當松雞夜鶯漸次
回到它們山中的巢窠，我們
不也將帶著網罟，和江上的月亮交談嗎？」[39]

第三大節雖題為「月亮」，實際卻花許多篇幅描寫陸地生活——恢復常軌的地球有豐饒物資、四季遞嬗、日夜輪轉和世代交替，此乃有別於天宮，屬於人間獨有的喜悅。然而，這些都是女神嫦娥所厭倦的。她不耐單調的四季與日夜，更恐懼疾病與衰老，最終決定吞靈藥而離開地球。

第四大節為尾聲，失去愛情的后羿，又重新領略土地之痛：「那被苦痛絞纏的大樹／它屈膝緊握大地的根莖／那被悲哀啃噬的巨蛇／它反身自嚙受傷的尾巴」[40]樹與蛇在巴什拉的土論中，屬於迷宮意象的變形，為土的形象衍伸而出的迷途體驗。后羿失愛的徬徨，竟呼應第二大節后羿初轉生時的狀況——彷彿一個在節日遊行裏迷失的小孩。生離死別是自然的常規，宏觀來看，地球在得失間能新陳代謝；就個體而言，卻必須承受偌大的孤獨。

妻子的離開，對后羿無異於再次轉生，彷彿成為一支孤獨的箭，獨自穿行於天空與土地之間：

一隻箭，它熱切地巡望
平和地吟唱

[39] 陳黎：〈后羿之歌〉，《動物搖籃曲》，頁184-185。
[40] 陳黎：〈后羿之歌〉，《動物搖籃曲》，頁188。

穿透陰影的廢墟
穿透夢魘的蜃樓
跟隨金黃澄亮的穀粒落實
中國的土地……[41]

一支箭，行經天上的宮殿，拯救火烈的郊原，穿透大地的悲歡。最終，選擇抗拒月宮的引力，於地球夢想樂土。

〈后羿之歌〉不斷辯證土地與空氣的垂直性想象，在虛實起伏間維持動態的平衡——無論是天上與地下，都有著各自的美好及夢魘在相互抵抗。詩中以后羿和嫦娥這兩個神話人物，擴大對空氣與土地元素的想象，亦呈現陰陽夢想的調度。

陳黎的第一首敘事長詩〈后羿之歌〉即使挪用虛構的神話，都以地面的視角書寫。土地是陳黎想象的核心，也因此，其想象具有強烈的現實性。所有元素的夢魘都會降臨在土地上，由於人們終究無法離開地面，詩人只能夢想英雄的誕生作為抵抗之法。但在該詩，英雄后羿選擇陸地的生活，與人民協作分擔痛苦，或許是隱含於其中的阿特拉斯情結——夢想的負重者將會挺身抵抗夢魘。詩人相信，就算土地時有苦難，仍是人類安身立命之處。

二、實中有虛：〈最後的王木七〉

〈最後的王木七〉是陳黎1980年獲得時報文學獎敘事詩首獎之作，取材自同年3月發生於瑞芳的礦場災變，以罹難的34名工人中的「王木七」為第一人稱的敘事者「我」來推動詩的情節，並在詩末附上新聞報導般剔除情緒的「後記」作為參照。前述之處有兩個問題可以細談：第一是陳黎詩中小人物的書寫，第二是現實事件如

---

[41] 陳黎：〈后羿之歌〉，《動物搖籃曲》，頁189-190。

何涉入詩文本而成就美學張力。

本節的開頭即提到，陳黎解嚴前的詩作多觸及小人物的生活與生存，尤其在《廟前》，時以諷刺筆法譏刺地方鄉紳，時以憐憫之心關懷弱勢族群。[42]筆者在前一章已論及，其中隱含的元素能量來自「水／鏡」影響詩人靜觀宇宙的好奇心，與窺視的樂趣。再者，觀察陳黎的創作脈絡，發現兩首解嚴前的敘事長詩〈后羿之歌〉、〈最後的王木七〉，都位於詩集《動物搖籃曲》和《小丑畢費的戀歌》之卷末。筆者以為，這兩首長詩可視為陳黎解嚴的前詩作中，思想與夢想的成果總結，亦為論述詩人該時期無可規避的重要作品。

然而，若只將陳黎解嚴前的敘事長詩理解為詩人階段性的成果展示，不免有偏狹之疑。解昆樺的〈礦室之死亡：陳黎〈最後的王木七〉詩敘事策略與象徵系統的戲劇性〉一文，以更宏觀的文學史角度，評論臺灣敘事詩在六〇年代後的發展，並加入葉維廉和簡政珍的敘事詩美學標準。他認為，簡政珍在敘事詩的理論範疇啟動了「詩」與「散文」的比較與想像，並從中提問：「敘事詩鬆散的最主要原因是『散文化』，然而，『散文』本身是有著綿長傳統的文類。難道散文的文類傳統沒有可以挹注敘事詩寫作之處嗎？」[43]從前述的論辯，筆者好奇的是，如果敘事詩的「散文化」阻礙詩意象的興發，夢想在其中會受到何種影響？

由於解昆樺之文幾乎已道盡〈最後的王木七〉的敘事策略和象徵系統，本論試圖逸出詩的敘事和「散文化」的文體之爭，藉由巴什拉的詩論為詩中的象徵系統提供物質化想象的依歸。筆者以「水暴的馬匹」、「黑色的土甕」兩部分，分析陳黎如何想象真實「存在」的礦工王木七，面對突如其來礦災的「夢魘」時可能做出的「抵抗」。

---

[42] 前文皆已列舉，此處不再多提。

[43] 解昆樺：〈礦室之死亡：陳黎〈最後的王木七〉詩敘事策略與象徵系統的戲劇性〉，頁177。

（一）水暴的馬匹

〈最後的王木七〉全詩虛擬罹難礦工「王木七」之鬼魂的口吻，述說瑞芳永安煤礦四腳亭楓仔瀨路分坑，因基隆河湧水突然灌入而造成的礦場災變。事發之後，礦務局不斷以多臺抽水機抽汲礦坑之水，並出動海軍蛙人堵截基隆河進水口。經過七十日才終於將積水抽乾，共尋獲三十四具礦工之遺體。以下抄錄開頭兩節：

七十日了
我們死守在深邃的黑暗
聆聽煤層與水的對話
週而復始的闃靜如錄音帶永恆
鉅細靡遺地播回我們的呼吸
玫瑰在唇間
蟲蛆在肩頭
偶然闖入的螢火叫我想起
來時的晨星
基隆河蜿蜿蜒蜒
四腳亭的楓樹寒冷如霜

錯雜的血脈
神祕的母親
我們如是溫暖地沈浸在偉大的
地質學裡
鐵鏟，煤車，炸藥，恐懼
俱隨時間的纜索滑進睡眠的蛛網
白夜，黑夜
黑夜，白夜

我們的心跳漸次臣服於
喧囂的馬達
愈抽愈急的古水……
基隆河浩浩蕩蕩
無盡的蝙蝠拍打過唯一的天空[44]

第一節以鬼魂王木七平靜的口吻，想象災變後等待搜救的漫長歷程，卻不似〈后羿之歌〉放任火焰高漲的情緒哀嚎人間的苦難，而滲透水元素的清涼與冷靜。解昆樺的研究指出，全詩共出現五次的「七十日了」，為該詩形式結構最明顯的特色，作為領導段落發展的句子，並創造段落的節奏感。[45]由解昆樺提出的「音樂性」，審視第一節的前五句：「七十日了／我們死守在深邃的黑暗／聆聽煤層與水的對話／週而復始的闃靜如錄音帶永恆／鉅細靡遺地播回我們的呼吸」。即發現，詩人首先想象的是水與土的聲音，如：聆聽對話、闃靜如錄音帶、回撥呼吸等等，掌握密閉空間（礦坑）中能放大聲響（回音）的特性，才有「鉅細靡遺地播回我們的呼吸」之句。

第二節則將進水的礦坑比喻成「錯雜的血脈」，還以反面的角度描述泡水的屍首是「溫暖地沈浸在偉大的／地質學裡」——正話反說的迂迴，反而比直接陳述痛苦更能收聚悲苦之感。為何如此？筆者以為，在水的災難中夢想水的平靜，此乃巴什拉前述所提「抵抗的動能」之例證，用言語的夢想抵抗現實的無力。是以，即使現實是「鐵鏟，煤車，炸藥，恐懼」，卻能隨著想象「俱隨時間的纜索滑進睡眠的蛛網」；對於現實而言是死亡，於想象則是「我們的心跳漸次臣服於／喧囂的馬達」。

---

[44] 陳黎：〈最後的王木七〉，《小丑畢費的戀歌》，頁157-159。

[45] 解昆樺：〈礦室之死亡：陳黎〈最後的王木七〉詩敘事策略與象徵系統的戲劇性〉，頁181。

陳黎解嚴前的詩作，除了靜觀水的形象而啟迪夢想與存在的辯證，亦寫過狂暴的水，如〈驟雨〉：「殘酷的像上一夜的蝙蝠／拍打，巨大的翅翼，突然闖進／不設防的睡夢的鋁門窗」[46]，將夜裡的雨絲比喻成巨大翅翼的蝙蝠，乃為了強化水的暴戾之氣，故疊加動物於水的形象中。無獨有偶，〈最後的王木七〉亦使用相同的寫作策略，再次召喚出水之蝙蝠，「基隆河浩浩蕩蕩／無盡的蝙蝠拍打過唯一的天空」。

除此之外，詩中也以「水暴的馬匹」描述礦坑中湧水的氾濫之景：

在全然的自戀當中
我驚訝地聽到有人叫喚我的名字
跟著鐃鈸，鐘磬，木魚，啜泣
「木七！木七！」
「木七啊！木七！」

你問我那一聲突然爆起的巨響嗎？
十一點四十分
大地哭她久別重逢的嬰兒
淚水引發一千萬水暴的馬匹
瘋狂地急馳，追逐我
在曲折濕黏的坑道
踢倒拖籃
踢倒木架
在我們還來不及辨認的時候
群嘯而過；

[46] 陳黎：〈驟雨〉，《動物搖籃曲》，頁105。

我看到它踐踏過萬來的肩胛
我看到它踐踏過阿馨的額頭
而我們甚至不敢逃跑
當我們發現更多的馬匹自四面八方湧來
啃嚙我們的眼鼻
吞噬我們的手腳……[47]

先從三、四節的詩句中提取真實事件的因子：事發初始「突然爆起的巨響」、時間為「十一點四十分」和礦工「木七、萬來、阿馨」。直到第三節，才叫喚出亡魂「王木七」之名，詩意的波動由平靜的水轉向狂暴，甚至直奔夢魘。陳黎顯然認為，人間所有的苦難皆離不開土地：「大地哭她久別重逢的嬰兒／淚水引發一千萬水暴的馬匹」，狂暴之水源自大地哭泣的淚水，而大地的淚水竟造成極大的災難。詩人將狂暴的動物性附加在水的想象之上，把灌入礦坑的猛水比喻成「瘋狂疾馳」、「群嘯而過」的馬匹，以形容水的夢魘襲來之快，使王木七一行人「來不及辨認」。就此次災變的礦工而言，追逐、踐踏他們的確實是水暴的馬匹；然而，對普遍的礦工（甚或小人物）來說，生活中物質的窘迫，諸如貸款、奶粉錢和世襲經濟條件，亦追逐、踐踏他們的生存。如此困境，亦可見於該詩中間部分之詩句：

放學的鐘聲
那見不到清醒的父親，下午六點鐘
在陰暗的工寮玩捉迷藏的孩童；
煤塵，奶粉
虎視眈眈的落磐

[47] 陳黎：〈最後的王木七〉，《小丑畢費的戀歌》，頁159-160。

爆炸，借貸，矽肺症[48]

在無法違逆的命運之前，罹難者們「甚至不敢逃跑」，任憑這一切啃嚙和吞噬他們的肉身。從前引之詩句，可看出陳黎將礦工被工作壓迫之夢魘，以水的夢想轉化成被暴走的馬匹踐踏之痛。

在一個夢想者面前，水除了沈穩如鏡或狂暴猛烈之外，還有更多想象的可能。於是，陳黎同時寫出水的淨化之功，首先是洗刷具體的煤垢（在每一件洗過、補過復弄破、弄髒的衣服上／無能消失的憂愁的煤垢）[49]，而後為清潔抽象的記憶（週而復始的夢魘／週而復始的錄音帶／記憶啊，讓我／澈底地把你們洗掉）[50]。為了清洗，詩人再度召喚水的夢想，形成黑與水交織的詩句：

黑色的窗牖，水之眼睫
黑色的穀粒，水之鋤鏟
黑色的指戒，水之鎖鍊
黑色的腳踝，水之韁轡
黑色的姓氏，水之辭書
黑色的搏動，水之鐘擺
黑色的土甕，水之憂鬱
黑色的被褥，水之憤怒

（記憶啊，讓我澈底地把你們洗掉……）[51]

此為詩中倒數第六、七段的內容，解昆樺的觀察非常精準：

[48] 陳黎：〈最後的王木七〉，《小丑畢費的戀歌》，頁165。
[49] 陳黎：〈最後的王木七〉，《小丑畢費的戀歌》，頁165。
[50] 陳黎：〈最後的王木七〉，《小丑畢費的戀歌》，頁166。
[51] 陳黎：〈最後的王木七〉，《小丑畢費的戀歌》，頁171。

「進行礦災混亂場景的超現實書寫同時，還試圖透過並列規整的句法語句建立一個象徵系統，藉以為主體的存在宿命聚焦出一個象徵。」[52]主體的存在被詩人建構於日常或抽象或具體的細物間（窗牖、穀粒、戒指、腳踝、姓氏、搏動、土甕、被褥），然因王木七的職業與階級使這些沾染黑色的煤礦，只能冀望夢想將這一切（包含記憶）清洗乾淨，「完成『黑／白』對立（抗）性的象徵系統」[53]。

若說〈后裔之歌〉是由火所引發的災難，〈最後的王木七〉則描述水的悲歌。不過就物質化的想象觀之，前者的火元素似乎較為單一，後者的水元素則多元豐富。巴什拉在斯溫伯恩情結中提到，人類面對狂暴之水的抵抗方法為「游泳」或「跳水」；就〈最後的王木七〉而言，礦工們的遭遇雖是溺斃，但陳黎賦予亡靈「發聲」的夢想——想象主導話語權，或許也是一種抵抗的嘗試。

（二）黑色的土甕

由前文可知，陳黎將礦坑比喻成黑色的土甕，指涉更大、更難以逃脫的壓迫空間。就空間而論，解昆樺將評論〈最後的王木七〉之文命名為「礦室之死亡」，顯然具有將此詩比附（或致敬）洛夫長詩〈石室之死亡〉的意味——無論是戰爭或礦災，皆以空間反映土地元素的死亡想象。

密室除了死亡，還有什麼夢想的可能？約翰．柏格在品鑑世上最古老的洞窟壁畫肖維洞窟（The Chauvet Cave）後，得出如此感悟：「在洞窟深處，亦即地球深處，存在著萬事萬物：風，水，火，天涯海角，死者，雷，痛苦，小徑，光，未來的一切……它們

[52] 解昆樺：〈礦室之死亡：陳黎〈最後的王木七〉詩敘事策略與象徵系統的戲劇性〉，頁191。
[53] 解昆樺：〈礦室之死亡：陳黎〈最後的王木七〉詩敘事策略與象徵系統的戲劇性〉，頁196。

在岩石內等待被召喚。」[54]岩石中富含想象的多元性。巴什拉的土論，將礦坑的形象發展出內外的二重性——向外關注為生活敲打堅硬礦石的勞作，向內縮聚成死亡的棺木或複雜的迷宮。據此檢視〈最後的王木七〉，發現恰好貼合土地元素中的勞作、棺木與迷宮之夢想。

以下便針對前述的夢想加以論述，首先是詩人想象王木七自陳與礦工同事的勞動日常：

> 被落磐擊壞左腳，在礦場邊踽踽獨行的
> 阿伯啊，我羨慕你
> 被瓦斯灼傷臉頰，在煤堆裡打滾如常的
> 少年啊，我敬佩你
> 但我難道不曾聽見你們大聲的笑語嗎？
> 當，吞著最後一口香煙，你們坐在清晨的木頭堆等待入坑
> 當，鋤著一粒粒的煤渣，你們讓汗水滴進午餐的便當盒
> 啊甚至在那些深淵一樣暗濁的酒瓶的夜晚
> 在那些煤礦一樣黑硬的骰子的蠱惑裡
> 我難道不曾看過你們高叫
> 看過你們驚懼，顫動嗎？[55]

阿伯與少年的肉身即使深受命運的摧殘，彷彿無所畏懼的在礦場與煤堆中勞動，同事的情誼埋藏於黑暗中共同承擔的協作意識。詩人試圖以兩組疑問句挖掘深埋於土的情緒波動：「但我難道不曾聽見你們大聲的笑語嗎？」、「我難道不曾看過你們高叫／看過你們驚懼，顫動嗎？」在暗濁黑硬礦坑中，並不能掩藏工人對於菸酒賭及食物的慾望；另一方面，藉此側寫礦工疲憊生活裡僅有的娛樂

54　約翰・伯格：《抵抗的群體》，頁36-37。
55　陳黎：〈最後的王木七〉，《小丑畢費的戀歌》，頁161。

（或許並不符合世俗中產階級的想象）。

陳黎描述王木七的礦工同事為平行的勞作想象，垂直的勞作想象必須回溯礦工世襲的命運：王木七的父親是礦工，「當，一個九歲的小孩／我在睡夢中看到黑臉的父親從礦地回來／一語不發地毆打我的母親」[56]；王木七亦認為自己的長子必祿，除了從事礦工沒有其他選擇，「必祿的來信我看到了，他／身體強壯我很高興／退伍後，你可以帶他到礦場／找頭家」[57]——沒有其他「主動的」選擇，代表礦工世代被礦坑困住的無奈命運，因此只能在黑暗中「被動的」等候：「我們在此等候／因為同樣卑微的我們的父兄／我們在此等候／因為不能不宿命的我們的子民」[58]。

承前所述，抵抗的動能生於內外的衝突。對於年輕詩人而言，礦工世代難以扭轉的命運，來自上層階級的漠視：「我們在此等候／因為驕傲的冠冕不肯碎裂它們世襲的寶石／我們在此等候／因為肥胖的乳牛不肯脫下奶油和膏藥的衣裳」[59]猶如〈后羿之歌〉天宮樂園與人間煉獄的對比，年輕詩人看到資源分配不均的社會，自然憐憫弱者而怨懟富者，詩便是詩人唯一的抵抗方式——此亦為阿特拉斯情結流露的道德意識。

再者，「黑色的土甕」也可作為「棺木」的死亡之喻：

> 七十日了
> 我們如此堅實地躺臥於死亡的胸膛
> 在深邃亮麗的黑暗裡
> 我們的夢
> 是更亮麗深邃的黑暗

[56] 陳黎：〈最後的王木七〉，《小丑畢費的戀歌》，頁166。
[57] 陳黎：〈最後的王木七〉，《小丑畢費的戀歌》，頁175。
[58] 陳黎：〈最後的王木七〉，《小丑畢費的戀歌》，頁170。
[59] 陳黎：〈最後的王木七〉，《小丑畢費的戀歌》，頁169。

閃爍的地圖
永遠的國[60]

這是詩中第二次出現的「七十日了」。王木七在水暴的馬匹後，深深意識自己及同伴死亡的現實。在現實中，死了便是死了；但夢想並不受限於生死。於是，由第二個「七十日了」所引出的段落，便是詩人想象王木七（或礦工們）夢裡「閃爍的地圖／永遠的國」：

淑憲，火土：
你看到新落成的我們的礦工新城了嗎？
齊整的大樓
蓊綠的林蔭道
肇基，清祥就住在水源兄隔壁，靠近
最大的水族館
電影院，美容院比鄰而立
診所，歌廳，超級市場，半分鐘路程
三貂村的李春雄如今搬到金芝麻D廈
上天里的鄭春發遷進了阿波羅21樓
深澳坑路整街規劃成大公園
楓仔瀨路早變為大家最喜歡的高爾夫練習場[61]

觀察王木七夢想生活的空間規劃，有新落成的整齊大樓、林蔭道、大公園。在娛樂方面，水族館、電影院、美容院、歌廳、高爾夫球場等中產階級的消遣場所，取代菸酒賭等不良嗜好。生活機能完善，診所、超級市場離新建大樓只消半分鐘路程。更重要的是，

[60] 陳黎：〈最後的王木七〉，《小丑畢費的戀歌》，頁161-162。
[61] 陳黎：〈最後的王木七〉，《小丑畢費的戀歌》，頁162-163。

礦工的夥伴們都住在附近，彼此互有照應。大廈之名「金芝麻」與「阿波羅」更一掃礦坑的黎黑，彷彿通往亮麗閃爍的未來。

然而，在棺木中夢想生命之美好，其實是比死亡還更悲慟的。

王木七的鬼魂隨夢想在「曲折濕黏的坑道」中徘徊，礦工的命運又何嘗不是如此？整個蜿蜿蜒蜒的礦坑如生命的迷宮，礦工及其家人在迷途中一再經歷宿命的擺弄。即使如此，詩人欲藉由生存的夢魘，昭示一絲希望：

> 我們守在濕黑的巖層，靜待
> 陽光的開採[62]

此句表面上雖指挖掘礦災的現場，內裡卻包含詩人由衷的呼籲——我們所生存的地面上，依然有許多不透光之處，正在等待一線光明的救贖。面對土的夢魘，如果讀者們願意一同荷重，相信彼此協作的力量，那麼便能共同抵抗命運的擠壓——其實是未經世事的天真，但也彰顯詩人不願受制於世俗的夢想；由此，再回望簡政珍「敘事的重點大於回味的想像，詩質非常薄弱」的論斷，竊以為便不攻自破了。

第二節　楊澤：水與火的鬥爭

> 我將以流亡、沉默來對抗暴政和腐敗。[63]

一般而言，學界對楊澤解嚴前詩風的共識為浪漫抒情，且多使用中國古典的典故及意象，是一九七〇年代臺灣現代詩回歸傳統

[62] 陳黎：〈最後的王木七〉，《小丑畢費的戀曲》，頁167。
[63] 楊澤：〈在鳥店〉，《彷彿在君父的城邦》，頁23。

的例證。[64]乍看之下，楊澤詩之婉約似乎與「抵抗」一詞八竿子打不著關係，可偏偏他的詩中又不乏有與抵抗、反叛有關的描述，諸如：「被放逐的叛軍頭子圍在野地秘商／指向工廠、城市的，我的一首詩的叛變」[65]、「在畢加島，我獨立對抗整座陌生的城市」[66]、「我們沿著中山北路往前走，徒然的抗議與懇求，我們祇是今夏流著眼淚的一群年輕人……」[67]等等。直到陳允元的〈徬徨者與信仰者——論七、八〇年代之交的楊澤詩及其時代意義〉一文，系統化的論述楊澤詩中的對抗精神，其後的論者才開始注意到此面相。

如若梳理研究楊澤的脈絡，我們便會發現他的浪漫多情為表而抵抗為裡，且用憂愁消極的語言包裹熾熱的內心。此現象令筆者不禁想起巴什拉火論中的諾瓦利斯情結，提醒我們要挖掘內部的熱能。確實，楊澤向詩中的戀人瑪麗安呼喚愛的口吻，與諾瓦利斯恰有幾分相似，都以浪漫來增強自己的能量。諾瓦利斯藉由愛通向自己的內心：「愛即是自我、每種追求的理想。」[68]又說：「對愛的需求清楚的透露了我們內心的衝突。需求始終暴露弱點。」[69]筆者認為，此句正可視為楊澤解嚴前詩作的註腳。如此說法的理由何在？楊澤的愛，小則「愛人」大至「愛國」，但根據前一章的研究，楊澤所愛的國已分裂於母土之外，因此他的愛始終懸於虛空中難以迫降——他欲追求之理想，已然成為內心衝突的源頭。

內心的衝突若反映在物質，便是不同元素的鬥爭。筆者觀察，楊澤的詩中有水和火兩大元素的激烈拉扯——水的元素以流亡來抵

[64] 鄭慧如：《臺灣現代詩史》，頁370。

[65] 楊澤：〈車行僻野山區〉，《薔薇學派的誕生》，頁53。

[66] 楊澤：〈在畢加島2〉，《彷彿在君父的城邦》，頁10。

[67] 楊澤：〈示威・一九七八〉，《彷彿在君父的城邦》，頁59。此詩於二版已刪去。

[68] （德）諾瓦利斯（Novalis）著；劉小楓主編；林克等譯：《夜頌中的革命和宗教：諾瓦利斯選集卷一》（北京：華夏出版社，2007年），頁135。

[69] 諾瓦利斯：《夜頌中的革命和宗教：諾瓦利斯選集卷一》，頁135。

抗暴政，火的元素以焚燒以抵抗崩壞的城邦——而不論是水或火，最終都通向死亡。

一、幽靈船的流亡之旅

楊澤的第二本詩集《彷彿在君父的城邦》中第一輯「柏舟」，收錄〈柏舟〉和十一首以〈在〇〇〉為題目的詩作，〇〇為一個真實或虛構的地理空間，可視為一組「詩系」（poetic sequence）。簡政珍在《臺灣現代詩美學》論及：「『詩系』裡的每一首詩篇都是獨立的短詩，另一方面，每首短詩都是整個『詩系』的環節，整體與個體是一個有機體。」[70]意即，詩系的作用乃追求1+1>2的整體效果，並在詩與詩的繫連間開拓詩的詮釋空間。

《薔薇學派的誕生》的卷頭有〈空中花園〉為序詩，〈柏舟〉之於《彷彿在君父的城邦》大抵如此，宣告整冊集子的意志。〈柏舟〉全詩如下：

> 公元前七八〇年的秋天，雁子匆匆飛過，當行役者開始有了遠思的時候，詩人死了，他的朋友聚集在黎明的河邊，把裝著詩人屍體的柏舟緩緩的推入水中……。
>
> 等我繞過黃昏的柏樹林，在廢棄的河道上發現詩人的柏舟時，已是兩千多年後的事。傾圮了的舟身，一半擱在河中的沙洲上，有一些小鳥停駐，旋飛。詩人離去，象徵愛與智慧的金黃色糧食也已不見。
>
> 兩千多年後，我坐下來思想，在淤淺的歷史河道上，時間、自由、榮耀，一切都失去了意義。詩人，在長夜來臨前，則我必須獨力推我的柏舟下水：

[70] 簡政珍：《臺灣現代詩美學》（臺北市：揚智文化，2004年），頁338。

汎彼柏舟，亦汎其流……[71]

詩末所引「汎彼柏舟，亦汎其流」典出《詩經．邶風》[72]，《毛詩．序》認為此詩「言仁而不遇也」[73]，內容為一名不遇的君子乘著柏木造的小舟隨波逐流，然而一路上心中鬱結憂懼，無法入眠。事實上，在先秦時期，柏木通常用以做為士大夫的棺槨，《禮記》有資料為證：「君松槨，大夫柏槨。」[74]不只如此，柏木亦為諸侯墓地周邊所植之木，如杜甫〈蜀相〉：「丞相祠堂何處尋，錦官城外柏森森。」即能印證。

有了上述的認知後，再回到楊澤的〈柏舟〉。詩的開頭點明乘舟之人為已死的「詩人」，於是詩人的朋友把「裝著詩人屍體的柏舟緩緩的推入水中……」——賦予死亡物質化的想象，亡者的航行如水而逝。巴什拉的卡翁情結，處理的即是水的死亡，「對於一些深沉的遐想者來說，死亡是首次真正的旅行。」[75]來自公元前七八〇年的秋天的「柏舟（幽靈船）」，便遠行至「我」的夢想中。現代的詩人在廢棄的河道上，發現來自兩千年的詩人的柏舟，只不過詩人已去而舟身殘敗。詩所象徵的愛與智慧，已散失在歷史的河道上，這也代表，楊澤所信仰的精神國度不復存在。「我」為了尋回時間、自由與榮耀等價值，化身為卡翁，駕駛幽靈船航行於水的夢想中，展開心靈的流亡之旅。對此，唐捐指出：「透過時空的阻隔，『我』接住『他』的憂患，在一種異代共感、同病相連的想像裡，接著唱了下去。」[76]

---

71 楊澤：〈柏舟〉，《彷彿在君父的城邦》，頁1。

72 〔先秦〕原著亡軼；劉毓慶、李蹊譯注：《詩經》上卷（北京：中華書局，2011年），頁62。

73 〔漢〕毛亨著；鄭玄箋：《毛詩鄭箋》（臺北：中華，1966年），頁10。

74 〔漢〕鄭玄注；孔穎達疏：《禮記正義》（臺北市：廣文，1972年），頁349。

75 加斯東．巴什拉：《水與夢：論物質的想象》，頁125。

76 唐捐：〈蕩子夢中殉國考〉，收錄於楊澤：《彷彿在君父的城邦》，無頁碼。

關於旅行，巴什拉說：「要想動身遠行，必須善於從日常生活中擺脫出來。旅行的旨趣取決於想象的旨趣。」[77]流亡之旅的起因是死亡，死亡讓詩人的靈魂得以擺脫現實而自由移動。於是筆者將尾隨其的航線，釐清路途中各種元素想象的鬥爭。接於〈柏舟〉之後的十一首〈在○○〉的作品，觀察其共通點：

第一，以「我」向瑪麗安訴說的口吻，形成如獨白的表達方式。[78]楊小濱在〈語言的放逐〉寫道：「顯然，被放逐者唯一的生存形式便是獨白。在虛擬的語言國境中，獨白者變成為孤寂的、唯一的『社會』事件。」[79]雖然楊小濱指的「被放逐者」是被某種語言逐出的人；而楊澤則是主動選擇放逐自我，在語言中尋找獨特的聲腔，向瑪麗安傾訴的獨白便成為詩人強烈的風格特色。

第二，在文體的光譜上，這十一首詩作有散化、有詩化、有些詩散交替，但總的看來是散化多於詩化。承上一節陳黎敘事長詩的論點，詩的散文化在當時被論者評為詩質薄弱，更遑論楊澤有些詩作「看起來」就像散文。容筆者再次強調，文體論非本研究能力所觸及之處，能檢視的只有詩中的元素夢想。

第三，柏舟詩系中的詩作雖題為「在○○」，唐捐卻認為這些詩根本是楊澤的「不在場證明」。詩人缺乏上一代遷臺詩人實際的流亡經驗，只能夢想一艘幽靈船來扮演流亡之旅；為了扮演，詩中不免將情緒誇大而臻於戲劇化。

再者，1979年的初版和1980年的二版，編制稍有不同。1979年的是：在台北→在畢加島1→在畢加島2→在巴賽隆納→在格拉納達café（Castle in Spain）→在巴拿馬→在第一研究室→在鳥店→在風中→在邊疆→在蘇格蘭（終曲），而1980年的是：在畢加島1→在

---

77 加斯東・巴什拉：《夢想的權利》，頁152。

78 不過〈在風中〉為十一首詩作中的唯一例外，以「他」為敘事主體。

79 楊小濱：《語言的放逐：楊小濱詩學短論與對話》（臺北市：釀出版，2012年），頁11。

畢加島2→在臺北→在巴賽隆納→在格拉納達café（Castle in Spain）→在巴拿馬→在中國→在鳥店→在風中→在邊疆→在蘇格蘭（終曲）。由上可見兩處修改：第一，幽靈船首先停泊之站，由真實存在的臺（台）北，挪至虛構的畢加島之後，且從筆畫較少的「台」改成較多的「臺」，詩作內容則無更動。第二，第一研究室後來被剔除於航程外，由原本收在「薔薇學派的動向」（第四輯）中的〈在中國〉，遞補因研究室所空缺之行程。筆者以為，從這兩處的異動，或可看出年輕詩人在重新檢視自我作品時，針對思想與夢想的調整。

針對第一點的更動，首先分析〈在台北〉、〈在畢加島1〉和〈在畢加島2〉的內容。〈在台北〉敘寫錯置的處境：明明在熟悉的臺北，卻被「八億國人包圍」，「我」感覺陌生且無助，彷彿誤入暴亂的政治地帶，「叛變、行刺、暴亂埋伏四周」。然而，這不過是詩人因錯置而產生的錯覺——相對於核心大陸，臺北只是邊緣。[80]〈在畢加島1〉虛構一個曾經被殖民的島嶼，如今已戰爭的遺跡作為觀光賣點。「我」在這個島嶼上，在歷史與苦難年代的交融處思考：「詩如何將無意義的苦難化為有意義的犧牲？」[81]〈在畢加島2〉則建立在人我關係的敵意想象：「我」在此被「他們」拷問且被施暴，只因「我」來自過去世界、充滿復辟思想的詩人。「我」無力對抗整座「陌生的城市」和「顢頇昏庸的系統」的他者，只能在夢想中抓住愛與詩。[82]

就內容而言，〈在畢加島1〉和〈在畢加島2〉雖是虛構的地名，卻彷彿如1970年代的臺灣島般，曾為日本殖民地，而後又被國民政府以戒嚴令將人民封入嚴密的監控系統；〈在台北〉雖是真實的地名，但顯然容不下八億的人口——幽靈船前往之遠方，即使是

---

[80] 楊澤：〈在台北〉，《彷彿在君父的城邦》，頁3。

[81] 楊澤：〈在畢加島1〉，《彷彿在君父的城邦》，頁5-7。

[82] 楊澤：〈在畢加島2〉，《彷彿在君父的城邦》，頁9-11。

確切出現於地圖上的地名，也會因乘客的精神認同，產生扭曲與變形。筆者認為，1980年二版的順序調整，表面上看似加深幽靈船之旅的虛構性，實際上卻是從島嶼到城市的聚焦。詩人將虛擬地圖的比例尺不斷放大，然而改變不了的則是與所寫之地格格不入的錯置。由於柏舟詩系最一開始的設定，即為精神信仰的崩解，使得這趟流亡之旅不論如何找尋都是徒然。至於第二點的刪修，因〈在第一研究室〉牽涉火的能量，故先按此不表，留待下個部分說明。

水的元素想象雖承載詩人對普世的失望而驅動想象的流亡，柏舟詩系中的十一首詩未必以水的形象為發想核心。除了曾在上一章論及的〈在格拉納達café（Castle in Spain）〉能靜觀咖啡杯中自我的倒影，為「水／鏡」的意象之外。還有流亡之旅的第六站〈在巴拿馬〉，可視為幽靈船的微縮模型。

在巴拿馬
因為無事可做
我把一粒迸落的鈕扣丟下運河
希望它經過狹窄的魚腹
展轉被南中國海釣起
希望它離開我
像一滴淚
離開它枯涸、
冷漠的眼[83]

因脫線或外力，使「一粒迸落的鈕扣」逸離主體（衣物），一如流亡者的隱喻。而詩人將之「丟下運河」，使之與海中浮浮沉沉，彷彿想象更微型的幽靈船。但與柏舟不同的是，詩人對於鈕扣

[83] 楊澤：〈在巴拿馬〉，《彷彿在君父的城邦》，頁19。

的終點站有明確的期許：第一點是「希望它經過狹窄的魚腹／展轉被南中國海釣起」，指涉精神回鄉的想象；第二點是「希望它離開我／像一滴淚／離開它枯涸、／冷漠的眼」，單純只想它離開「枯涸、冷漠」的主體——對年輕的詩人而言，世俗的漠然比死亡更絕望。為了抵抗，詩人將想象自己乘坐來自先秦時期的幽靈船，離開冷漠無感的現實世界，而追索理想中君父之城邦。

二、越過火焰圍城之劫

在1979年（初版）的柏舟詩系中，有首在二版被刪去的作品〈在第一研究室〉，或許因為其中思想與夢想跟〈第一研究室冥想賦格〉過於接近，而在避免重複的抉擇時被削除。然其中勃發的火能量，亦是本研究不得忽略之作。試引全詩如下：

> 在第一研究室，在我來不及的驚呼中，他轉身移動靠壁站立的書架，手指處為我展現一扇開啟了的暗門，一條通往地下的甬道。「讓我引導你，我們將進入歷史，深入火焰的中心。」——他握住我的手，彷彿我的愛人一樣帶領我拾級而下。
>
> 拾級而下，世界的始末景象在我眼前交相顯現：那時，我們立腳的地方忽而淪陷城唯一座小島，三面是海，一面是火；穿過火焰，我看見火焰中一座瀕危的圍城，燃燒的城堞在來不及的呻吟語呼喊中嘩然倒下——那時海忽然變成深淵——我們的小島變成孤絕的斷崖——火變成炫風——炫風變成巨大的黑雲——撒下斗大的冰雹在我流淚、呼痛的眼中；而我站在那裡，緊緊的握住自己，感覺自己脆弱有如斷崖下萬歲枯藤……

之後越過淚眼中模糊的年代，我終於清楚的看見了：

在黑暗中夜讀的自己，以及第一研究室飄搖閃爍的燈火……[84]

〈在第一研究室〉如篇架空的奇幻小說，隱藏於書架之後的暗門，有著通往地下的甬道。當「我」被「他」帶入想象的深處，進入的即是歷史的火焰中。於是第二段描述了水深火熱的夢想：火焰中有座瀕危的城邦，而周圍的一切不斷向下墜入深淵，「我」只能握住自己如攀著枯藤般，在黑暗中搖搖欲墜，這一切歷史的災難或許只是夜讀時的夢魘。統整以上想象的脈絡，發現進入研究室的深處彷彿深入「我」的內心，而在第一研究室的核心有座想象的圍城；意即，「我」的內心有著被火焚燒、瀕危的城邦，那座城邦其實是整趟柏舟流亡之旅所欲追尋的精神價值與信仰。

有著上述的理解後，再看到姐妹作〈第一研究室冥想賦格〉，同寫出城已淪陷，而學院裡的老教授及年輕的助教紛紛死去，而詩人在血流成河之處依然相信詩的價值：愛、自由、祖國。詩中最後一節的內容如下：

黃昏七點鐘 城已淪陷 血洗的河流寫著我們名字
花瓶濺裂 書畫焚毀 我死守第一研究室的窗口
夢見學院在苦難的鬼雨中 伸向天空的窗口發著光

瑪麗安 你猶記得嗎「貢獻我們的學院
於宇宙的精神」 瑪麗安 在海一樣的苦難年代
在我們身處喧囂的圍城 火焰的圍城 我們的學院
貢獻我們的學院於宇宙的精神[85]

---

[84] 楊澤：〈在第一研究室〉，《彷彿在君父的城邦》，頁21-22。二版已刪去此詩。
[85] 楊澤：〈第一研究室冥想賦格〉，《彷彿在君父的城邦》，頁169。

研究室作為「我」的私密空間，不論代表的是學院或是城邦，都隱隱指向詩人所期待的舊典範與價值。詩中一再強調「城已淪陷」，並描述淪陷之慘狀，卻未提是誰攻打過來，對象是個模糊的敵方。其中，「我」死守在「火焰的圍城」中與之同殉，顯示詩人內心的火能量，狂暴到足以焚然一切。由此可見，在楊澤年輕時的想象中，毀滅一座歷史悠久的城邦必用火攻才能顯示出殉美之壯烈。

綜合以上，世代交替間必然有些舊價值被改變，此乃時勢所趨，非詩人憑一己之力就能力挽狂瀾。是以，釐清詩集名為《彷彿在君父的城邦》之意義：「彷彿」意味著「君父的城邦」根本不存在，文化上的鄉愁似乎只存於夢想當中。

> 我在萬古的長夜裏牽馬行走，徘徊尋找住宿的地方
> 越過焚殺的秦火，我默然預見了
> 門人在夫子左右的崇位；我默然遇見了
> 書籍的命運，未來世代[86]

在「彷彿在君父的城邦」中，一代又一代的傾覆皆是火的劫難、火的圍城。為何如此？火劫的發生不比水災、風災等天災，幾乎是人有意為之，而且火能將象徵文化的書籍燒成灰燼，幾千年智慧的結晶，哲人行吟澤畔的反思，毀滅只要一瞬。對楊澤而言，想象舊價值的斷裂（比如遠離中國文化），如同古代的秦火一般，於未來的殘害甚深。

> 頹牆敗桓，玉碎瓦全
> 他們在熊熊的火獄中
> 挖出了古代的君父城邦

86　楊澤：〈彷彿在君父的城邦1〉，《彷彿在君父的城邦》，頁127。

飛簷問天，欄杆
幽泣，他們在
永恆的火獄中開始了
文化重建的工作……[87]

這一切不過是青少年因太過抗拒眼前的現實，但又不知該信仰什麼才好，便將內在的熱情全部寄託想象的君父的城邦。而想象的世界畢竟無法承受少年過多的火能量，除了焚毀別無他法。若說楊澤想象（不在的）君父的城邦是對世俗的抵抗，而想象君父的城邦「被焚毀」又代表何種意義？

巴什拉的火論或許可以給出一點提示。不論是普羅米修斯情結，或恩培多克勒情結，都夢想在火的元素中追求超越與再生，最後如不死鳥菲尼克斯般衝出火焰重獲新生。筆者認為，楊澤也是這麼相信的，才會寫下「永恆的火獄中開始了／文化重建的工作……」的句子。此雖為年輕詩人一相情願的天真，或可說是青少年獨有的叛逆特質。面對現實的諸多不滿，除了反對還必須誇大表演心中的城邦焚毀，才足以銘記焦躁的青春。年輕詩人為了追求信仰（愛、自由等等），所造成的結果是引爆內心的火能量，或可視為成長中的必經且必然的儀式。

三、對酒當歌掇月之夢

接續前兩部分之論述，水與火的元素在楊澤解嚴前的詩中，都依附於生與死的想象之中——因死亡而隨水流亡，又為了追求新生而焚毀城邦。水與火的高漲與激昂，帶動夢想的戲劇性，使情緒在兩互斥的相鬥中愈演愈烈。實際上水與火不只有鬥爭，亦有結合的

[87] 楊澤：〈彷彿在君父的城邦1〉，《彷彿在君父的城邦》，頁139-140。

可能。根據巴什拉的霍夫曼情結，酒精是可燃燒的液體，故能溝通水與火的物質之夢，並催化內裡發熱。

楊澤在詩中描述酒精的頻率並不高，唯有〈打虎〉一詩，藉由酒精催動某種隱藏在內部的詩意衝動，浮現奇異的小蝦米棒打大蟲之劇場。唐捐曾論：「詩人是生活的侏儒，情感的巨人」[88]再疊加酒精的雙重物質性，巨人的身影將如夜中暗影被月光無限擴大、拉長，形成奇異想象經驗。

該詩提到，酒精的攝取來自「華美的宴席」，詩人在此領會醉與醒、真實與虛幻的衝擊。詩人在踉蹌扶醉行至半路間，遇到一隻「白額大虫」：

> ……走了一直，酒力發作，焦熱起來，一隻手提著哨棒，一隻手把胸膛前坦開，踉踉蹌蹌……那一陣風過了，祇聽得亂樹背後撲地一聲響：跳出一隻吊睛白額大虫來……[89]

詩意發展至此，讀者或許期待金庸式的棒打老虎之暢快。而實際上，在酒精的作用下，白額大虫是真實存在，抑或酒醉迷茫中的幻覺皆為未知。

> 打虎的行者，八方奔騰
> 一腳踏破此中的虛實與真假？
> 魔由心生，那傳奇爛漫的行者
> 當其興會淋漓之際，卻是渾然不知……（魅魘
> 重重，誰曾圓此大夢？）[90]

---

[88] 唐捐：〈蕩子夢中殉國考〉，收錄於楊澤：《彷彿在君父的城邦》，無頁碼。
[89] 楊澤：〈打虎〉，《彷彿在君父的城邦》，頁148。
[90] 楊澤：〈打虎〉，《彷彿在君父的城邦》，頁149。

藉由水與火的鬥爭與融合中，召喚一名年輕的懷疑論者，質疑如何「一腳踏破此中的虛實與真假？」——隱喻面對複雜的人生時，如何識破箇中真偽？楊照認為，詩中藉由「夢－醉－醒」三者的互涉，加深生命的複雜性。[91]元素的波動擾亂夢想空間的平衡，在一重又一重的心理幻覺中，詩人能掌握的不過是自我的信念與志業。老虎在詩中隱然成為魅魔的隱喻，將人生中的各種難關——無法跨越的心魔、難以抵抗的現實困境、社會的惡俗——以夢想凝聚成一隻白額大虫的魔魅之貌。

罷了！爛漫的行者已遠，降魔的
尊者未至
哨棒雖失，雕蟲的
綵筆猶在
風從虎，雲從龍
參悟風雲中龍虎的異象合當是
詩人一生志業。
海上生明月
天涯共此時
我欲掇此明月，圓此大夢
千年之後，獨自歸來
空立在此長夜的街衢：
化成一則高古的浩嘆[92]

或許哨棒為醉後的錯覺，然而「雕蟲的／綵筆猶在」。當詩人緊緊握住寫詩的筆，戮力「參悟風雲中龍虎的異象」，便無需糾結真實與虛構，因為夢想將會給予詩人「掇此明月，圓此大夢」的力

91　楊照：〈夢與灰燼〉，收錄於楊澤：《人生不值得活的：楊澤詩選》，頁156。
92　楊澤：〈打虎〉，《彷彿在君父的城邦》，頁149。

量——此為水火相容於內在的灼熱動能。詩之末：「千年之後，獨自歸來／空立在此長夜的街衢：／化成一則高古的浩嘆」，時間隨著夢想的引導聚縮或延長，突破限制直奔千年之久；而詩人今夜因酒精引起的虛實之思辯、大蟲之幻覺，將化為「高古的浩嘆」散於風中，那便是詩。

四、風中結網不撓之歌

在柏舟詩系的最後幾站〈在鳥店〉、〈在風中〉以及〈在蘇格蘭（終曲）〉，在經歷水的流亡與火的圍城之後，收尾在空氣的想象中，頗有回望前作《薔薇學派的誕生》卷首〈空中花園〉的意味。

〈在鳥店〉寫道：「在另一個藍色的天空下，詩人提倡的一種飛翔的偉大的政府——在另一個藍色的天空下。詩人與他被放逐在世界的天空的流亡政府。迅速的漂泊。漂泊。飛逝在空中。」[93]楊澤欲以心中的城邦抵禦惡俗的入侵，選擇以主動放逐的方式，漂泊於不受地吸引力操控的「天空的流亡政府」中。

> 我將以流亡、沉默來對抗暴政和腐敗。
> 流亡。沉默。
> 再革命。[94]

詩人抵抗的方式並非上街頭與軍警衝突，或和不支持他的群眾相叫囂，反而選擇以「流亡、沉默」表述自己革命的決心。筆者以為，這三句詩句可視為幽靈船流亡之旅的註腳，也是楊澤抵抗精神的核心意志。

不同於〈在鳥店〉向外抵抗的性質，下一站〈在風中〉回溯自

---

[93] 楊澤：〈在鳥店〉，《彷彿在君父的城邦》，頁23。
[94] 楊澤：〈在鳥店〉，《彷彿在君父的城邦》，頁23。

己的內心，向內思索個體如何適應或存在於風雨飄搖的年代：

在風中獨立思索風的人都已化成風。
在風中，在落日的風中
假如他大聲歌唱，他將喚回所有逝去的
歌者，站在他的四周，環繞
他像群星環繞宇宙的黑暗與空虛
歌唱光明，歌唱愛；
在風中，在落日的風中
假如他逆風流淚奔跑，大風
將與他並行，並為他悄悄拭去
所有的淚……[95]

楊澤在該詩中寫出為了不讓自己如塵埃般散去，必須藉由歌聲回溯自己，把握住一切美好的價值，包含光明與愛，這些都是歌詩的主題——此正呼應巴什拉關於風的想象，風的主動夢想來自聽覺。假如詩人的所思所想如逆風而行，他將夢想大風為他拭去淚珠——傳達即使有過傷心或畏懼，面對眼前的黑暗，只要能大聲歌唱，詩人便無所畏懼流亡或死亡的命題。

最後看到柏舟之旅的終曲，延續〈在風中〉以歌唱為呼喚愛的方式，〈在蘇格蘭〉以呼喊蘇格蘭王的名字，組接「風中－蜘蛛絲」的飄搖意象。此處節錄詩中後半：

在蘇格蘭——
憂傷的王啊憂傷的王
我坐在河邊呼喊你的名字。

[95] 楊澤：〈在風中〉，《彷彿在君父的城邦》，頁26-27。

蜘蛛在風中結網，我想我終於能體會到
數百年前，你飢餓而困頓
憂傷而怔忡的心情；
蜘蛛在風中結網，我終於體會到——
數百年後，你化身一隻蜘蛛
教我這個異國浪子吐絲、結網
在風中不撓的吐絲、結網的用心……[96]

在風中結網注定是搖搖欲墜的，一如在詩人厭惡的惡俗中尋求安生之地是難以企及的。然而，在幽靈船流亡之旅的尾聲，空氣的元素雖給予摧毀的能量，同時也激起詩人鬥爭的意志，他向蘇格蘭王求教「在風中不撓的吐絲、結網的用心」。或許現實之俗總讓詩人想象流亡，卻不因此放棄不撓的抵抗。筆者相信，無論外部世界的變化有多劇烈，詩人將會繼續歌詠他的內心。

第三節　小結

抵抗是主體回溯內心後，對現實說「不」的勇氣，此乃青春獨有的叛逆特質。克里斯蒂娃觀察青少年的特徵，論及：「青春的理想性總是苛求的和處於危機中的，在衝動與理想性的盤錯糾纏中充滿了化解這種盤錯糾纏的力量，青春信仰不可避免地與青春虛無接近。」[97]在本章，確實能從陳黎和楊澤解嚴前的詩作，讀出躁動的青春靈魂。正因還未熟習社會化、尚未世故，才能對現實保有不甘或憐憫。楊澤曾自承：「就詩的觀點而言，所有的青春都是待提煉

[96] 楊澤：〈在蘇格蘭（終曲）〉，《彷彿在君父的城邦》，頁32。
[97] （法）克里斯特娃（Kristeva, J.）著；趙英暉譯：〈青春，一種理想性綜合症〉，《克里斯蒂娃自選集》（上海：復旦大學出版社，2015年），頁52。

的青春；從詩的高度，一切現實也都是待救贖的現實。」[98]年輕詩人以想象抵抗現實，作為存在的證明。根據前文內容，整合為以下兩點小結：

一、陳黎在1979年的〈后羿之歌〉和1980年的〈最後的王木七〉，顯示其創作更新的歷程——不論是元素夢想的多元調度，或是虛實交錯的寫作技法。首先，夢魘的構成由虛（后羿神話中的乾旱）的苦難到實（真實礦災）的苦難。同樣寫的都是苦難，〈最後的王木七〉中的水元素，比〈后羿之歌〉的火更為多元。其次是敘事的主角，前者是天上的英雄（後變凡人），後者是地上的工人（後變幽靈）。由此觀之，陳黎抵抗命運的意志，不再寄託於英雄式的人物，而是憐憫現實中無以抵抗的基層人物，並試圖用詩的語言召喚亡靈。土地是陳黎詩作的核心，即使描寫的是其他元素，也脫離不了因大地重力而生的各種夢魘——詩人在抵抗夢魘的想象中，不斷淬鍊夢想而展現更新的意志。

二、楊澤在《彷彿在君父的城邦》中的內容與《薔薇學派的誕生》雖都迷戀於架空的國度或人物，但在第二本詩集中顯然愛國多於愛人。他雖未真實經歷亡國之痛，但也自造一個城邦，在火劫中與之同殉。焚燒後的餘燼，便成了亡國者的幽靈，乘著柏舟四處流亡於想象的城市。卡繆曾言：「愛是道德的昇華，足以作為這個流放者的祖國。」[99]詩人所要抵抗的，是那些破壞他精神祖國（愛、青春、自由），使他流離失所的外力，可能是快速變遷的工業社會，也可能是時間。愛與詩的生與死在水與火的鬥爭中生滅消長，有時融合為霍夫曼式的酒精幻覺，增強詩人內部的熱能；有時加入空氣元素的動態想象，在風雨飄搖中強化詩人的抵抗精神。

在封閉的時代之中想象苦難，是抵抗的意志，也是存在唯一被

---

[98] 楊澤：〈詩人在青春的歡樂中開始歌唱〉，《人生不值得活的：楊澤詩選》（臺北市：元尊文化，1997年），頁136。

[99] 阿爾貝・卡繆：《反抗者》，頁114。

賦予的自由。約翰・柏格說：「抵抗之舉不僅僅意味拒絕接受荒謬的世界圖像，更意味予以譴責。」[100]正因詩人保有年輕的靈魂，才能在詩的語言中夢想抵抗，譴責世俗的不公與惡俗。

[100] 約翰・伯格：《抵抗的群體》，頁174。

第伍章　我抵抗故我夢想：童年與花園

「引退之所」是人的抵抗，是人性的價值，人類的莊嚴。[1]

經歷兩次世界大戰的卡繆說：「我反抗，故我們存在。」[2]在生存的苦難中，反抗的精神猶如笛卡兒提出的「我思」（cogito），奠定人類存在的價值。克里斯蒂娃反思現今的社會，意識「新世界秩序」不利於今日之反抗；即使如此，面向未來，還是必須相信：「我反抗，故我們將會存在。」[3]生於臺灣戰後第一代的陳黎和楊澤，不斷質問自身的存在及世俗社會的既定價值觀，孕生「我抵抗，故我夢想」的意志。

上一章的結論收束於兩人解嚴前詩作的抵抗精神，是青春獨有的叛逆特質（他們也的確是在二十歲前後創作那些詩篇）。所謂青春的叛逆，乃從「拒絕」中把握自我存在與主體的特殊性，渴望逸離某種社會框架的「理想性支配著青春潛意識」[4]。若將此概念簡而化之，或可理解為網路流行語的「中二病」[5]。然而，筆者對於精神分析學派的立場與巴什拉一致，並不將青春的夢想以精神疾病視之；相反地，肯定其積極面——

[1] 加斯東・巴舍拉：《空間詩學》，頁114。
[2] 阿爾貝・卡繆：《反抗者》，頁38。
[3] 克里斯特娃：《反抗的未來》，前言無頁碼。
[4] 克里斯特娃：〈青春，一種理想性綜合症〉，《克里斯蒂娃自選集》，頁50。
[5] 「中二病」源自日本的網路用語，傳入華語的網路社群亦蔚為流行。此非醫學上的疾病，而是諧稱中學二年級的青少年們，自我中心且總做出自我滿足的幼稚行為，沉浸在不切實際的幻想中。而即使是成人卻擁有上述特質，依舊會被視為「中二病」。

> 想象力致力於展示未來。它首先是一種使我們擺脫沉重的穩定性羈絆的危險因素。我們將會看到某些充滿詩意的夢想是對生活的遐想，這些遐想拓寬了我們的生存空間，並使我們對宇宙充滿信心。[6]

夢想引領詩人離開此時此地，前往騷動靈魂的庇護所，使人學習征服成長與生存之苦痛。是以，在追索「我夢想故我存在」和「我存在故我抵抗」的兩段歷程後，最後由「我抵抗故我夢想」綰合整篇文論。此外，本章在論述的系統上與前兩章稍有不同。先前分述陳黎與楊澤詩中「存在」及「抵抗」的物質化想象，兩人有各自獨立的詩意空間，彷彿相鄰卻互不打擾的關係。有趣的是，當愈接近兩人的夢想核心時，愈能感應到相近的韻律，且共振出更飽滿的能量。此時，我們竟不由自主地被詩人們邀進「引退之所」，同享永恆的美感經驗。

據此，本章敦請兩位詩人於夢想中會面，探究「引退之所」呈現的價值。第一節沉入夢想，重新想象遠離記憶之外的「童年」。第二節回訪心靈的繁花盛開處，有些擺脫重力懸浮於空中，有些超前部署未來宇宙。我們將會發現，詩人在神思漫遊的時空交匯間，安放及滋養其赤子之心。

第一節　嚮往童年的夢想

> 詩人使我們相信：我們童年的所有夢想都值得重新經歷。[7]

童年，對巴什拉而言，非指在心靈的廢墟中挖掘一段記憶，而是透過想象力重建「純真」且「孤獨」的美好存有。這不是要否定

6　加斯東・巴什拉：《夢想的詩學》，頁11。
7　加斯東・巴什拉：《夢想的詩學》，頁135。

回憶的重要性，但為了再次奪取（成長後）被理性禁錮的好奇心，必須藉由夢想結合想象與記憶，喚醒內心嶄新的童年，詩的任務即是如此。可以這麼說，童年如水、火等元素般同屬原型。「縈繞童年的思緒也許是將我們和某些先前狀態相維繫的不可見的紐帶」，[8]上溯存在的源頭與嚮往童年的夢想，最終匯流於相同的河道。

在陳黎和楊澤解嚴前的詩作中，同有嚮往童年的夢想。首先注意到此特性的是張芬齡的〈在時間對面——析陳黎、楊澤的兩首詩〉，文中以陳黎的〈在學童對面〉（1977年）和楊澤的〈書包〉（1978年）為例，分析兩人在處理人生歷程的時間性問題時，會敘述童年的見聞及校園等相關意象，這是相較於前一代詩人更面向現實的例證。[9]

筆者以張芬齡的研究為基礎，加入字思維的脈絡，重新經歷兩位詩人的童年。在其中，意會「純真」與「孤獨」這兩種傾向，並開展雙向的詮釋角度。依循因果的軸線，因為父親的缺席而「孤獨」，反而能在威權的監控之外盡情揮霍「純真」；另一方面，因為「純真」，而與大人世界劃出「孤獨」的界線。或者，無所謂先來後到，並置看待「純真」與「孤獨」，兩者互為表裡且互相補充，於是擴張成猶如少年冒險主題般的歷險記。

一、父親的不在場證明

陳黎與楊澤的整個童年，正好處於臺灣的農業培養工業階段（1954-1968年），[10]有鑒於當時多數家庭「男主外，女主內」的分工型態，父親的缺席乃是常態。夏婉雲引精神分析學派的觀點說

---

[8] 加斯東・巴什拉：《夢想的詩學》，頁145。

[9] 張芬齡：〈在時間對面——析陳黎、楊澤的兩首詩〉，收錄在王威智編：《在想像與現實間走索：陳黎作品評論集》，頁25-37。

[10] 蕭百宏：《臺灣農業政策與農作物生產結構分析》（中國文化大學社會科學院經濟學系碩士論文，2013年），頁15。

明，即使父親在孩童的成長過程中缺席，其威權及形象仍為「難以逃脫的精神的大他者」。[11]然筆者較傾向巴什拉的態度：「我們且把對醫治童年的創傷，醫治壓抑眾多成年人心裡的童年痛苦的關注留給精神分析學吧。」[12]以詩的分析照見想象力的特長，非如醫師般診斷詩人的病灶。

回到詩作，陳黎的〈孤獨記〉（1974年）和楊澤的〈蔗田間的旅程〉（1979年）皆為父親的不在場證明，書寫「童年的我」通過同理母親失去丈夫的孤獨，間接意識到自己缺乏父親陪伴的孤獨。首先摘錄陳黎的〈孤獨記〉如下：

我是水手的兒子
打上一次季風去後，再不曾聽
阿爸講話
一身饑渴看破了日出日落
只好看
送爸回家的風向

那年，留下生銹的長刀在床底
阿爸便携著鋒利的一把出海
阿爸把床鋪在每一床海岸
家裏，家裏僅娘與我的一張
緊緊鎖我在她的懷抱，入眠後
阿娘吻我的臉頰，呼喚阿爸

阿爸的信是一疊過時的月曆
牆上掛著。憑日子死去

---

[11] 夏婉雲：《臺灣詩人的囚與逃：以商禽、蘇紹連、唐捐為例》，頁293。
[12] 加斯東・巴什拉：《夢想的詩學》，頁127。

撕不了幾回秋冬春夏
我只愛上頭，幾張花花的外國郵票
早記不清
阿爸的容貌

緊緊鎖在娘的懷抱
而那夜，她不再呼喚
黑暗裏有一隻粗壯的手，毛茸茸地
伸進夢來
我知道，那不是
阿爸[13]

前兩節，阿爸隨大海和季風飄蕩至遠方，而阿娘和「我」被閒置在家，如生銹的長刀在孤獨中慢慢變鈍。起初，母子兩人還能相擁陪伴，但未知的歸期逐漸消耗等待的耐心。三、四節，陳黎刻意對比「孩童的我」與「成人的娘」如何消化孤獨：前者以純真擁抱孤獨，故能冷靜看待父親的不在場；後者已喪失孩童的純真，相較於接受孤獨，或許更恐懼寂寞。

阿娘只出現在第二節和第四節，都以懷抱緊緊鎖住「我」，改變的是已經不再呼喚阿爸。那隻伸進「夜夢」將阿娘帶走的粗壯毛茸茸的手，隱隱指向阿娘另結新歡。但以實際的角度觀之，人的手如何「伸進夢來」？「夜夢」是無意識的深淵，壓抑著無法在現實達成的缺憾。本文在第一章的第二節已辯證過「夜夢」（le rêve）與「夢想」（la rêverie）的差異，故不在此贅述。如果根據巴什拉

[13] 陳黎：〈孤獨記〉，《廟前》，頁105-107。本文所引雖為1975年之初版，然該版作「留下生銹的長刀『的』床底」，而在《陳黎全集. I：1973-1993》（臺北市：書林，2017年）中被改為「留下生銹的長刀『在』床底」。筆者認為2017年之版本在詩意上比較合理，因此引用時將「的」改為「在」。

對「夜夢」的詮釋，那隻手將化為潛意識深淵裡的妖魔，帶走未能平靜擁抱孤獨的阿娘。

從此跟著老祖母睡覺
叫祖母教我玩阿爸的長刀
揮舞光影間的風向
等候阿爸，携刀
回
家

我是水手的兒子
而祖母說，阿爸
是海的兒子[14]

無論如何，結果是連阿娘也棄「我」而去，剩祖母和「我」等在原處。「我」舞弄阿爸留下的長刀，練習揮出「送爸回家的風向」——「風」和「水」的能量在此處正相抗衡，純真的「我」以為能用「風」操控「水」的方向。從最後一節可看出，「水」的力道顯然強於「風」，物質化的想象宣告「我」孤獨的命運。然孤獨屬於夢想的詞彙，唯有童年尚未通曉人世的純真，才能讓孤獨進到身體，變成夢想。

再談楊澤的敘事長詩〈蔗田間的旅程〉，為《彷彿在君父的城邦》1980年二版的新添之作，藉憶起搭乘糖廠南迴小火車的母子之旅，娓娓道出母親艱苦坎坷的一生。由於本詩篇幅稍長，故將內容摘要如下：「我」仍記得，童年時曾和母親從嘉義至羅東尋父。那是天光漸破的清晨，在黯淡的老舊糖廠車站，有位總是穿著灰色工

---

[14] 陳黎：〈孤獨記〉，《廟前》，頁107。

作服的中年剪票員，以及一同候車的蔗農蔗婦們。小火車在蔗田間長鳴，而母親的大手總是緊握著「我」的小手。母親婚前遠適異地，彈琵琶賣藝以償父債；婚後丈夫常年不在家，必須做雜工照料一家生計。父親於海口的小鎮從事野臺戲的表演工作，下戲後在後臺顧著賭牌玩樂。即便妻小奔波而來，父親只是騎著別人的腳踏車，送他們去車站，或承諾一些什麼。某年的大火燒夷羅東的戲園，父親化為其中的焦土。多年後戲園重建，長大成人的「我」在行經蔗田的車途中，似乎尋得母親辛酸又縹緲的琴音。

〈蔗田間的旅程〉雖為敘事長詩，但如巴什拉之言：「夢想並不講述故事。」[15]若將詩視為夢想的載體，便不建議當做事件來分析，而是在其中再次發現屬於孩童的「純真」與「孤獨」。楊澤重新想象童年的企圖昭然：

> 多少年後，當我重歷
> 屬於童年的，祕密而感傷的旅程
> 當小火車孤獨的在大塊大塊蔗田間奔跑，汽笛
> 發出長長的鳴聲，晨霧散盡[16]

這段蔗田間的旅程要被「重歷」，且再次感受「屬於童年」的孤獨。孤獨部分源自父親的缺席，反映在童年的詩中則為面對父親的陌生感，比如陳黎〈孤獨記〉：「早記不清／阿爸的容貌」[17]，楊澤〈蔗田間的旅程〉亦多次寫道：「我在夢中努力辨認著他的臉」[18]、「母親遙指一張紅白分明的丑角面孔——那就是我幾乎無法辨認的父親」[19]、「在擁擠的人群中，我畏生地／緊立母親身

[15] 加斯東・巴什拉：《夢想的詩學》，頁127。
[16] 楊澤：〈蔗田間的旅程〉，《彷彿在君父的城邦》（1980年二版），頁177-178。
[17] 陳黎：〈孤獨記〉，《廟前》，頁106。
[18] 楊澤：〈蔗田間的旅程〉，《彷彿在君父的城邦》（1980年二版），頁164。
[19] 楊澤：〈蔗田間的旅程〉，《彷彿在君父的城邦》（1980年二版），頁173。

旁，看著／在遠遠戲臺上，陌生的父親」[20]。

另一部分的孤獨，透過同理母親的遭遇傳達而至，恰恰呼應「孩子通過成年人認識到苦難」[21]的說法。由於與「不在場的父親」相對的是「在場的母親」，母親失去丈夫的孤寂比「我」更甚。「當小火車緩緩鳴笛開動／他轉身背向離開／我似乎看見了母親眼中的淚光」[22]、「彷彿是昨日的事，我的母親／聆訊暈倒於大廳的供桌前」[23]，楊澤利用「生離」和「死別」兩個場景，強烈渲染母親的悲情。

於是，父親缺席的空白被和母親的孺慕相依所填補。陳黎有許多短詩寫出對母親的依戀，如：「小時候／月亮是母親好看的臉龐／你看著月亮，吸吮母親胸前的月光」[24]、「黏黏白白手裏這房東給的一只粿仔粽／我居然驚訝／居然再吃不到阿母胸前繫住底／肉／粽」[25]。楊澤直接承認：「當年的我不單是相當孤僻的叛逆小孩，也是所謂『母親（溺愛）的小孩』（mother's boy）。」[26]事實上，無論真實童年中父親在與不在，於詩必得「無父」才能名正言順的傾向「阿尼瑪」[27]的陰性斜坡，一如楊澤詩中的瑪麗安為陰性分身——詩的夢想是陰性的夢想。詩人在重歷孤獨的童年時，同時還原依偎在母親身旁的安全感。母親以肉身餵養孩童的純真，替「我」承擔大部分的負面情緒，使之平靜面對「無父」的孤獨與徬徨。

---

[20] 楊澤：〈蔗田間的旅程〉，《彷彿在君父的城邦》（1980年二版），頁174。

[21] 加斯東・巴什拉：《夢想的詩學》，頁127。

[22] 楊澤：〈蔗田間的旅程〉，《彷彿在君父的城邦》（1980年二版），頁175。

[23] 楊澤：〈蔗田間的旅程〉，《彷彿在君父的城邦》（1980年二版），頁165。

[24] 陳黎：〈望月〉，《廟前》，頁21。

[25] 陳黎：〈端午〉，《廟前》，頁35。

[26] 楊澤：〈詩人在青春的歡樂中開始歌唱〉，《人生不值得活的：楊澤詩選》（臺北市：元尊文化，1997年），頁132。

[27] 巴什拉認為「阿尼瑪」代表陰性的安寧與孤獨，能將人從權力的鬥爭中釋放而出，並滋潤心靈。所以夢想的詩學，就是「阿尼瑪」的詩學。見氏著：《夢想的詩學》，頁80-82。

當詩人試圖回溯童年，必須重建各種感官細節。正因為楊澤的〈蔗田間的旅程〉是長詩，才有更多的篇幅調度想象與記憶纏繞的官能活動。「我」清楚記得，和母親的火車旅程中所見的種種，包含「穿戴整齊的母親」[28]、「晨霧包圍的糖廠車站幽微暗淡」[29]、「總是同樣一個／穿著灰色工作服的中年剪票員」[30]、搭乘同一班列車的蔗農蔗婦們「黎黑的皮膚發出靜謐的光澤」[31]。聽見剪票口的柵門被拉動時發出的咿呀聲、小廟前「喧天的鑼鼓聲」[32]，以及父親用腳踏車載「我們」去搭車時，一路吱呀作響。藉著夢想，重新找回親切的氣味，像是乘車時「混合著蔗田與汗酸的一股莫名的氣味」[33]，和海口小鎮「充滿刺鼻的腥味與鹽份」[34]。知曉父親死訊那日，「在早已生黑的厨房內，我們面對面／默默的吃著清粥和醬菜……」[35]飯菜之味雖淡，想象卻濃烈。母親在旅程中一路的陪伴——不論是蔗田的旅程，或滲入詩人的生命旅途——都被「我」以觸覺的感官形式所銘記，「我發現自己的小手在母親／大手的緊緊擁抱裏……」[36]、「在昏黃的燈泡下模糊的感覺到／母親探詢的手……」[37]。

巴什拉說：「想象、記憶、詩三者的聯合，在此應有助於我們將這人類現象，即孤寂的童年、宇宙性的童年，歸入價值觀的範圍內。」[38]陳黎的〈孤獨記〉和楊澤的〈蔗田間的旅程〉，藉由再次想象童年，指認父親不在場的「孤獨」，卻也因此保有「純真」；

---

[28] 楊澤：〈蔗田間的旅程〉，《彷彿在君父的城邦》（1980年二版），頁166。
[29] 楊澤：〈蔗田間的旅程〉，《彷彿在君父的城邦》（1980年二版），頁166。
[30] 楊澤：〈蔗田間的旅程〉，《彷彿在君父的城邦》（1980年二版），頁167。
[31] 楊澤：〈蔗田間的旅程〉，《彷彿在君父的城邦》（1980年二版），頁168。
[32] 楊澤：〈蔗田間的旅程〉，《彷彿在君父的城邦》（1980年二版），頁172。
[33] 楊澤：〈蔗田間的旅程〉，《彷彿在君父的城邦》（1980年二版），頁168。
[34] 楊澤：〈蔗田間的旅程〉，《彷彿在君父的城邦》（1980年二版），頁172。
[35] 楊澤：〈蔗田間的旅程〉，《彷彿在君父的城邦》（1980年二版），頁165。
[36] 楊澤：〈蔗田間的旅程〉，《彷彿在君父的城邦》（1980年二版），頁168。
[37] 楊澤：〈蔗田間的旅程〉，《彷彿在君父的城邦》（1980年二版），頁177。
[38] 加斯東・巴什拉：《夢想的詩學》，頁135。

另一方面，亦彰顯母親護衛孩童的「純真」，於是孩童能在「孤獨」中盡情夢想。

二、大人世界的另一邊

因保有「純真」，使孩童能在「孤獨」中夢想，隔絕於大人世界之外。「大人」與「小孩」不僅是年齡上的差異，也包含價值判斷的對立，此亦為多數文學作品的命題之一。法國作家安東尼・聖修伯里（Antoine de Saint-Exupéry, 1900-1944）家喻戶曉的著作《小王子》，有一段精準描述大人與小孩間思想之異的情節，節錄如下：

> 要是你對大人說：「我看到一棟美麗的玫瑰紅磚房，窗前有天竺葵，屋頂上有白鴿⋯⋯」大人沒辦法想像那是一棟怎樣的房子。你得跟大人說：「我看到一棟價值十萬法郎的房子。」這下大人就會大叫出聲：「哇！好漂亮啊！」[39]

想象力在成長的過程，逐漸被世俗社會所磨損，故而大人的價值準則只剩可衡量的數字，此乃古今中外皆然之現象。安東尼・聖修伯里（Antoine de Saint-Exupéry, 1900-1944）在《小王子》的序言提到：「所有大人都曾經是小朋友。（可是只有很少大人會記得這一點。）」[40]「記得這一點」的大人，是仍保有夢想之權利的大人，而夢想之權利就藏於赤子之心。對巴什拉而言，「當詩人使我們體驗童年、啟發我們重新體驗我們的童年時，不斷發展的童年是鼓舞詩人夢想的動力。」[41]如果詩人願意夢想童年，他勢必站在大

---

[39] （法）安東尼・聖修伯里（Antoine de Saint-Exupéry）著；繆詠華譯：《小王子》（臺北市：二魚文化，2015年），頁45-46。

[40] 安東尼・聖修伯里：《小王子》，無頁碼。

[41] 加斯東・巴什拉：《夢想的詩學》，頁177。

人世界的另一邊。

至於介在大人與小孩之間的青（少）年，淤陷半個大人、半個小孩的膠著狀態，正如楊澤所形容的：「一方面，年輕人希望永保赤子之心；但同時又盼望，很快就可以像街上的成人一般。」[42]部分試圖融入大人世界，部分對大人世界依舊抱持諸多不解。且看歌德（Goethe, 1749-1832）《少年維特的煩惱》中主人公對俗世的抱怨：

> 此處可見表面光鮮亮麗，實則乏味無趣的愚蠢俗人！他們爭名逐利，彼此提防，處處戒備，只為能捷足先登，赤裸裸展現出可悲至極的卑劣慾望。[43]

大人世界的價值觀幾乎等同於重物質而輕想象、重名利而輕道德的「單向度社會」[44]，尤其在都市化後更顯極端。根據簡政珍的觀察：「股市、房地產、競選使不少人的心情，正如MTV廣告牌上的霓虹燈。詩人在這表象的繁華中看到人文命運的坎坷。」[45]當詩人對俗世有所警覺便顯現於詩，恰巧回扣本論第參章的論點——陳黎和楊澤解嚴前的詩作中，[46]由「水／鏡」所現形之景，反映當時政治上的封閉和都市化的陣痛。

確實，唯有詩人的赤子之心，才能照鑑大人世界的荒誕，同時

---

[42] 楊澤：〈詩人在青春的歡樂中開始歌唱〉，《人生不值得活的：楊澤詩選》，頁131。

[43] （德）歌德（Johann Wolfgang von Goethe）作；管中琪譯：《少年維特的煩惱》（新北市：野人文化，2018年），頁107。

[44] 單向度社會指的是，當代工業社會以其資本壓制社會中的反對聲音。當人們滿足於眼前的物質生活，便會失去想象其他生活的可能，喪失否定和批判的能力。參見：（美）赫伯特・馬庫塞（Herbert Marcuse）著；劉繼譯：《單向度的人——發達工業社會意識形態研究》（臺北市：桂冠圖書，1990年），頁2-5。

[45] 簡政珍：〈「現代詩」和詩的都市化傾向〉，《詩的瞬間狂喜》，頁80。

[46] 參見第三章所論及，陳黎的〈我怎樣替花花公子拍照〉、〈都城記事〉，楊澤的〈短歌〉、〈這是犬儒主義的春天〉等詩作，本章對此不再贅述。

卻也不被俗世所容。比如陳黎的〈秘雕〉，寫出揭發弊端者反而成為眾矢之的的無奈：[47]

在清晨的夢中看見自己
再度回到童年的國民小學
背著比身體還長的書包，大聲指控
那幫著校長剋扣我們鮮奶的校工

酥肥的陽光下突然蒼白起來的隊伍中的學童
一個個，對著我，驚愕地鬆落了手中的茶杯
在我繼續揭發以後我們所用的初中美術高中音樂工藝課本
等等都同樣縮水變肥時
憤怒地反控我欺騙

背著遠方升旗臺上美麗的國旗
我聽見整個大學開動它的擴音系統大聲攻伐我
在走向腐敗偽善的青春的路上
我看見最要好的我的童年友伴一個個驚愕地與我錯身而過
看見最勇敢且愛我的老師在遠方的水池邊無奈地落淚
支持支持我
直到瘖啞得不能再瘖啞的我的聲音
自動失蹤於自己的夢裡[48]

若說童年是詩意之核，而校園又是協助（或限制）陳黎自我凝

[47] 張芬齡解釋，詩題「秘雕」其實源於一個社會案件：「一名綽號『秘雕』（黃俊雄布袋戲『雲州大儒俠』中一名面醜背駝、亦正亦邪、武功高強的人物）的計程車司機揭發警察收賄的內幕，結果被拘提偵訊，進而扣押。」見氏著：〈註釋〉，收錄於陳黎：《小丑畢費的戀歌》，頁185。

[48] 陳黎：〈二九八四〉，《小丑畢費的戀歌》，頁14-15。

視的「水／鏡」之處，兩相套疊之下，便能解釋為何陳黎嚮往童年的夢想多繫結於重返校園的詩作。當陳黎重新想象童年時，他回到國民小學，卻發現大人世界的敗壞。第一節指控兩個大人，一個是奪取孩童們成長所需營養的「校長」，一個是幫兇的「校工」，顯示這間學校的大人由上至下都在腐化。第二節以「初中美術高中音樂工藝課本」，暗指求學階段的轉變。不變的是，提出問題的人反而成為異端——為了學童們的權益舉發不義的是「我」，而犯錯的是校長等握有權力的其他大人，但同儕們的反應是「驚愕」且「憤怒的反控我欺騙」。由於童年的純真，給予「我」指控的勇氣，但也使「我」被孤立於人群之外。第三節描述的孤獨，是沒有夥伴的孤獨。不論「我」如何呼喊「支持我」，「最要好的我的童年友伴」和「最勇敢且愛我的老師」，最終選擇站在「我」的另一邊。順著小學一路到大學，原來所謂成長，竟是「走向腐敗偽善的青春的路上」。當「我」堅持正義不願同流合污，便會背對「國旗」，暗示校園之事乃整個國族社會的縮影。

陳黎所厭惡的大人世界，大致與楊澤相差無幾。楊澤在〈請眾同禱〉祈求：「但是神啊，請切莫罰我——／罰我變成一個拍蒼蠅掩護老虎的政客／或苟苟蠅蠅的貪商」[49]其中的「政客」與「貪商」，似乎與陳黎〈秘雕〉中的「校長」與「校工」不謀而合，皆做出為了私利而不擇手段之惡行。楊澤自言：「年輕人的『純真』也許就在於，他對謊言、對偽善的痛恨。」[50]然而，楊澤不禁反思，大人與孩童必然是「腐敗偽善」與「天真無邪」的二元對立嗎？只收錄於初版《彷彿在君父的城邦》的〈童話〉，便從此角度提出疑惑與思索：

---

[49] 楊澤：〈請眾同禱〉，《彷彿在君父的城邦》（1980年二版），頁38。初版的文句與二版稍有不同，此處引用二版。

[50] 楊澤：〈詩人在青春的歡樂中開始歌唱〉，《人生不值得活的：楊澤詩選》，頁134。

> 在那一剎——瑪麗安，生命的悲情使我迅速與世界上的所有好人緊緊的站在一起；雷同於童年的，我深深陷入了簡單素樸的善惡二分法裡，呼喊著，要求詩的正義。我想像著遠方，童話裡的遠方，烏鴉的黑，天鵝的白，所有的好人都紛紛起來反抗壞人的壓迫，建立了一個偉大的國家；我想像愛在他們中間生長、散佈，像金黃色的陽光日日更新，像四季的果實開花成熟；我想像，瑪麗安，地球的榮耀時刻再度降臨，偉大的年代重新開始……
>
> 可是——瑪麗安——我難道錯了嗎？……[51]

童話是兒童的讀物，登場角色非黑即白，內容多傳達正義必勝的單純價值觀。在童話中，所有好人站在同一陣線，起身反抗壞人的壓迫。好人們建立了新的秩序，有愛、有日光，且四季順調、果物豐沛。然而，詩人擔憂若以童話的思維來閱讀大人世界，便會「陷入了簡單素樸的善惡二分法裡」，恰如瑪莎・努斯鮑姆（Martha C. Nussbaum, 1947-）在《詩性正義》中所言：「我們的社會到處都充斥著對帶著同情和憐憫去想像彼此的拒絕，充斥著我們每個人都無法避免的拒絕。」[52]當好人們的國度過度推崇陽光，被拒絕的夜晚該何去何從？

> 或者，我真的錯了，瑪麗安。這世界上並沒有所謂的好人，我們——我們同是一顆壞蘋果樹上所結的壞果子。像蘋果樹站在蘋果林中，瑪麗安，我們站在人群中，因為我們所製造的無數殺伐征戰，謀殺以及再謀殺，而感到羞辱的痛苦烙印……

---

[51] 楊澤：〈童話〉，《彷彿在君父的城邦》，頁41。此詩在二版已被刪去。

[52] （美）瑪莎・努斯鮑姆著（Martha C. Nussbaum）；丁曉東譯：《詩性正義——文學想像與公共生活》（北京：北京大學出版社，2010年），頁8-9。

> 瑪麗安，我們是因，也是果。我們是殺人者，我們也是被殺的人。我們是這樣恰切地承受了我們的悲劇……[53]

第二節，楊澤反省前述過於天真的童話想象，在現實的大人世界裡「並沒有所謂的好人」。人類本身就是秩序的破壞者，製造無數的「殺伐征戰」。「我」也屬於人類的群體，自然背負著與眾人一樣的罪孽，「承受了我們的悲劇」。卡繆曾批判浪漫主義：「因為命運混淆善與惡，人無力辯說；命運摒除價值判斷，以一句『就是如此』為一切的藉口。」[54]年輕的楊澤在詩中顯然無法處理倫理學的大命題，除了歸結於人類的命運或悲劇之外已別無他法。

> 或者——瑪麗安，我可以這樣說嗎——世界上也並沒有壞人，有的祇是迷途的好人。是的，在我的眼裡，瑪麗安，這世界上並沒有所謂的大人，有的祇是一張張迷途的小孩的臉……
>
> 在迷途上，瑪麗安，你是否和我一樣覺得孤獨？在迷途上，瑪利亞，我們如何找回失散多年的兄弟……
>
> 瑪麗安，我難道又錯了嗎？假如我說童話，童話以及愛……[55]

末節試圖模糊童話中非黑即白的二分法，尋找灰色地帶的可能性。壞人有可能是迷途的好人，大人亦可能是迷途的小孩——「我們」不過是在生命中迷路的人。實際上，迷途並不能解釋善惡的倫理學問題，楊澤以抒情的語調掩飾立論的薄弱。楊照指出，「雄辯」是楊澤詩的基礎，詩人設下問題並給予答案，當答案說服力

---

[53] 楊澤：〈童話〉，《彷彿在君父的城邦》，頁41-42。
[54] 阿爾貝・卡繆：《反抗者》，頁64。
[55] 楊澤：〈童話〉，《彷彿在君父的城邦》，頁42。

不足時，就用各種技巧誘迫讀者接受。[56]筆者認為，〈童話〉於情於理都不具有完整的夢想質地，甚至暴露了在該嚴肅時「感歎嬌柔」[57]的弱點，或許因此才在二版被刪去也未可知。然此詩的價值在於年輕詩人純真的悲憫，明明孤獨於大人世界的另一邊，卻願意想象溝通的可能。

綜上而論，不論是指控大人劣行的陳黎，或是從童話中尋找迷途大人的楊澤，皆以赤子之心調和童年的純真與孤獨，抵抗大人世界的惡俗。

三、守護童真之歷險記

前文提及，母親守護孩童的「純真」；但為了讓孩童適應大人世界，身為大人的母親有時亦不得不以社會性規訓孩子。對此，巴什拉說：「一旦孩子到達『理性的年紀』，一旦他失去想象世界的絕對權利，母親也像所有的教育者一樣，把教導他成為『客觀的』處事者為己任。」[58]陳黎在散文曾憶及：「母親從來不喜歡我寫詩，除了有一次參加報社徵詩領到的鉅額獎金。她一直想不通寫詩到底跟生活，跟快樂有什麼關係。」[59]如果不能換取金錢，單向度的大人難以想象詩歌的價值。無論如何，當孩童逐漸成長，終將離開母親，「孤獨」經歷柴米油鹽的磨難時，「純真」的存亡便面臨極大的考驗。楊澤自言：「離開母親，被迫去孤獨面對七情六欲及不確定的人生，這是『自我傳奇』，也是詩的啟程點。」[60]所謂

[56] 楊照：〈夢與灰燼〉，收錄於楊澤：《人生不值得活的：楊澤詩選》，頁154。
[57] 簡政珍：〈楊澤論〉，收錄於簡政珍、林燿德主編：《臺灣新世代詩人大系》，頁360。
[58] 加斯東・巴什拉：《夢想的詩學》，頁137。
[59] 陳黎：〈子與母〉，《人間戀歌》，頁146。
[60] 楊澤：〈詩人在青春的歡樂中開始歌唱〉，《人生不值得活的：楊澤詩選》，頁132。

「自我傳奇」，即詩人「守護童真之歷險記」。

在楊澤解嚴前的詩作中，迷走異鄉似的流亡昭然為重要的命題，此肇因於對國族認同的不確定性，以及反叛當時的世俗價值。其中，部分的旅程用以處理時間的變遷與成長的徬徨，比如〈書包〉、〈青鳥〉等作。先以〈青鳥〉為例，摘錄前三節：

在時間長長的演繹裏
瑪麗安，我們多麼像兩名迷途
荒野的孩童，我們讀過的童話
並不能指示遠處：夜黑的深林與
發光平原的含意。
我們讀過的童話，瑪麗安
多麼像我們眼中幽微顫抖的兩朵星光
在黑暗的絕壁上摸索，神的旨意
要我們在何處露宿，年幼瘦小的肢體……

在時間長長的演繹裏
瑪麗安，我們正在學習辨認
光與黑暗的象徵和寓言
我們正在學習摸黑行走，不再
童年一樣的害怕。
瑪麗安，我們正在等待
成長與智慧，露宿在石南花的荒野。

露宿在石南花的荒野，一隻青鳥
曾引領我們走過無人的海岸線，一隻青鳥
在黃昏的前方低飛，引領了我們的走失。
瑪麗安，在大人腐敗的玩具外，海曾如此的

> 驚嚇了我們，在我們的左手外排空嘯湧
> 等我們越過晚霞的林叢走到
> 這片荒野，我們的疲倦與無助
> 彷彿失去了一千隻青鳥……[61]

相對於宇宙的長時間演繹，個人的成長史好似「迷途荒野的孩童」。正因為荒野之大，該擇何方露宿休憩，是每位旅人必經的考驗。然而，童話並不能指示孩童夜黑的深林與發光平原的含義。承前所述，楊澤在初版《彷彿君父的城邦》中，有〈童話〉一詩思索善惡的倫理學問題。若將兩詩合而觀之，便能理解「童話」無法指引迷途的孩童，辨認人世間的諸多價值對錯。黑暗與光明，並非善惡二分的童話所能「指示」，要靠自我的「摸索」和「學習辨認」才能領會「成長與智慧」。

第三節出現一隻引領前進方向的「青鳥」，邀請空氣元素的想象進入詩中，供給自由的幸福能量。筆者以為，「青鳥」象徵詩人欲守護的「童真」，因為「在童年時代，夢想賦予我們自由」[62]，但又不至於迷失於塵世間混亂的價值中。隨著青鳥，行經「無人的海岸線」和「晚霞的林叢」，且目睹「大人腐敗的玩具」，再回到「石南花的荒野」——這一路上或可視為孩童歷險的心路歷程。

再看〈書包〉，整首詩以夢境建構一名小孩的遇難記，夢境的開始和結束均綰結於「書包（中的詩集）掉了」。張芬齡認為，「書包掉了」對孩童而言的意義是，「使他和這個安詳穩定的世界失去了聯繫，迫使他向另一個陌生的世界去探索追尋。」[63]該說法正呼應楊澤「自我傳奇」的起點，不過另一個世界在詩人的筆下著

---

[61] 楊澤：〈青鳥〉，《薔薇學派的誕生》，頁123-125。
[62] 加斯東．巴什拉：《夢想的詩學》，頁129。
[63] 張芬齡：〈在時間對面——析陳黎、楊澤的兩首詩〉，收錄在王威智編：《在想像與現實間走索：陳黎作品評論集》，頁27。

實危機四伏。

茲摘錄〈書包〉的第二節如下：

> 一個被遺失在百貨公司六樓的
> 孩童，充滿驚惶、恐懼的小臉像
> 一張被揉縐的紙團，斷續的哭聲
> 迅速被洶湧的擴音機與人潮淹沒。
> 我看見，一個端著掃刀的大漢如乩童一般
> 在鬧區的街心中狂行走，沒有人敢接近，當
> 一個形色腌臢的人從暗中走出，抓住我的手
> 要我跟他到一個地方去。我看見
> 帶鐵面的工人在路旁的工地操作氫氧吹管，引起大火
> 高架的巨幅電影廣告在人群上方停了一秒，猝然倒塌
> 我看見——滿街奔跑許多焦急的父母紛
> 紛尋找他們二十年前遺失的小孩
> 我進入——
> 一個更廣大神祕的世界：彷彿站在
> 華西街的一家蛇店面前。殺蛇者
> 從萬頭攢動的蛇籠中抓出一條昂首
> 吐信的大青蛇，一番喃喃之後
> 讓那蛇團團纏住他的整個身體……[64]

由三組被動句表示不能自主的身不由己，「我」在夢境的百貨公司中「被遺失」、「被揉縐」、「被淹沒」，主詞很有可能影射「命運」或「成長」——時間不可逆，因此若說人類是「被迫長大」亦不為過，被命運蹂躪之感不僅似「被揉縐的紙團」，還求救

---

[64] 楊澤：〈書包〉，《彷彿在君父的城邦》，頁61-63。

無門。「我」身旁所見的一切，諸如「端著掃刀的大漢」、「形色腌臢的人」、「帶鐵面的工人引起大火」、「倒塌的巨幅電影廣告」等，都是都市中所潛藏的危險因子。「一個形色腌臢的人從暗中走出，抓住我的手／要我跟他到一個地方去」，我「被」形色腌臢的人拖走，回應本節開頭被動句的主詞是「形色腌臢的人」；換言之，「形色腌臢的人」乃「命運」或「成長」的具體輪廓。

「我」在命運的擺佈下，見到扭曲而詭魅的都市——工人為了蓋高樓或建設城市的工地，商人為了賺取更多收益的電影廣告——焚毀與崩塌只消一瞬。而「我」只能受困於此，迷失之恐懼恰如巴什拉在《大地與休息的夢想》中提出的迷宮意象：「將迷途者的情感系統化，連結於無意識的路徑，乃再現迷宮的原型。在夢中艱困行走，是迷途者的不幸體驗。」[65]在迷宮中的徬徨與躊躇，隱然成為人生的隱喻——人的一生都在迷路、找路。險象環生之際，「我」看見許多尋找小孩的父母，而這些小孩早在二十年前就已遺失，指涉尋子的大人們期望喚回的其實是二十年前失落的童真。

後來，「我」被帶到華西街的蛇店，殺蛇者的描述更是耐人尋味。蛇的意象在楊澤另一首詩作〈兩頭蛇〉亦曾出現，全詩抄錄如下：

> 這是所有在迷途流浪的小孩往往會碰到的——
> 橫阻在路面中央，一條
> 與草同綠，與天同青
> 與小孩眼睛同藍的兩頭蛇
> 正昂首注視著他：
>
> 「我就是傳說中的那條蛇。所有

[65] ガストン・バシュラール著：《大地と休息の夢想》，頁214。

見到我的人都將
不幸死去。」

這是所有在人生的迷途上流浪的小孩往往會碰到的——
我坐在路旁的樹幹哭泣
因為我已經見到了
（越過它眼中的生生死死）
一條象徵罪惡與絕望的兩頭蛇[66]

此詩挪用東漢・王充《論衡》中「孫叔敖埋兩頭蛇」的故事設定——見兩頭蛇死。[67]以蛇的不祥之兆所敷衍的傳說，除了中國，在希臘神話亦有頭上長滿蛇的女妖梅杜莎，但凡與她目光相交者必會石化而死。再者，蛇是一種只能於地面上緩慢匍匐前進的動物，帶有辛勞、恐怖和冷血的形象，在巴什拉的土論乃迷宮意象的變形。[68]綜合兩者，詩中橫阻於路面的二頭蛇，聚攏死亡、辛勞、恐懼和走失等等意涵，道盡每個人在成長過程中將會面對的苦難（這是所有在人生的迷途上流浪的小孩往往會碰到的——）。若再納入土地想象的梅杜莎情結來討論，第二節描述的「不幸死去」，不只是生命的消逝，更令人恐懼的是「赤子之心」遭受石化。孩童的純真與孤獨被封印，淪為對世間萬物都僵化無感，這豈不正是詩人最不想長成的大人？第三節表明，「我」已經見到了那條二頭蛇，可見詩人未有自信能在成長的歷險記中守護童真。

楊澤以上三首詩，以迷途荒野或迷宮等意象，在在顯示若不守護童真，極有可能隨著長大而消逝。守護童真歷險記的場景，在陳黎解嚴前的詩中，通常被設定在校園，且看〈教室〉一詩：

---

66 楊澤：〈兩頭蛇〉，《彷彿在君父的城邦》，頁145-146。
67 〔漢〕王充：《論衡》卷二（北京：中華書局，1985年），頁60。
68 ストン・バシュラール著：《大地と休息の夢想》，頁265。

像艱深的指法亟須練習
鐘響時她正以莖葉的構造追問學生
銅色的光軸輕滑入窗內
她的心掉進深邃的植物學裡，不曾察覺
這黃昏迅速

有一本唸不完的書，像花香，在她的記憶
初遇的學名新奇如只有標題的音樂
她想到一座大鍵琴，她的老師在黑板
為她彈奏：悅耳的粉筆
墜落——

銅色的光軸幾時跟著孩子們溜出教室？[69]

第一節的第一句「像艱深的指法亟須練習」，由於缺乏喻體使我們暫時無法判讀其中意涵。接著出現的「她」似乎是名生物老師，如所有單向度的大人一般，即便已經鐘響，仍不放棄灌輸且追問學生課本內的知識，此行為或許「像艱深的指法亟須練習」？光軸輕移與黃昏迅速，調動時間的魔術，使「她」重返學童時期。但「不曾察覺」是能否守護童真的關鍵，倘若「她」能從深邃的植物學裡，察覺記憶中對新知識充滿好奇的自己，那麼課室的一切彷彿將成為大鍵琴的演奏會。此時，我們方能意會第一句「像艱深的指法亟須練習」之意——亟須練習的是守護童真，並站在學童的立場引導他們，但這著實艱深困難。

陳黎於大學畢業後在國中任教，故而師與生、大人與小孩的身分換位，為解嚴前詩作多加著墨的主題。本論在第參章曾引〈在學

[69] 陳黎：〈教室〉，《動物搖籃曲》，頁59-60。

童對面〉，是詩人以英文老師的身分反思教育與成長的代價。所論述的第二節前半，情節為放學前有學生向老師請教英文問題，於是詩人寫道「我也曾耐心如池塘／困惑一如現在」[70]。此刻學生與老師在池塘的意象中收聚為一體——詩人頓悟自己也曾是充滿困惑的學生。本節承續前文所述，再論該節的後半，在詩人解惑之際，有比學童年齡更小的稚子入侵校園，攀折掃地區域的花木還踐踏草皮，然詩人卻驚愕於孩童的純真。據此，張芬齡的詮釋非常貼切：「在生命的射線上，學童和老師的位置都已脫離草地的範疇，朝著新的領域前移，這新的領域就是禮教規範所建構而成的世界。」[71]對於陳黎而言，接受校園的教育確實有助於融入大人世界，但卻必須以童真為交換的代價。

是以，守護童真的孤獨過程如歷險記一般——或者這麼說，成長即冒險——有時陷入價值交換的兩難，有時必須提防埋伏於成長周邊的敵意，就算身處相對安全的校園也不能掉以輕心。當我們成功守護「赤子之心」，便能時時「投宿童年旅店」[72]。

第二節　空中花園的夢想

極小的事物，無異於狹窄的大門，開啟整個世界。[73]

我們能否從一朵花想象整座花園？對於巴什拉而言，這個答案絕對是肯定的，因為在想象的世界中「巨大源於微小」[74]，此乃空間向度的解放。為了證明這個觀點，巴什拉在《空間詩學》中，以

---

70 陳黎：〈在學童對面〉，《動物搖籃曲》，頁85。

71 張芬齡：〈在時間對面——析陳黎、楊澤的兩首詩〉，收錄在王威智編：《在想像與現實間走索：陳黎作品評論集》，頁32。

72 陳黎：〈在學童對面〉，《動物搖籃曲》，頁82。

73 加斯東・巴舍拉：《空間詩學》，頁246。

74 加斯東・巴舍拉：《空間詩學》，頁245。

兩個章節分別辯證「微型」與「浩瀚」的詩意夢想，指出：「當我們細查浩瀚感的意象時，精微與浩瀚是相容的。詩人總是準備好要在微小處讀出廣大。」[75]換句話說，若我們愈深掘詩人私密的引退之所，愈能感受詩意空間的浩瀚，乃至無疆界的延展。

前一節回溯詩人的夢想之核——童年——其中的「純真」與「孤獨」為抵抗世俗社會的魔法。當他們重新想象童年時，便能自由穿梭時間，找到一片安寧的淨土。這片淨土可以是地面或空中的花園，甚至超越現存時空，邁向未來和宇宙。不過與前一節相比，本節只能算是附在文論最末，關於夢想的一個「小」補充。為何以「小」言之？回到上一段「微型」與「浩瀚」的論證，照理來說，兩者相容而不衝突。就兩位詩人解嚴前的詩作整體觀之，假設童年之核屬於詩意的微型，讀者將期待被這些夢想帶去浩瀚的新世界；而實際上在他們解嚴前的詩中，卻只呈現新世界的大門，未能清楚成型。預期之「大」與實存之「小」，便成兩人詩作共同的弔詭之處。

由於本論的研究範疇是陳黎和楊澤解嚴前的詩作，即三十歲前的作品，就詩人的創作生涯可視為詩藝的萌發與淬煉階段，此般「弔詭」在解嚴後的作品有所變形亦未可知。是以，在本文之尾，討論空中、花園、未來、宇宙這四個「大」意象中的「小」概念，並針對前述疑點提出可能的回應。

一、空中／花園

〈空中花園〉是楊澤第一本詩集《薔薇學派的誕生》中的開卷之作，分列四點說明「空中花園」的空間概念。在排版上採由左至右的橫排，比起之後直書的詩篇，更像是薔薇學派的宣言。全詩抄錄如下：

---

[75] 加斯東・巴舍拉：《空間詩學》，頁263-264。

1. 我在1977年的春天在地下鉄的小站看到空中花園的花季poster時大多數人已然去過而且回來了。
2. 以後我迅速的發覺在我居住的城市委實只有兩種人：一種是去過空中花園的，一種沒有去過；而沒有去過的人委實是並不存在的。
3. 我迅速的發覺：空中花園是我們可能去過的最遠的地方；空中花園是我們生存的邊界，是同歲月，季節，黃昏，夜晚一樣獨立堅固的事物；而這也就是為什麼我們在空中花園遍植無神論的花樹的原因。
4. 我迅速的發覺：空中花園已成為我們的詩，我們唯一的宗教。[76]

第一條寫道，「我」在「地下鐵」看到「空中花園」的海報，可敷衍出「地下」與「空中」的垂直性想象；第二條以曾到過「空中花園」為否，將人分為兩類，並強調「沒有去過的人委實是並不存在的」——即使我們居住在「地面」的城市，但大多數的人都曾上過「空中」，並又再回「地面」。根據巴什拉《氣與風》中上昇與下墜的觀點，若「空中花園」指涉人們對自由的夢想，則代表沒有人不曾嚮往自由，只是最後依舊返回現實。三、四條的開頭皆為「我迅速地發覺」，發覺空中花園是遠方、永恆和詩的集合體，是信仰但非神祇。

陳允元論及：「楊澤仍把『詩』視為其『空中花園』的載體，一個純粹的、封閉的、自我完足的自律領域，一種信仰。」[77]陳香穎補充，空中花園除了接納楊澤的信仰，亦是愛的所在，以及詩人對於藝術價值的肯定象徵。[78]爬梳至此，陳允元和陳香穎的文論似

[76] 楊澤：〈空中花園〉，《薔薇學派的誕生》，頁3。
[77] 陳允元：〈徬徨者與信仰者——論七、八〇年代之交的楊澤詩及其時代意義〉，頁78。
[78] 陳香穎：《與時間對話：楊澤詩作三大主題研究》，頁45。

已「道盡」空中花園之於楊澤的意義，然筆者認為更重要的是其「道不盡」的價值。

再參看楊澤的〈在格拉納達café（Castle in Spain）〉：「祇要我們向前奔跑穿過所有的年代一直向前奔跑／我們必能到達——／到達一座在空中明滅出現的美麗城堡」[79]。詩人告訴我們，對自由的渴望有多深，能抵達的去處便有多遠。空中花園（或城堡）帶領讀者到達「生存的邊界」，讀者與文本的互動，本於詩卻又溢出詩之外，讀詩的瞬間洋溢夢想永恆的幸福感。楊澤詩作的渲染力極強，一旦翻開詩集的第三頁，讀者便甘願成為薔薇學派的信徒。他自言：「年輕詩人試圖用更大的夢想去『吃』掉現實，拓展他想像的花園，可世故無情的現實『老這樣總這樣』，不單絲毫不為所動，且隨時有可能反撲回來。」[80]可惜的是——夢想在空氣，而生活是地獄——我們終究不能忽視「大多數人已然去過**而且回來了**」的悲觀事實。

無庸置疑，楊澤業已是「空中花園」的教主。不過我們再併入另一篇「有趣」的文章，廖咸浩的〈玫瑰騎士的空中花園——讀陳黎新詩集《島嶼邊緣》〉。「有趣」之處非帶有八卦意味的「空中花園」教主爭奪戰，而是兩位同年紀且早慧的詩人在想象「空中」及「花園」的某種同質性，正呼應筆者在緒論之言：「我們將會在夢想中與被改造的現實狹路相逢。」

陳黎在解嚴前後各有題名為〈花園〉的詩作，分別作於1978年（收錄在《動物搖籃曲》）及1990年（收錄於《家庭之旅》），皆未提及「空中」一詞。而廖咸浩在陳黎2003年出版的《島嶼邊緣》讀出「空中花園」的況味，該詩集中共出現四次「花園」[81]，且

[79] 楊澤：〈在格拉納達café（Castle in Spain）〉，《彷彿在君父的城邦》，頁17。
[80] 楊澤：〈詩人在青春的歡樂中開始歌唱〉，《人生不值得活的：楊澤詩選》，頁134。
[81] 分別是〈夢蝶〉、〈玫瑰之歌〉、〈走索者〉和〈齒輪經〉這四首。

〈走索者〉一詩同時寫到「空中」和「花園」。[82]從臚列的資料中可觀察到陳黎的「花園」隨著解嚴漸離地面，上昇至「空中」。

1978年的〈花園〉，全詩如下：

> 光在黑暗的裂縫裡窺視我們遊戲
> 隨便白日的袍裾在理論上應該發生的陰影裡規劃街道
> 直到不太突出的前額，冒失地
> 把舊石器時代的路標撞倒
> 我們才知道，原來
> 黑暗是有稜有角的棋盤
>
> 那些閃亮的黃金地段大致歸女王她陛下所有
> 五步一遁，複格而行的是夜
> 是大黑衣主教的領區
> 我們不知道那些不甚顯赫的卒子都住在哪裡
> 大將軍城上飲酒
> 清脆的刀聲證實他們一度忠貞
>
> 多美好的封建制度。偉大的
> 執政者將為我們制定一切競爭規則
> 黑陶一直就黑陶，彩陶是不必要聽到的擔憂
> 危險譬如罌粟一律種在禁忌或井田中央
> 因為花香實在是太昂貴的瀆褻
> 對於庶民奴隸崇拜一同的神祇

---

[82] 內容為「所以你在**空中**顫抖。戰戰兢兢地在／懸空的繩索上構築玩笑的**花園**」，粗體為筆者所加。參見：陳黎：〈走索者〉，《島嶼邊緣》（臺北市：皇冠，1995年），頁141-142。

只有單純的勞作，正正當當的遊戲是好的
「敬人之所敬，畏不得不畏」
讓每一格方塊熟記各自的迷信跟歌仔戲內容
我們不知道，也不必知道愚昧會在哪一面鏡子顯現
棋盤的四周是我們前面說過的黑暗
而光，光不曾許諾我們半座的棕櫚花園[83]

此詩有若干古怪之處：第一、雖題為「花園」，內容卻多寫「棋盤」。因此強調遊戲制定的一切「競爭規則」，包含「規劃街道」、「五步一遁，複格而行」及「封建制度」等等。第二、詩中的花園與普通的花園有極大落差，唯一提到比較熟悉的形象僅「花香」一詞，但又是「太昂貴的瀆褻」。第三、最後一句終於點題，而就文脈觀之，可知這座花園根本是不曾被許諾的。綜上所論，詩中的遊戲規則乃執政者所制定，這些地面上的秩序便能解釋為何這座「花園」不存在「空中」之因。陳黎用美好的意象包覆不自由的政治現狀，並由「說反話」（如「多美好」、「正正當當」等詞彙）折拗自己的態度。[84]竊以為，此類表現手法源自詩人童真的靈魂，亦為青少年式的叛逆抵抗。此外，如果說楊澤的花園有意形構自由的積極夢想，陳黎的花園正相反，流露出「不知道，也不必知道」的消極。

為了見證陳黎的花園逐漸上昇的過程，必須導入時隔12年之久，跨越臺灣專制政權的變革後的詩作一齊參看：

[83] 陳黎：〈花園〉，《動物搖籃曲》，頁51-53。

[84] 張芬齡說：「陳黎是相當懂得由反面下定義的詩人，他善於用虛虛實實的句法在詩中造成轉折……，在這些類似讚美的句子當中往往適時地埋伏著詩人真正的態度，讀者在前面詩節所收集到的字眼只是主題的片段，一直到詩末才較明白地點出主題。」見氏著：〈地上的戀歌——陳黎詩集《動物搖籃曲》試論〉，收錄在王威智編：《在想像與現實間走索：陳黎作品評論集》，頁46。

花園，記憶的倉庫
不識字的祖父坐在窄屋裡等候花開
天黑了，他打開一盞小燈
病而且老

他打開一盞小燈，照亮那些
搬運他睡意的螞蟻
玉蘭花在垃圾桶旁邊
過時的月曆掛在牆上

他的確種過一些花
清晨的院子，跟著陽光一起綻放的
春的心情
母親的紅椅子在籬笆旁靜靜亮著

那是我們共有的花園，懸掛在
永恆的時間的迴廊
我們攜帶憂傷漫步其中
把多餘的芬芳藏進口袋

如今他的花園更大了
分散在不同顏色的藥包裡
坐在窄屋裡等候天黑
他彷彿聞到了花香[85]

1990年的〈花園〉是「家庭之旅」七首組詩中的倒數第二首，

[85] 陳黎：〈花園〉，《家庭之旅》（臺北市：麥田，1993年），頁26-27。

敘寫生命與血緣裡無所迴避的日常悲愁；即便如此，戒嚴時期的黑暗花園相比，已有光亮主動透進來。能滋養花朵的不外乎陽光與泉水，解嚴後的花園在室內有燈能照亮，於室外被陽光所普照。於是在一朵花的綻放與枯萎之間，詩人能夢想整座花園——是由祖父照料的花園，為整個家族所共有的「記憶的倉庫」，且「懸掛在／永恆的時間的迴廊」。直到解嚴後，陳黎才真正體驗巴什拉所謂「浩瀚」的深層與私密感，「他就會看見自己從所憂慮的、思索的，甚至從自己所夢到的一切之中解脫。」[86]

倘若我們掌握「解脫」的心靈感受，就不難理解廖咸浩的〈玫瑰騎士的空中花園〉之題，為何特別強調「花園」的「空中」價值——「離開即物自生活起飛的慾望」[87]。文中指出，「起飛」的意識藉由後現代的形式具現化，「後現代對邊緣的肯定是純粹的肯定，不是基於對超越性大敘述的鄉愁。因此，沒有什麼深重的焦慮。」[88]當詩人容納飛行的夢想，無須執著展現「詩我」，為了服膺某些既定的審美規則而畫地自限，便能自由地遊戲文字。然而，此般創作思維易招來批判，如「陳黎有許多浮淺的形式遊戲，詩質單薄」[89]便是一例。筆者認為，如未能從空氣元素去澄明陳黎解嚴後的動態想象，的確難以意會詩意湧現的浩瀚感。

再回到解嚴前的「花園」，不論在空中或地面，楊澤與陳黎都繫結欲說還休的憂愁質地。或許本於大時代的處處掣肘，使悲觀的情緒堵塞詩意的浩瀚，才會形成筆者前述，預期詩人夢想引退之所的「大」，而實存空間卻「小」的詭異感受。

---

[86] 加斯東·巴舍拉：《空間詩學》，頁291。

[87] 廖咸浩：〈玫瑰騎士的空中花園——讀陳黎新詩集《島嶼邊緣》〉，收錄在王威智編：《在想像與現實間走索：陳黎作品評論集》，頁145。

[88] 廖咸浩：〈玫瑰騎士的空中花園——讀陳黎新詩集《島嶼邊緣》〉，收錄在王威智編：《在想像與現實間走索：陳黎作品評論集》，頁145。

[89] 鄭慧如：《臺灣現代詩史》，頁558。

二、未來／宇宙

關於夢想之彼方，巴什拉說：「夢、思想與回憶編織出一張網絡。……詩人帶我們到達一個我們懼於超越的界線處境。」[90]而「界線處境」，好比楊澤的空中花園，是「可能去過的最遠的地方」，也是「生存的邊界」，乃被童年的夢想之核所開啟的新世界。

以新世界的概念為線索，筆者在陳黎的〈二九八四——在阿克蘇首都工藝博物館〉和楊澤的〈光年之外〉，發現所謂「界線處境」的徵兆，是除了「花園」之外，另一個輪廓模糊但值得關注的對象——「未來」和「宇宙」。以下藉分析這兩首「小詩」內涵的超越性，讀出夢想之「廣大」。

首先看到楊澤的〈光年之外〉，陳允元點出該詩是「科幻式的『末日場景』……可視為臺灣現代詩『末日』譜系的早期例子」，[91]楊佳嫻則形容為「地球的遺民從宇宙中指認故鄉」。[92]全詩摘錄如下：

> 夜裏的每顆星子都是一面窗
> 我憑著敞開的窗子遙指過去
> 「而那裏，吾愛
> 那裏便是沒有愛的死去已久的地球。」[93]

前行研究多探討末兩句的意義，但前兩句亦容受豐沛的夢想。在空氣元素的想象中，「所有發光之物都是凝視」[94]——詩人與

---

[90] 加斯東・巴舍拉：《空間詩學》，頁268。
[91] 陳允元：〈徬徨者與信仰者——論七、八〇年代之交的楊澤詩及其時代意義〉，頁66。
[92] 楊佳嫻：〈千敗劍客的美學——論楊澤詩〉，頁121。
[93] 楊澤：〈光年之外〉，《薔薇學派的誕生》，頁97。
[94] ガストン・バシュラール著：《空と夢：運動の想像力にかんする試論》，頁276。

「星子」相互遙望，並透過凝視「星子」打開異質空間的通道。「過去」二字，若以字思維的態度觀之，便能開拓詩意的蔓衍，察覺其中時間與空間的雙重性：在時間上，「死去已久的地球」是昔日之所，而「我」現存於距離過去光年之外的未來；在空間上，「我」對著窗子「遙指過去」，將讀者的視線從「星子」平移至「地球」，才頓悟「我」已然身處地球以外的宇宙。「星子」溝通的是「未來」及「宇宙」，「星子」的意象在此如芥子納須彌般成為「放大與聚縮兩種方向的總和」[95]。對楊澤而言，「沒有愛」與「死亡」並無差別，因此引退之所中不可或缺的要素即是「愛」。再對照〈光年之外〉前一首詩作〈浪子回家篇〉，寫道：「我不可能跟大家一樣要搭車回家，我一定是要到另外一個地方去⋯⋯」[96]便能理解，「另外一個地方」能指涉「未來」或「宇宙」，但凡有愛之處皆為浪子之鄉。

再看陳黎的〈二九八四——在阿克蘇首都工藝博物館〉，張芬齡稱此詩為「未來狂想曲」[97]：

> 歡迎各位勞心界朋友蒞臨本館參觀
> 進門的這一間是絕跡行業史料廳，右邊螢幕上
> 兩個理髮師（也就是我們祖先還長有毛髮的時代
> 幫人們處理頭上作物的手工農業專家）正用一具雪茄狀
> 會散發出熱氣的機器烘乾毛髮，另一位女士則在樓上
> 為患者做全身肌肉焦慮過濾治療，這項如今由精神科大夫
> 執行的技術，一千年前乃歸瑪莎奇（學名「按摩」）業者所管
> 各位也許在古物辭典上見過汽車這兩個字，是的
> 這是一種落後，極不方便，需要用汽油（一種污黑兮兮，

---

[95] 加斯東・巴舍拉：《空間詩學》，頁262。
[96] 楊澤：〈浪子回家篇〉，《薔薇學派的誕生》，頁95。
[97] 張芬齡：〈註釋〉，收錄於陳黎：《小丑畢費的戀歌》，頁209。

被古人視作黑寶的燃料）做動力的交通工具
各位不要發笑，古代的人的確沒有想到可以用笑聲或愛心
直接發動車子。螢幕上一位工人（今天大家所說的
「勞動知識分子」）正在修補做為汽車四足用的輪胎
喧鬧的年節音樂從車內的收音機中傳出——當時的人，自然
並不知道用一片樹葉就能接收所有宇宙的音響[98]

全詩設想從未來世界回望一千年前的現在所導致的文明衝擊，內容對比「落後的過去」與「進步的未來」，茲整理如下表：

表1：陳黎〈二九八四〉詩中過去與未來之比較

落後的過去	進步的未來
勞力	勞心
需理髮	已無毛髮
瑪莎奇	全身肌肉焦慮過濾治療
按摩業者	精神科大夫
用汽油為車子的燃料	用笑聲或愛心為車子的能源
工人	勞動知識分子
收音機播放音樂	用樹葉接受所有宇宙的音響

從中窺知一千年後的未來世界，不論是生活方式或精神物質，與現今有極大的差異。張芬齡讚許道：「果真如此，未來將不是冷漠恐怖的機械時代，而是一個值得期待的理想世界。」[99]竊以為，此般論斷恐怕疏忽陳黎埋藏詩中的詭異之感。未來世界的人們從「勞力」轉為「勞心」，甚至可以用「愛心」發動車子，如此耗損

[98] 陳黎：〈二九八四〉，《小丑畢費的戀歌》，頁110-111。
[99] 張芬齡：〈註釋〉，收錄於陳黎：《小丑畢費的戀歌》，頁209。

心靈之下，未來人竟已無法生長毛髮，緊繃的身心需靠精神科醫生才能治療——這真的是一個值得期待的理想世界？困擾現代人的精神疾病，即便到了進步的未來，依舊無法解脫且斲喪更甚。詩中最後一句「當時的人，自然／並不知道用一片樹葉就能接收所有宇宙的音響」，如1978年的〈花園〉中「而光，光不曾許諾我們半座的棕櫚花園」，悲觀和希望同時並存且相抗衡。將這兩首詩合而觀之，可看出陳黎試圖推衍想象至未來邊界，卻有一股無以名狀的拉力（不知道，也不必知道……）將之囚於地面。

〈二九八四〉營造看似美好實則荒誕的世界，頗接近希臘新浪潮電影導演尤格・藍西莫（Yorgos Lanthimos, 1973-）的獵奇風格，成為一則警示寓言。《莊子・寓言》：「寓言十九，藉外論之。」[100]寓言的本體可視為一個微型空間，其言在此而寄寓於彼，其中內涵能憑藉詮釋通聯宇宙天地。而陳黎和楊澤這兩首詩，不僅為「寓言」，亦有可能成為「預言」。巴什拉談論「界線處境」時，指出：「在界線狀態的宇宙裡，事物在呈現為現象之前都是徵兆；徵兆越微弱，越見其重要，因為它暗指一個源頭。作為源頭，所有這些徵兆彷彿一再發生，故事永無結束之日。」[101]

所謂「徵兆」，是詩人先於常人所「攫住某個細微的戲劇性事件」[102]，比如陳黎〈二九八四〉的「用一片樹葉就能接收所有宇宙的音響」，或楊澤〈光年之外〉中「夜裏的每顆星子都是一面窗」，兩者都以極小的詩意核心開啟新世界的大門。只是在戒嚴時期，他們可能還杵在門口觀望，就差向前踏出的臨門一腳。

---

[100] 黃錦鋐注譯：《新譯莊子讀本》（臺北市：三民，2005年），頁381。
[101] 加斯東・巴舍拉：《空間詩學》，頁268。
[102] 加斯東・巴舍拉：《空間詩學》，頁254。

第三節　小結

現實與想象，乃臺灣詩壇自現代詩論戰以降，論者的兵家必爭之地。本研究的立場為兩者未必拉扯對立，而是相互疊套且能調度涉入程度。現實與想象的交涉過程，借用巴什拉的詞彙即「引退之所」，心靈被安置於該處，收容思維、記憶和夢想。據此，本章藉「引退之所」的空間分析，分別闡述「嚮往童年」與「空中花園」的夢想。筆者發現，被貼上「關懷現實」與「回歸傳統」兩種標籤的陳黎與楊澤，竟能在夢想中匯合——那是屬於同一世代的夢想。根據前文，統整兩大觀點如下：

一、嚮往童年的意義：本研究中的童年非指實存於記憶的童年，而是兼容想象並在詩中重新經歷的童年，其特有的「純真」與「孤獨」乃詩意的核心、夢想的原型。在夢想中，童年必得「無父」才能以孤獨揮灑純真，且理直氣壯地站在大人世界的另一邊；不過在現實上，有些孩童年紀輕輕思想卻相當老成，有些成人年屆耄耋卻心如頑童，其關鍵差異在於心中懷有「童真」與否。為了不要長成自己所討厭的大人，詩人須以己身之力守護孩童的純真，即使過程如歷險記般困難重重。孩童之於漫長的生命中雖彷若一瞬，假使年歲增長後依舊能涵養其「赤子之心」，便能時時警覺與思辨現實的諸多價值，以抵抗人世間的惡俗。

二、微型與浩瀚感：在夢想，極小的事物能開啟新的世界，比如從一朵花想象整座花園，再從花園想象未來宇宙；反過來，未來宇宙能被收攏在一朵花之中。然而，陳、楊兩人戒嚴時期的詩作中，皆有弔詭之處，即由花園飛升至新世界時，被某種難以名言的拉力絆住。這股力量很有可能肇因於當時的政治氛圍，以致該世代的青年對於未來並不樂觀。但隨著解嚴開放，空氣元素的想象進入「引退之所」，詩人才真正體悟夢想的浩瀚感。因此，我們只能將兩人解嚴前詩作中的「空中」、「花園」、「未來」及「宇宙」，在當時視為輪廓模糊並尚待發展的詩意象。

無論現實也好想象也罷，詩終究無法換購柴米油鹽，亦不能阻擋警棍子彈。在夢想中安生，並非逃避現實的作為，而是藉由詩所構築的「引退之所」安頓內心。是以，「我抵抗，故我夢想」的意義在於，當詩人被時代禁錮或俗世重擊之時，仍能保衛住夢想的核心，蟄伏於某處寓／預言未來及宇宙。

第陸章　結論：銜尾蛇的詩學啟示

> 於是（鍊金術的）詞語一往直前，永遠向前，吸引著、帶動著、鼓舞著——同時呼喊出希望和驕傲。實體的、已表白出的夢想呼喚著物質的誕生，並進入生活、進入靈性。[1]

緣起於鍊金術的空想實驗，並仿造鍊金術士們追求的共同目標「賢者之石」。想象——如果我們不反對想象[2]——本論的研究歷程，猶如從陳黎和楊澤解嚴前的夢想花園中摘採罌粟與薔薇，並倒入向巴什拉借用的長頸玻璃容器中持續加熱。在這小小的空間裡，文學史上所謂「關懷現實」與「回歸傳統」的標籤已被焚燒成灰，只剩下在化學反應中不斷改變顏色的文字。不斷勇往直前的文字，呼喚著物質，最終凝鍊成「賢者之詩」。

想象，我們參與了物質的分解與重組，見證那深紅色的結晶進入靈性，神蹟似地觸動我們意識深處的赤子之心，便會明白——「賢者之詩」同時也代表「賢者之思」。前述創作、研究與想象的過程，正呼應翁文嫻〈如何在詩中看見思想〉的結語：

> 當進入個別詩語言世界時，常會被它們強烈的感染力帶著走，某些抽出來的想法，那些企圖「以一馭萬」的格式，便處處要扭身轉頭地變更，堅持到最後還可過關的，大概才算是一點點的結晶體吧。要在詩裡讀出思想，總有這樣拉鋸的

1　加斯東・巴什拉：《夢想的詩學》，頁95。

2　此句仿擬楊澤2017年新版《薔薇學派的誕生》及《彷彿在君父的城邦》共同序言中a段落「想像，如果你不反對想像……」。

> 場面，或這才是「詩之為詩」的表現。既有特異思想可供提煉，又合乎詩的感性要求，這類詩人其實不多，也就彌足珍貴，臥在眾人幽冥的感官世界裡，將他們往前推動得十分歡喜還不自覺地，這便是詩人的文化本色。[3]

簡言之，個別詩語言中的結晶體反應詩人的文化本色，我們該如何解構其中的精妙之處？翁文嫻亦提供了辨識之法：第一、詩中是否具備足夠的複雜性，複雜性無關於將報章雜誌的社會現狀排列組合，而是攸關詩人本身心念的強烈與堅持。第二、詩人是否持久的追尋一貫的思想。[4]在解讀詩人之思想與夢想時，筆者借用巴什拉的詩學理論，乃因其能屏除許多盤根錯節的意識形態之爭，使我們更貼近文本。

在研究的過程中，發現許多「意料之內」的難處：巴什拉元素詩論中情結及意象，本於西方傳統神話及文化，而本論試圖將西方外衣套用在本土的身上——企圖從希臘神話的神祇或西方詩人的文化本源中，找尋突破東西文化的限制的源初意象，而這真有可能嗎？根據第四章論述以普羅米修斯情結論述陳黎的〈后羿之歌〉，即能一眼識破西方外衣的不合身。然而，筆者認為這種「不合」並不代表全然否定之前的研究，而是鼓勵論者打開東西文化的「間距」[5]，從中追索一股轉化的詮釋之法。誠如筆者所說，或許我們可以期待屬於我們文化的「后羿情結」、「嫦娥情結」，甚至「漁父情結」——這是巴什拉留給我們的珍貴啟示。

再回到本研究，既然在援引巴什拉詩論時遇到諸多阻礙，該如何化危機為轉機？筆者在緒論提及「字思維」的文本分析法，便是

---

3 翁文嫻：〈如何在詩中看見思想〉，《創作的契機》（臺北市：唐山，1998年），頁166-167。

4 翁文嫻：〈如何在詩中看見思想〉，《創作的契機》，頁149。

5 「間距」為法國當代哲學家、漢學家朱利安（François Jullien, 1951-）所提出，檢視不同文化間的距離與互動性。

一種轉化的力量。何以言之？不論是巴什拉的元素詩論，或後期的空間詩學，都受限於詩的意象。而當全是詩意象時受到文化的差異而「不合身」時，「字思維」的態度引導我們放下執著，關注詩身體中字與句的骨骼與血脈。於是筆者便可跳出形象的限制中，以更宏觀的角度回望詩的文本，接住字句給予的夢想。

因此，透過對陳黎和楊澤解嚴前詩作的分析，把握氣質、聲腔和氛圍等等面向，深入思想並又超越思想，抵達夢想出現的瞬間並又領會轟鳴迴響的永恆——上述或可統整為詩人獨特的風格。由於各章的研究成果已歸納於小結，因此在結論之處筆者將整合詩人各自的風格論述，茲列兩大點如下：

一、陳黎：窺視大地的遊人

標題的「窺視」並無負面意味，意味著陳黎解嚴前的詩作的視線離不開土地——筆者一再強調，陳黎的夢想核心是土的元素。因此，不論是水、火、空氣等元素都離不開土地；換句話說，即是被生活的柴米油鹽所綁架的不自由。這種不自由，使得他的詩作向「現實性」靠攏，在臺灣文學史上被貼上「關注現實」的標籤。筆者認為該標籤是論者便宜行事的道具。

若我們細查陳黎的夢想：土的不自由混合暴雨的夢想，乃土石流般席捲而來的各種災難，比如紀錄礦災的詩作〈最後的王木七〉。若參雜火的夢想，則是被燠熱的溫度所隔離開的兩種階級的人，只有握有資本者才能在清涼的空間感受休息的寧靜，而處於另一邊的勞動者就如炎炎夏日中地面上的水窪，一下子就蒸發殆盡。空氣的夢想雖象徵幸福自由的想象，但陳黎解嚴前的詩作中多著墨於下墜，或是飛到一半被各種外力束縛而難以真正飛到空中，如此或可理解為在當時代下對自由的悲觀及其想象的被限制。

陳黎解嚴前詩作與解嚴後相比，不論是內容或表現手法都嚴肅許多，但根據某些偏向嘲諷的詩語言，可看其依舊透露出一絲「遊戲」之意。「遊人」之意，乃「遊走」於土地間，擇一有遮蔽物之處窺視他人的「遊戲」之人。土地的限制，隨解嚴解放為後現代的技法遊戲，眼花撩亂的把戲使得論者多關注於該時期的詩作，而忽略年輕時期所建構的夢想本源。評論者亦被技法炫目，直截批判其「缺乏詩質」。若按照巴什拉的詩論檢視其詩質，有夢想便能證明詩形象的絢爛，因此「缺乏詩質」如同「關懷現實」的標籤般，過於簡化而未能給予詩人公允的評價。

二、楊澤：外水內火的少年

在楊澤解嚴前的詩作中，我們看見行吟澤畔的夢想，正如詩人其名。漫漶在詩中難以遏止的憂鬱，不論是愛國或愛人，都來自水元素的影響。也因此，楊澤易受到前行詩人的水的感召，比如投水自盡的屈原，甚至在夢想中也想追隨而潛入深淵。如此這般深沉的無力感，使他在抵抗現實的惡俗時，選擇以流亡的方式周轉於想象的國度。水的表面張力，或許讓讀者輕忽楊澤埋藏於內心深處的火，這是德國浪漫派詩人諾瓦利斯似的溫度。火的能量，是楊澤詩意的核心，諸如愛與純真等價值。

而楊澤認為他所處的時代，外來資本入侵，都市充斥消費文明的風景，使他既有的認知與價值觀崩解。這時，火的能量炎上，在夢想中焚毀一切崩壞之城邦，並願意與之同殉。在外水內火的鬥爭與交融下，楊澤無法如恩培多克勒或不死鳥菲尼克斯般壯烈犧牲後凱旋歸來，燃燒殆盡後的餘灰保留著少年的赤子之心，乘著幽靈船踏上了死後的旅途，喝醉似的歪歪斜斜的行走於世。土地元素的缺乏，使他只能在架空的幻境中隨風飄蕩，連一再呼喚的戀人瑪麗安也是虛構的分身，隨時都能散逸於風中。論者若不能把握其表象以內的想象原型，的確容易誤讀並批判其躲藏在空中花園中不願直視現實。然而，楊澤解嚴前的詩作正與這些論述相反，是最在意現實的。正是因為在意現實，才會看見世俗之惡，只是他將抵抗的意志寄託在夢想中。

另一點要回應文學史上的評論是，楊澤的詩作有「散文化」的趨勢，不過此非本論中有處理到的問題。筆者只能從夢想的角度觀察，即使詩的字句是鬆散的，夢想也不會如氣球洩氣般從詩句中縫隙中流出。綜上而論，楊澤的四元素夢想分配得極端且偏頗，形成強烈的風格，在當時的年輕詩人中可說是獨樹一幟。

此外，筆者在研究過程中，發現諸多巧合。按理而言，相較於現實或思想，夢想為每個正常的人類都應具有的超能力，毋須任何資本或知識背景，是全然自由的。但在陳黎和楊澤解嚴前的詩作中，竟共有對於夢想自由的消極迴避及悲觀態度。除了歸因於同生於戰後第一代的男性，且於大學時期北上求學的「回歸現實」的共同特徵，還能如何解釋？那便是隱於本論標題中的時代限制（或原罪？）——戒嚴時期。

筆者一再強調，本論無意關注詩歌見證了時代的什麼，而是身處於該時代的詩人夢想什麼？可是在循線追查詩人的夢想時，竟意外見證七、八〇年代的臺灣社會上，訓導氛圍無孔不入的滲透夢想，使夢想帶有膽怯與警戒。這種感覺就如同陳黎在〈巴士站牌〉描述的——如果說你是懸空的汽球等著飛昇／風起時候／被拴住的命運依然故我[6]——那條拴著命運的線。筆者認為，這便能回應對於楊澤詩作缺乏現實感的批評，並再次驗證夢想與現實並非對立，而是彷彿千絲萬縷般的互涉關係。

所幸，詩人之所以為詩人，是因為他們沒有因為現實而放棄夢想。再次參照克里斯蒂娃的說法：

---

[6] 陳黎：〈巴士站牌〉，《廟前》，頁13。

> 我們活著是因為我們有精神生命，有一種內心空間，一種內心深處的意識，它使我們能夠承受內在和外在的打擊，即心理和生理上的創傷，也能夠承受來自社會和政治領域的攻擊。想象界使它們「新陳代謝」，對其進行轉化、昇華、加工，從而使我們得以保持生命。[7]

雖然夢想的自由因現實有所限縮，但不代表我們放棄捍衛夢想的自由。而詩人的貢獻，正是在人類的歷史中扮演喚醒、鼓舞的角色。

行文至此，大致為本研究尾隨詩人夢想上窮碧落後的發現。以下，筆者想再談談鍊金術的夢想，以期激發更多詩學的討論及想象，並總結全文。

鍊金術中有銜尾蛇（ouroboros）的圖騰（圖1），即一條蛇正吞蝕自己的尾巴而形成一個圓型。其銘文「一為全」（hen to pen），提醒我們鍊金術的觀念：一個事物為全體，全體即一個事物。銜尾蛇在不斷的自我破壞與再生中保持動態平衡，就如同鍊金術之所以能將一個物質轉為另一個物質，在本質上其實都是同樣的。[8]

圖1：銜尾蛇（ouroboros）圖示

資料來源："lifestreaming is ouroboros: the eternal return" by jessica mullen is licensed under CC BY 2.0

---

[7] 克里斯特娃：《反抗的未來》，頁119。

[8] 勞倫斯．普林西比著：《鍊金術的祕密》，頁33-34。

本研究啟發自銜尾蛇的象徵意涵，由此發展論述架構——「我夢想故我存在」、「我存在故我抵抗」和「我抵抗故我夢想」所形構的回文結構乃為銜尾蛇的圓——所有善於夢想的詩人應該都能在這個大整體中相逢。即使不同時代的詩人所面對的困境和詩語言的表現風格有所不同，但在世代交替間，「人是一種更新的意志」之意念，將流傳於一代又一代的赤子之心中。

所謂更新的意志，指詩人將不再受限於審美傳統，追求適合該世代或自身的獨特語言質地——比如陳黎某些被評為追隨流俗之作，或楊澤為詩學論者所批判的散文化傾向，甚至是當今網路世代所盛行的晚安詩卻因其口語化被詬病——或許可視為在夢想中捍衛自由的表現。筆者認為，若詩學研究者不回歸文字本身，而固守於某些理論或社會思想潮流，將徘徊於各個世代的夢想大門前不得其門而入——如此正為本研究力有未逮，卻願意期待之處。

在本研究的最後，請容筆者引香港詩人廖偉棠（1975-）在〈暴雨為何反對？〉中的一小段話作為結論：

> 讓我們自己成為暴雨，攜帶著雷與電，去反對這個時代的沉默、反對這個時代的喧嘩、反對這個時代的乾涸。如果世界充滿對假象的阿諛，反對就是詩人與音樂人的義務，無論這假象屬於國族、人情還是事故，還是冠著頹喪的名義對媚俗的縱容。[9]

這是出自晚陳黎與楊澤21年後出生，且生活於島嶼之外的香港詩人之筆，但筆者卻在其中看見相同的夢想，在雨後的積水中閃現。

[9] 廖偉棠：〈暴雨為何反對？〉，《異托邦指南／詩歌卷：暴雨反對》（新北市：聯經，2020年），頁4-5。

引用文獻

一、陳黎、楊澤文本

陳黎：《廟前》，臺北市：東林文學社，1975年。

陳黎：《動物搖籃曲》，臺北市：東林文學社，1980年。

陳黎：《人間戀歌》，臺北市：圓神出版社，1989年。

陳黎：《小丑畢費的戀歌》，臺北市：圓神出版社，1990年。

陳黎：《家庭之旅》，臺北市：麥田，1993年。

陳黎：《島嶼邊緣》，臺北市：皇冠，1995年。

陳黎：《陳黎散文選一九八三～二〇〇八》，臺北市：九歌，2008年。

陳黎作，賴芳伶編：《陳黎集》，臺南市：臺灣文學館，2014年。

陳黎：《陳黎全集. I：1973-1993》，臺北市：書林，2017年。

楊澤：《薔薇學派的誕生》，臺北市：洪範書店，1977年。

楊澤：《薔薇學派的誕生》，臺北市：印刻，2017年。

楊澤：《彷彿在君父的城邦》，臺北市：龍田出版社，1979年。

楊澤：《彷彿在君父的城邦》，臺北市：時報文化出版事業有限公司，1980年。

楊澤：《彷彿在君父的城邦》，臺北市：印刻，2017年。

楊澤主編：《七〇年代懺情錄》，臺北市：時報文化，1994年。

楊澤：《人生不值得活的：楊澤詩選》，臺北市：元尊文化，1997年。

二、加斯東・巴什拉（Gaston Bachelard）文本

加斯東・巴什拉著；錢培鑫譯：《科學精神的形成》，南京：江蘇教育出

版社，2006年。
加斯東・巴什拉著；杜小真、顧嘉琛譯：《火的精神分析》，鄭州：河南大學出版社，2016年。
加斯東・巴什拉著；顧嘉琛譯：《水與夢：論物質的想象》，鄭州：河南大學出版社，2016年。
ガストン・バシュラール著；佐宇見英治譯：《空と夢：運動の想像力にかんする試論》，東京：法政大學出版局，1968年。
ガストン・バシュラール著；饗庭孝男譯：《大地と休息の夢想》，東京：株式会社思潮社，1970年。
ガストン・バシュラール著；及川馥譯：《大地と意志の夢想》，東京：株式会社思潮社，1972年。
加斯東・巴舍拉著；龔卓軍、王靜慧譯：《空間詩學》，臺北市：張老師，2003年。
加斯東・巴什拉著；劉自強譯：《夢想的詩學》，北京：三聯書店，2017年。
加斯東・巴什拉著；杜小真、顧嘉琛譯：《夢想的權利》，上海：華東師範大學出版社，2013年。
ガストン・バシュラール著；本間邦雄譯：《火の詩學》，東京：せりか書房，1990年。

三、專書論著

（一）古籍（依朝代先後順序排列）

〔先秦〕原著亡軼；劉毓慶、李蹊譯注：《詩經》，北京：中華書局，2011年。
〔先秦〕莊周著；黃錦鋐注譯：《新譯莊子讀本》，臺北市：三民，2005年。

〔先秦〕孟軻著；鍾芒主編：《孟子》，香港：中華書局，2013年。
〔先秦〕韓非著；周勛初修訂：《韓非子校注》，南京：鳳凰出版社，2009年。
〔漢〕毛亨著；鄭玄箋：《毛詩鄭箋》，臺北：中華，1966年。
〔漢〕鄭玄注；孔穎達疏：《禮記正義》，臺北市：廣文，1972年。
〔漢〕許慎：《說文解字》，臺北市：世界書局，1970年。
〔漢〕劉向編；陳麗貴校注：《新編淮南子》，臺北市：編譯館，2002年。
〔漢〕王充：《論衡》，北京：中華書局，1985年。
〔晉〕王弼：《老子道德經注》，臺北市：文史哲，1979年。
〔梁〕劉勰：《文心雕龍》，北京：中華書局，1985年。
〔清〕王由敦編纂：《乾隆御纂周易述義》，臺北市：新文豐，1979年。
〔清〕段玉裁：《說文解字注》，臺北市：黎明文化公司，1975年。

（二）現、當代華文專著（按姓氏筆畫排序）

（1）理論及評論

王威智編：《在想像與現實間走索：陳黎作品評論集》，臺北市：書林，1990年。
文訊雜誌社主編：《臺灣現代詩史論：臺灣現代詩史研討會實錄》，臺北市：文訊雜誌出版，1996年。
朱雙一：《戰後臺灣新世代文學論》，臺北市：揚智文化，2002年。
李瑞騰：《新詩學》，臺北縣：駱駝出版，1997年。
李魁賢：《詩的反抗》，臺北縣：新地文學出版社，1992年。
李魁賢：《臺灣意象集》，臺北市：秀威資訊科技，2010年。
李翠瑛：《雪的聲音：臺灣新詩理論》，臺北市：萬卷樓，2007年。
倪梁康：《現象學及其效應：胡塞爾與當代德國哲學》，北京：三聯書店，2005年。
翁文嫻：《創作的契機》，臺北市：唐山，1998年。

翁文嫻：《間距詩學：遙遠異質的美感體驗探索》，臺北市：開學文化，2020年。
夏婉雲：《臺灣詩人的囚與逃：以商禽、蘇紹連、唐捐為例》，臺北市：爾雅，2015年。
張璟慧：《想象創造人自身：加斯東・巴什拉的想象哲學》，北京：科學出版社，2016年。
陳政彥：《臺灣現代詩的現象學批評：理論與實踐》，臺北市：萬卷樓，2011年。
陳恕林：《論德國浪漫派》，上海：上海社會科學院出版社，2016年。
黃冠閔：《在想像的界域上——巴修拉詩學曼衍》，臺北市：國立臺灣大學出版中心，2014年。
楊小濱：《語言的放逐：楊小濱詩學短論與對話》，臺北市：釀出版，2012年。
楊宗翰：《臺灣現代詩史：批判的閱讀》，臺北市：巨流，2009年。
廖偉棠：《異托邦指南／詩歌卷：暴雨反對》，新北市：聯經，2020年。
鄭慧如：《臺灣現代詩史》，新北市：聯經，2019年。
鄭樹森編：《現象學與文學批評》，臺北市：東大圖書有限公司，1984年。
蕭蕭：《空間新詩學——新詩學三重奏之一》，臺北市：萬卷樓，2017年。
蕭蕭：《物質新詩學——新詩學三重奏之二》，臺北市：萬卷樓，2017年。
蕭蕭：《心靈新詩學——新詩學三重奏之三》，臺北市：萬卷樓，2017年。
簡政珍、王耀德主編：《臺灣新世代詩人大系》，臺北市：書林，1990年。
簡政珍：《詩的瞬間狂喜》，臺北市：時報文化，1991年。
顧蕙倩：《現代詩的浪漫特質》，臺北市：秀威資訊科技，2012年。

（2）其他

邵玉銘：《保釣風雲錄：一九七〇年代保衛釣魚臺運動知識分子之激情、分裂、抉擇》，臺北市：聯經，2013年。
陳希茹：《普羅米修斯的禮物？論諾諾《普羅米修斯》中的神話意含》，

高雄市：高雄復文，2010年。
黃禹潔：《一生不能不了解的西方妖怪故事》，臺北市：知青頻道出版，2014年。
臺灣民間真相與和解促進會：《記憶與遺忘的鬥爭》，新北市：衛城出版，2015年。
鄭彩鳳：《學校行政：理論與實務》，高雄市：麗文文化，1998年。
蕭阿勤：《回歸現實：臺灣1970年代的戰後世代與文化政治變遷》，臺北市：中研院社研所，2010年。
蕭阿勤：《重構臺灣：當代民族主義的文化政治》，臺北市：聯經出版，2012年。

（三）外文及翻譯專著（按國別筆畫排序）

（比）喬治・布萊（Georges Poulet）著；郭宏安譯：《批評意識》，南昌：百花洲文藝出版社，1993年。
（日）金森修：《バシュラール——科學と詩》，東京：講談社，1996年。
（希臘）柏拉圖（Plato）著；王曉朝譯：《柏拉圖全集》卷三，臺北縣：左岸文化出版，2003年。
（希臘）柏拉圖（Plato）著；徐學庸譯著：《《理想國篇》譯著與詮釋》，臺北市：臺灣商務，2009年。
（希臘）亞里斯多德（Aristotle）著；吳壽彭譯：《天象論　宇宙論》，北京：商務印書館，2009年。
（希臘）亞里斯多德（Aristotle）著；吳壽彭譯：《靈魂論及其他》，北京：商務印書館，2009年。
（英）查爾斯・蘭姆、瑪麗・蘭姆著；傅光明譯：《莎士比亞戲劇故事集》，臺北市：臺灣商務，2013年。
（英）狄倫・伊凡斯（Dylan Evans）著；劉紀蕙等譯：《拉岡精神分析詞彙》，臺北市：巨流，2009年。

（英）畢普塞維克（Edo Pivčević）著；廖仁義譯：《胡賽爾與現象學》，臺北市：桂冠，1989年。

（英）艾文思（Ifor Evans）原著；呂健忠譯：《英國文學史略》，臺北市：書林，2006年。

（英）約翰・柏格（John Berger）著；吳莉君譯：《觀看的方式》，臺北市：麥田出版，2005年。

（英）約翰・柏格（Berger, J.）著；何佩樺譯：《抵抗的群體》，桂林：廣西師範大學出版社，2008年

（英）泰瑞・伊格頓（Terry Eagleton）著，吳新發譯：《文學理論導讀》，臺北市：書林，1993年。

（英）泰瑞・伊格頓（Terry Eagleton）著，李尚遠譯：《理論之後：文化的當下與未來》，臺北市：商周出版，2005年。

（英）Tim Cresswell 著；徐苔玲、王志弘譯：《地方：記憶、想像與認同》，臺北市：群學，2006年。

（法）阿爾貝・卡繆（Albert Camus）著；嚴慧瑩譯：《反抗者》，臺北市：大塊文化，2014年。

（法）安東尼・聖修伯里（Antoine de Saint-Exupéry）著；繆詠華譯：《小王子》，臺北市：二魚文化，2015年。

（法）克里斯特娃（Julia Kristeva）著；黃晞耘譯：《反抗的未來》，桂林：廣西師範大學出版社，2007年。

（法）克里斯特娃（Kristeva, J.）著；趙英暉譯：《克里斯蒂娃自選集》，上海：復旦大學出版社，2015年。

（法）弗朗索瓦・達高涅（Dagognet, F.）著；尚衡譯：《理性與激情：加斯東・巴什拉傳》，北京：北京大學出版社，1997年。

（法）笛卡兒（Descartes, R.）著；龐景仁譯：《第一哲學沉思集》，北京：商務印書館，2009年。

（法）凡爾農（Jean Pierre Vernant）著，馬向民譯：《大師為你說的希臘神話：永遠的宇宙諸神人》，臺北市：貓頭鷹出版，2015年。

（美）赫伯特・馬庫塞（Herbert Marcuse）著；劉繼譯：《單向度的人——發達工業社會意識形態研究》，臺北市：桂冠圖書，1990年。

（美）傑佛瑞・芮夫（Jeffrey Raff）著；廖世德譯：《榮格與鍊金術》，臺北縣：人本自然文化，2007年。

（美）瑪莎・努斯鮑姆著（Martha C. Nussbaum）；丁曉東譯：《詩性正義——文學想像與公共生活》，北京：北京大學出版社，2010年。

（美）勞倫斯・普林西比（Lawrence M. Principe）著；張卜天譯：《鍊金術的祕密》，北京：商務印書館，2018年。

（美）菲利普・弗里曼著，張家綺譯：《眾神喧嘩的年代》，臺北市：商周出版，2013年。

（美）羅伯・索科羅斯基（Robert Sokolowski）著；李維倫譯：《現象學十四講》，臺北市：心靈工坊文化，2004年。

（義）但丁（Dante Alighieri）原著；郭素芳編著：《神曲》，臺中市：好讀出版，2002年。

（德）E・策勒爾（*E.*Zeller）著；翁紹軍譯：《古希臘哲學史綱》，山東：山東人民出版社，1992年。

（德）ノヴァーリス作；青山隆夫訳：《青い花》，東京：岩波書店，1989年。

（德）諾瓦利斯（Novalis）著；劉小楓主編；林克等譯：《夜頌中的革命和宗教：諾瓦利斯選集卷一》，北京：華夏出版社，2007年。

（德）ホフマン作；神品芳夫訳：《黃金の壺》，東京：岩波書店，1974年。

（德）Hans Michael Baumgartner著；李明輝譯：《康德〔純粹理性批判〕導讀》，臺北市：聯經，1988年。

（德）康德（Kant Immanuel）著；藍公武譯：《純粹理性批判》，上海：上海三聯書店，2011年。

（德）歌德（Johann Wolfgang von Goethe）作；管中琪譯：《少年維特的煩惱》，新北市：野人文化，2018年。

四、單篇論文（依發表先後順序排列）

（一）學報、期刊論文

石虎：〈論字思維〉，《詩探索》第二輯，北京：中國社會科學出版社，1996年6月，頁9。

李癸雲：〈不存在的戀人——以陳黎、楊澤、羅智成詩為例〉，《臺灣文學學報》第四期，臺北：國立政治大學中國文學系，2003年8月。

韓美群：〈現代犬儒主義思想及其負面影響〉，《阿壩師範高等專科學校學報》第23卷第2期，四川：阿壩師範高等專科學校學報編輯部出版，2006年6月。

陳義芝：〈夢想導遊論夏宇〉，《當代詩學》第二期，新北市：小雅文創，2006年9月。

解昆樺：〈情慾腹語——陳黎詩作中情慾書寫的謔史性〉，《當代詩學》第二期，新北市：小雅文創，2006年9月。

潘衛紅：〈想像與想象——兼論康德哲學中的Einbildungskraft的翻譯問題〉，《湖北大學學報（哲學社會科學版）》第三十五卷第三期，湖北：湖北大學出版社，2008年5月。

劉正忠：〈違犯・錯置・污染——臺灣當代詩的屎尿書寫〉，《臺大文史哲學報》第六十九期，臺北：國立臺灣大學出版委員會，2008年11月。

陳允元：〈徬徨者與信仰者——論七、八〇年代之交的楊澤詩及其時代意義〉，《臺灣詩學學刊》13號，臺北：臺灣詩學季刊雜誌社，2009年8月。

史言：〈「水」與「夢」的「禪語」：周夢蝶詩歌「水之動態」與「水之動力」的現象學研究〉，《臺灣詩學學刊》，臺北：臺灣詩學季刊雜誌社，第十五號。

史言：〈巴什拉想像哲學本體論概述〉，《徐州師範大學學報（哲學社會科學版）》第37卷第3期，江蘇：徐州師範大學，2011年5月。
黎活仁：〈上升與下降：白靈的狂歡化詩學〉，《臺灣詩學學刊》第十七號，臺北：臺灣詩學季刊雜誌社，2011年7月。
林餘佐：〈屈原在現代詩中的抒情召喚——以羅智成、楊澤、陳大為為例〉，《東華中國文學研究》10期，花蓮：國立東華大學中國語文學系，2011年10月。
陳政彥：〈洛夫詩中「火」意象研究〉，《彰化師大國文學誌》第二十三期，彰化：國立彰化師範大學國文學系，2011年12月。
解昆樺：〈礦室之死亡：陳黎〈最後的王木七〉詩敘事策略與象徵系統的戲劇性〉，《彰化師大國文學誌》第二十三期，彰化：國立彰化師範大學國文學系，2011年12月。
張光達：〈想像，迴盪，存有：論邱琲鈞《邀你私奔》的詩意空間〉，《臺灣詩學學刊》第十八號，臺北：臺灣詩學季刊雜誌社，2011年12月。
楊佳嫻：〈千敗劍客的美學——論楊澤詩〉，《新詩評論》第十八期，北京：北京大學出版社，2014年3月。
張娟的〈渡也的詩歌的空間詩學——以巴什拉理論作一分析〉，《臺灣詩學學刊》第二十五期，臺北：臺灣詩學季刊雜誌社，2015年5月。
林巾力：〈「反諷」詩學的探討——兼以陳黎的詩作為例〉，《文史臺灣學報》第十一期，臺北：國立臺北教育大學臺灣文化研究所，2017年12月。
賴淑芳：〈論布朗寧、史溫本與進化論〉，《文山評論：文學與文化》第十一卷・第一期，臺北：國立政治大學英國文學系，2017年12月。

（二）專書論文

陳翠蓮：〈臺灣戒嚴時期的特務統治與白色恐怖氛圍〉，《戒嚴時期白色恐怖與轉型正義論文集》，臺北市：吳三連臺灣史料基金會，2009年。

五、學位論文

王鈞慧：《世代感與感覺結構——論《七〇年代理想繼續燃燒》、《七〇年代感懺情錄》、《狂飆八〇》中的文化論述與記憶建構》，國立成功大學臺灣文學研究所碩士論文，2010年。

林芳儀：《厭煩初始，帶著光：論夏宇詩中的空間與夢想形態》，國立成功大學臺灣文學研究所碩士論文，2016年。

林政誼：《余秀華詩中的「真」及其延伸的「爭議」現象研究》，國立成功大學中國文學研究所碩士論文，2019年。

吳昱君：《葉青詩的焦慮表現及其效應》，國立成功大學中國文學研究所碩士論文，2018年。

李妍慧：《探索顧城後期詩人主體的「創造性轉化」》，國立成功大學現代文學研究所碩士論文，2010年。

邱俊達：《朝向詩意空間：論巴舍拉《空間詩學》中的現象學》，國立中山大學哲學研究所碩士論文，2009年。

姚小虹：《亨利・詹姆斯的詩學空間：巴希拉赫式閱讀》，臺灣師範大學英語學系碩士論文，2005年。

殷昭文：《陳黎作品中的臺灣關懷研究》，南華大學文學研究所碩士論文，2007年。

陳香穎：《與時間對話：楊澤詩作三大主題研究》，國立清華大學臺灣文學所碩士論文，2019年。

黃祐萱：《普雷維爾詩作中的空間意涵》，淡江大學法國語文學系碩士班，2013年。

彭懋龍：《巴什拉的想像力與在Jean-Pierre Jeunet電影《艾蜜莉的異想世界》的運用》，淡江大學法國語文學系碩士班，2007年。

廖堅均：《壞毀與重建——遷臺詩人群對「家」的書寫與再現》，國立成功大學中國文學研究所博士論文，2020年。

蔡林縉：《夢想傾斜：「運動—詩」的可能——以零雨、夏宇、劉亮延詩作為例》（國立成功大學現代文學研究所碩士論文，2010年）。

蔡明諺：《龍族詩刊研究——兼論七〇年代臺灣現代詩論戰》，新竹：國立清華大學中國文學系碩士論文，2002年。

蔡書蓉：《中國八〇年代詩人海子：詩的空間營造與夢想型態》，國立成功大學現代文學研究所碩士論文，2013年。

劉志宏：《邊緣敘事與島嶼書寫——陳黎新詩研究》，靜宜大學中國文學研究所碩士論文，2003年。

鄭智仁：《苦惱與自由的平均律——陳黎新詩美學研究》，國立中山大學中國語文學系研究所碩士論文，2003年。

蕭百宏：《臺灣農業政策與農作物生產結構分析》，中國文化大學社會科學院經濟學系碩士論文，2013年。

簡子諭：《北島詩意空間研究》，國立成功大學現代文學研究所碩士論文，2016年。

六、報章雜誌（依出版先後順序排列）

向陽：〈七十年代現代詩風潮試論〉，《文訊月刊》第十二期，臺北市：文訊雜誌社，1984年6月。

林耀德：〈檣桅上的薔薇——我讀楊澤〉，《文藝月刊》第206期，臺北市：文藝月刊社，1986年8月。

林燿德：〈不安海域——臺灣地區八〇年代前葉現代詩風潮試論〉，《文訊》第25期，臺北市：文訊雜誌社，1986年8月。

駱以軍：〈飄移在小城街道裡的囈語——試評楊澤〈1976記事1〉，《現代詩》復刊第十五期，臺北市：現代詩季刊社，1990年6月。

陳黎與賴芳伶對談，王鈺婷謄錄：〈在島嶼邊緣旅行世界——陳黎的創作生活〉，《鹽分地帶文學》第六期，臺南：財團法人臺南縣文化基金會，2006年10月。

七、網路資源

THE TIMES OF INDIA：https://timesofindia.indiatimes.com/world/uk/April-11-1954-was-most-boring-day-in-history/articleshow/6994947.cms（瀏覽日期：2019/02/01）。

陳黎文學倉庫：http://faculty.ndhu.edu.tw/~chenli/chenlicritic.htm（瀏覽日期：2020/02/01）

何瑞安的個人網站：http://horuian.com/solar-a-meltdown/（瀏覽日期：2020/12/08）

銜尾蛇圖片出處："lifestreaming is ouroboros: the eternal return" by jessica mullen is licensed with CC BY 2.0. To view a copy of this license, visit https://creativecommons.org/licenses/by/2.0/（瀏覽日期：2020/12/28）

【附錄】楊澤詩作評論引得

（按時間先後排序）

1. 楊牧：〈我們祇擁有一個地球——楊澤著「薔薇學派的誕生」序〉。收於《薔薇學派的誕生》（1977年）
2. 趙夢娜：〈在時間對面——析陳黎、楊澤的兩首詩〉。原載《書評書目》八十一期（1980年1月）。
3. 顏元叔：〈致楊澤〉。收於《彷彿在君父的城邦》（時報文化：1980年）。
4. 林燿德：〈檣桅上的薔薇——我讀楊澤〉。原載《文藝月刊》206期（1986年8月）。
5. 駱以軍：〈飄移在小城街道裏的囈語——試評楊澤《1976記事1》〉。原載《現代詩》15期（1990年6月）。
6. 簡政珍：〈論楊澤〉。收於《臺灣新世代詩人大系（上冊）》（書林：1990年）。
7. 朱雙一：〈楊澤、羅智成：文化鄉愁和歷史尋根〉。收於《戰後臺灣新世代文學論》（揚智：2002年）。
8. 李癸雲：〈不存在的戀人——以陳黎、楊澤、羅智成詩為例〉。原載《臺灣文學學報》4期（2003年8月）。
9. 楊佳嫻：〈印刻書房：最哈絕版書——楊澤「彷彿在君父的城邦」〉。原載《印刻文學生活誌》5期（2004年1月）。
10. 陳允元：〈徬徨者與信仰者——論七、八〇年代之交的楊澤詩及其時代意義〉。原載《臺灣詩學學刊》13期（2009年8月）。
11. 楊照：〈夢與灰燼——讀《人生不值得活的——楊澤詩選》。收於《霧與畫：戰後臺灣文學史散論》（麥田：2010年。）

12. 吳昇晃：〈在詩歌的無用與有效之間——《彷彿在君父的城邦》與《面對》對照式閱讀〉。原載《乾坤詩刊》56期（2010年10月）。
13. 林餘佐：〈屈原在現代詩中的抒情召喚——以羅智成、楊澤、陳大為為例〉。原載《東華中國文學研究》10期（2011年10月）。
14. 顧蕙倩：〈知識分子的浪漫革命〉。收於《臺灣現代詩的浪漫特質（修訂版）》（秀威資訊科技：2012年）。
15. 楊佳嫻：〈千敗劍客的美學——論楊澤詩〉。原載《新詩評論》第十八期（2014年3月）。
16. 詹宏志：〈眾神年輕的時候——回憶詩人的年輕歲月〉。收於《新詩十九首》（印刻：2016年）。
17. 楊照：〈這一次，他唱出了不一樣的時間之歌——讀楊澤的《新詩十九首》〉。收於《新詩十九首》（印刻：2016年）。
18. 唐捐：〈浪子世家——論楊澤的《新詩十九首》〉。刊於《印刻文學生活誌》第12卷第9期（2016年5月）。
19. 楊佳嫻：〈浪蕩子與小鐵屋〉。刊於《印刻文學生活誌》第12卷第9期（2016年5月）。
20. 蔡琳森：〈【書與人】詩人邊走邊唱——楊澤談《新詩十九首：時間筆記本》〉。刊於《自由時報副刊》（2016年7月18日）。
21. 陳允元：〈浪蕩子與過來人——專訪楊澤〉。刊於《聯合文學》第381期（2016年7月）。
22. 楊澤：〈瑪麗安，我的樹洞傳奇——二〇一六年新版序〉。同時收於《薔薇學派的誕生》（印刻：2017年）、《彷彿在君父的城邦》（印刻：2017年）。
23. 楊佳嫻：〈木馬・唱盤・瑪麗安〉。收於《薔薇學派的誕生》（印刻：2017年）。
24. 唐捐：〈蕩子夢中殉國考〉。收於《彷彿在君父的城邦》（印刻：2017年）。
25. 李泓泊：〈穿透黑暗的詩性微光——閱讀楊澤的《蜉蝣》一詩〉。原載《海星詩刊》23期（2017年03月）。

26. 陳允元：〈我們共有的瑪麗安：楊澤《薔薇學派的誕生》、《彷彿在君父的城邦》〉。原載《幼獅文藝》759期（2017年3月）。
27. 楊宗翰：〈楊牧、楊澤與羅智成詩中的現代抒情風貌〉。原載《文史臺灣學報》11期（2017年12月）。
28. 朱容瑩：〈論楊澤詩中的瑪麗安〉。發表於《第三十八屆南區八校中文系碩博士論文研討會會議論文集》（2018年1月）。
29. 楊澤：〈淡水河邊的那個午後——與詩歌同行（二之一）〉。刊於《文訊》第397期（2018年11月）。
30. 楊澤：〈淡水河邊的那個午後——與詩歌同行（二之二）〉。刊於《文訊》第398期（2018年12月）。
31. 張遠謀：〈楊澤的複調詩學：以《新詩十九首：時間筆記本》為例〉。發表於《2019兩岸研究生文化研究與文化認同論壇論文彙編》（2019年6月）。
32. 陳香穎：《與時間對話：楊澤詩作三大主題研究》（國立清華大學臺灣文學研究所，2019年7月）。

語言文學類　PG2723　文學視界137

存在與抵抗的夢想
——以巴什拉四元素解讀陳黎、楊澤解嚴前詩作

作　　者／朱容瑩
責任編輯／陳彥儒
圖文排版／陳彥妏
封面設計／劉肇昇

發 行 人／宋政坤
法律顧問／毛國樑　律師
出版發行／秀威資訊科技股份有限公司
114台北市內湖區瑞光路76巷65號1樓
電話：+886-2-2796-3638　傳真：+886-2-2796-1377
http://www.showwe.com.tw
劃撥帳號／19563868　戶名：秀威資訊科技股份有限公司
讀者服務信箱：service@showwe.com.tw
展售門市／國家書店（松江門市）
104台北市中山區松江路209號1樓
電話：+886-2-2518-0207　傳真：+886-2-2518-0778
網路訂購／秀威網路書店：https://store.showwe.tw
國家網路書店：https://www.govbooks.com.tw

2022年4月　BOD一版
定價：300元

讀者回函卡

本書榮獲第五屆周夢蝶詩獎

國家圖書館出版品預行編目

存在與抵抗的夢想：以巴什拉四元素解讀陳黎、楊澤解嚴前詩作/朱容瑩著. -- 一版. -- 臺北市：秀威資訊科技股份有限公司, 2022.04

面；　公分. -- (語言文學類；PG2723)(文學視界；137)

BOD版

ISBN 978-626-7088-57-9(平裝)

1.CST: 陳黎　2.CST: 楊澤　3.CST: 臺灣詩　4.CST: 詩評

863.21　　111003821